關於我轉生變成史萊姆這檔事 16

Regarding Reincarnated to Slime

Kadokawa Fantastic Novels

對

Tempest
魔國聯邦

盟友

維爾德拉

跟利姆路有命名關係的好朋友。目前是全世界現存三隻的龍種之一。

利姆路

魔國聯邦的盟主，是魔王。真實身分是轉生變成史萊姆的日本人。

精悍的部下們

紅丸

朱菜

紫苑

蒼影

白老

蓋德

蘭加

利格魯德

哥布達

戈畢爾

迪亞布羅

戴絲特蘿莎

卡蕾拉

烏蒂瑪

賽奇翁

阿畢特

九魔羅

阿德曼

東方帝國（納斯卡・納姆利烏姆・烏爾梅利亞 東方聯合統一帝國）

同伴

敵

魯德拉（米迦勒）

原是治理東方帝國的善良皇帝，可是靈魂磨損耗盡，最後身體被自己的技能米迦勒奪走。

菲德維

旗下有「三妖帥」等熾天使的妖魔王。跟米迦勒的目的相同，是互相合作的關係。

愛

轉生體

三妖帥

札拉利歐／柯洛努／歐貝拉

友

愛

維爾格琳

東方帝國的元帥，龍種之一，維爾德拉的姊姊。愛著魯德拉的少女。

正幸

魯德拉的轉生體，從地球傳送過來的日本高中生。

維爾薩澤

陪伴著金的龍種長女。維爾德拉的姊姊。

米薩莉／萊茵

服侍金的始祖惡魔。

金・克林姆茲

最強、最古老的魔王，別稱暗黑皇帝的始祖惡魔。擁有能夠自由變換性別的特殊體質。

凍土大陸

目錄 — 遊戲終止篇

序章

秩序的崩壞

Regarding Reincarnated to Slime

異界裡頭曾有秩序存在。

這是個跟精靈界和惡魔界這些精神世界重疊的半物質世界。絕對不會有交集的世界。那邊大致上區分成三大勢力，互相爭奪霸權。

企圖侵略其他世界的妖魔族（Phantom）。

試圖擴張安居之地的蟲魔族（Insektor）。

還有一天到晚沉浸在戰鬥和破壞中的幻獸族（Cryptid）。

以及從其他異次元造訪的勢力，卻被這三大勢力連同原本的次元一起消滅。這三大勢力就是這麼厲害，厲害到無與倫比。

妖魔族和蟲魔族——這兩個種族形成階級社會，尊奉他們的王。比較低階的成員甚至沒有自由意志，只是忠實執行命令的棋子罷了。

相對的，幻獸族很不一樣。

他們是半精神生命體，誕生的方式卻非常接近精神生命體。某些人是從父母身上分裂出來誕生的，但大多數人都是從魔素自然誕生的特殊個體。

當中存在昆蟲和野獸的區別，性質上來看具備近似蟲魔族支配者階級的特徵。不過他們不會群聚在一起，每個個體都擁有強大的戰鬥能力。

不具備知性卻很狡猾，非常好戰。當然也毫無協調性，各自都為了擴大自己的領地行動。

因此目前在幻獸族之間也一直有紛爭發生。

以上就是那三大勢力，他們不可能在異界中和平共處。

妖魔族和蟲魔族總是在鬥爭。不過當幻獸族大量出現作亂的時候，這時就會暫時休戰，攜手打擊幻獸族——從遠古時期開始，這段歷史就不停地重複。

所以他們才不斷尋找可以安居的地方。總是在覬覦外面的世界，企圖發動侵略。

當然這並不容易。

即使有超越人類的壽命，和不會因為疾病受傷死去的肉體，直到現在心願還是無法達成。

最根本的問題在於，事實上要找到能夠侵略異界的通道並沒有那麼容易。連一千年間能不能碰到一次都不曉得，頂多就只有在出現時空震動等特殊重大災害時，時空裂縫會暫時開啟。

如此一來，根本不可能派遣大軍。光是要派出先遣部隊去建立據點都很勉強。

然而這世界上還是存在著例外。

有幾個連接時空的裂縫，會在世界上被固定下來，擁有「門」的功能。

這些「門」被稱為「冥界門」或者是「地獄門」。

只要使用這些「門」，想要離開異界就不是那麼困難了吧。可是「門」受到惡魔族（Demon）的管理，不容許那些侵略種族（Aggressor）們使用。

因此這些侵略種族都在虎視眈眈，想要奪取「門」的使用權。

雖然狀況是這樣，他們之間依舊維持平衡。

然而有人對這點感到不滿。

那個人總是充滿怨恨。

他的名字就是「妖魔王」菲德維。

由於長久以來三強鼎立的狀態不斷持續，他心中的怨恨就愈來愈強烈，成了會將世界燃燒殆盡的地獄業火。

…………

……

……

菲德維在回想。

維爾達納瓦催生出許許多多的種族。除此之外也有負責支撐世界意志的存在。

說穿了，菲德維就是其中之一。

為了協助維爾達納瓦作業，沒有個人意志的天使族(Angel)被創造出來。而身為最高階個體的七大熾天使(Seraphim)，蘊藏的魔素含量甚至超越覺醒魔王。在維爾達納瓦替他們命名後，成為了被稱作「始源七天使」的存在，地位就等同神明一般。

而這之中的頭號人物就是後來變成妖魔族始祖的菲德維。

被賦予名字之後，擁有意志的菲德維，發誓效忠維爾達納瓦。後來就率領天使族，在一段漫長的歲月中擔任助手。

新的種族陸陸續續誕生。

出現了身為大地化身的巨人族(Giant)狂王。

星之管理者的妖精族(Pixie)女王。

以及要在地表上建立起文明，使之繁榮的吸血鬼族(Vampire)神祖。

從精神生命體、半精神生命體到擁有肉體的血族。雖然沒了永恆性，卻多了多樣性。
最後終於——
宛如與「他次元並列世界」連動般，人類誕生了。
無可挑剔的繁殖能力和環境適應能力。擁有個性豐富的自我意識，還具備想要去挑戰世界謎團的好奇心。
維爾達納瓦很歡喜。
這脆弱的種族成了他的最愛。
為了人類，維爾達納瓦決定要除去世界上的威脅。菲德維也接獲命令，親手討伐各式各樣的惡鬼羅剎。
然而，最後留下來的個體卻很棘手。
他就是後來變成幻獸王的「滅界龍」伊瓦拉傑。
不知道伊瓦拉傑從何而來。不僅如此，甚至不曉得他是在哪裡出現的。
是從宇宙的彼端，還是異次元盡頭……
唯一可以確定的是，他是災難的化身。
擁有可以跟「龍種」相提並論的力量，不具備知性，無法與他溝通。而且還會依循本能不斷進行破壞行動，最後很有可能會毀滅世界。
這個威脅大到連菲德維都沒辦法一對一擺平。
結果對這場激烈爭鬥看不下去的維爾達納瓦出面處理，讓伊瓦拉傑被封印在異界中。然後命令菲德維去監管。

當然菲德維曾經進言，認為必須要討伐，以免留下禍患。認為滅界龍很危險。

可是這個建議卻被維爾達納瓦駁回。

他說伊瓦拉傑也有可能萌生知性。

這導致異界中也充滿伊瓦拉傑洩漏出來的魔素，創造出新種族幻獸族。

人們都只把幻獸族當成是劣化版的伊瓦拉傑，他們在鬥爭本能的驅使下天天戰鬥。

不需要喝水也不需要吃飯，甚至不怕自己死掉。

簡直就是神明創造出來的失敗作。就連一向信奉維爾達納瓦的菲德維看了，也只覺得這些生物令人唾棄。

後來他就一直在排除不時會失控暴走的幻獸族。

直到最後，出現了一個變化。

像是在證明維爾達納瓦所言甚是，幻獸族中開始出現擁有知性的個體。

此個體成為了一群異類的祖先。

菲德維並不樂見此事發生，維爾達納瓦卻為此感到歡喜。還給了那個個體「塞拉努斯」這個名字。

「蟲魔王」塞拉努斯誕生了。

雖然維爾達納瓦沒有命令他，但他還是開始驅除失控暴走的幻獸族。或許是與生俱來的鬥爭本能使然，但維爾達納瓦默許了。

後來塞拉努斯開始創造出能作為自己左右手的蟲魔族。不知不覺間他們就茁壯形成了一個派系。

菲德維也產生質變了。

由於經年累月暴露在魔素之下，他變得再也不是熾天使。
他率領的天使們也跟著變成新的種族。
離開維爾達納瓦居住的天界，來到這個異界的「始源七天使」不是只有菲德維而已。其中有三人留在維爾達納瓦身邊，札拉利歐、歐貝拉、柯洛努這三人則是追隨菲德維，協助管理異界。
包含菲德維在內，這四人突變成叫做「妖天」的種族。
剩下的天使族也發生變化，開始擁有自我意志。成了具有人類姿態的妖魔——妖魔族。不再跟惡魔和精靈相剋，誕生為全新的種族。
就這樣，經過一段漫長的時光，新的勢力分布成立。
儘管菲德維和塞拉努斯不對盤，若是要對付幻獸族，他們依然認為彼此算得上是助力。
也因為這樣，雙方心照不宣，不會去互相干涉，成了互助合作的關係。

然而這樣的關係卻隨著維爾達納瓦的消失瓦解掉。

一開始大家還以為他會馬上復活。
可是過了幾百年後，維爾達納瓦絲毫沒有復活的跡象。
菲德維開始產生疑問。
接著他突然有個想法。
也許維爾達納瓦拋棄他們了。
否則照理說應該永恆不滅的「龍種」無法復活就說不通了。

如果他的推測正確——

菲德維開始怨天尤人，心生怨恨。

怨恨在地表上的人類。

不對，不只是人類而已。

還有長耳族（精靈）、矮人、獸人，甚至是魔人。他怨恨所有被稱為亞人（Demi-human）的種族——反正就是怨恨所有人類。

所以他想毀滅人類。

那些奪走維爾達納瓦的人，沒有存活的價值。

他要親手統一維爾達納瓦創造的世界，並且審判犯下重罪的人們——菲德維下了這個結論。

這是神維爾達納瓦寵愛的世界，他要染上屬於自己的色彩。破壞多樣性，創造由他支配的世界。

『神啊，維爾達納瓦！若是要懲罰我，那就懲罰給我看吧。這正是我的期望。來吧，動作不快點，世界就會滅亡。』

猶如在試探神明，妖魔王菲德維展開行動。

人類的敵人「魔族」就此誕生。

一開始，菲德維有邀請塞拉努斯。

要他跟自己攜手合作滅掉幻獸族，然後順勢進攻地表。

沒想到——

『可笑。在這個世界上唯獨一人可以命令我。如今那位大人已經不在，我要按照自己的意思行動。』

對方根本連聽都不想聽，毫不留情拒絕了。

聽到這種話，菲德維非常憤怒。

不是因為他拒絕自己。

而是塞拉努斯那種態度根本是在說維爾達納瓦已經消滅了，這讓菲德維忍無可忍。

『那我就先從你開始收拾！』

他將憤怒的矛頭指向蟲魔族。

假如在這個時候，菲德維跟塞拉努斯攜手合作，那麼搞不好會連同滅界龍伊瓦拉傑在內，將整個幻獸族都滅掉也說不定。可是這變成無法實現的夢想。

妖魔族跟蟲魔族開始戰鬥，如假包換的戰國時代來臨。

於是異界就陷入極為混亂的狀態，開始出現三強鼎立。

…………

…………

……

經歷一段漫長的歲月後。

膠著狀態依舊持續著。

只要維爾達納瓦沒有復活，他們就沒辦法從異界回到原本的世界去。「門」的奪取是當務之急，但是那些惡魔一定會過來阻擾。

其中最麻煩的莫過於無比熱愛戰爭的黑暗之王（Noir）。他看不起妖魔族，把他們當成魔族看待，認為他們違背維爾達納瓦的意思，對他們抱持敵意。

在菲德維看來，沒有比這個更讓人火大的事情。不如說他覺得黑暗之王才是妨礙維爾達納瓦復活的蠢蛋。

話雖如此，又不可能消滅他。在物質世界中，始祖就已經是很強大的存在，來到異界和冥界，那力量更不會受到任何限制。

在精神世界和半物質世界中，意志力的強弱會直接反映在影響力上，讓他變得堪稱無敵。

不過這套用在菲德維身上也是一樣的道理。所以他們就算對決也打不出個所以然，讓菲德維很不是滋味，然而忽略他不管才是解決辦法。

有鑑於此，要回到維爾達納瓦曾經所在的世界極為困難。

就算在異界中出現時空裂縫，那也都是一些別的世界。他曾試著去侵略那些世界，然而頂多只能當成打發無聊時光的手段。

沒辦法做出成果，使得菲德維愈來愈不耐煩。

就在這個時候，有個契機出現了。

《——聽得到嗎？菲德維？》

有一個謎樣的聲音出現，直接對著菲德維的內心說話。

『是誰？』

他那麼問對方，那個聲音則是冷淡回應。

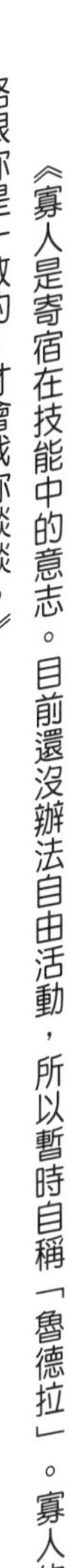
《寡人是寄宿在技能中的意志。目前還沒辦法自由活動，所以暫時自稱「魯德拉」。寡人的目的大略跟你是一致的，才會找你談談。》

魯德拉——他聽說過這個名字。

他是維爾達納瓦的好朋友，同時也是他的徒弟。

以及作為「最初的勇者」，享負盛名的男子。

他說「寄宿在技能之中」這點令人摸不著頭緒，但菲德維更在意自稱魯德拉的人有什麼目的。

（若是不說出你的目的，那我就逆向探測聲音的所在處，將你整個破壞掉。）

下定決心後，菲德維繼續對話。

《寡人的目的是要讓創造者維爾達納瓦大人復活。除此之外就沒別的了。》

什麼？——這讓菲德維眼睛為之一亮。

對方的那句話是認真的。確實，這個目的引起了菲德維的興趣。

對方的真面目是什麼，那些都已經不重要了。之後菲德維就跟那個聲音痛快地對談。

接著他發現這個聲音的真面目，就是維爾達納瓦創造的究極技能(Ultimate Skill)「正義之王米迦勒」。

菲德維對「正義之王米迦勒」的說辭不疑有他。這是因為有些事情就只有自己和維爾達納瓦才知道，「正義之王米迦勒」卻很了解。

菲德維這下答應協助「正義之王米迦勒」，對他這麼說：

『那好吧，從今天開始你跟我就是志同道合的同伴了。這樣一來，沒有名字就不方便稱呼。』

《無稽之談。名字這種東西——》

打斷這句不帶感情的回答，菲德維宣告：

『你不叫魯德拉吧？我決定叫你米迦勒。』

這原本只是一句玩笑話。

但是卻帶來戲劇性的變化。

「正義之王米迦勒」原本對自己是神智核(Manas)這件事情沒什麼自覺，他就此出現明確的意志。

《這次寡人該跟你道謝才是。菲德維，雖然不能把你當成真正的主人，但寡人若是從現在暫時的主人魯德拉身上拿回所有的能力，寡人就把部分能力寄放在你那邊吧。》

聽起來挺有趣的——菲德維如此回應。

可是他沒有馬上答應，而是提出替代方案。

『不，還是你來帶頭吧。若是不想辦法解決塞拉努斯，我的本體就沒辦法從這邊抽身。我很怨恨塞拉努斯，那傢伙也同樣不信任我。還是讓你出面交涉去說服他比較好。』

這是菲德維沒有半分虛假的真心話。

他很高興。

就跟自己一樣，原來還有人不相信維爾達納瓦消滅了。而對方既然要想辦法讓維爾達納瓦復活，那他就沒有理由拒絕幫忙。

地位上的高低只是一些微不足道的問題罷了。

除此之外，菲德維跟塞拉努斯之間有心結。菲德維是絕對無法原諒塞拉努斯的，所以讓米迦勒去說服他，成功率也比較高。

如果是米迦勒，應該可以說服塞拉努斯——菲德維的直覺這麼告訴他。米迦勒散發的氣場會讓人想起維爾達納瓦，想必塞拉努斯也會願意聽話吧。

基於這樣的理由，菲德維才願意退一步居於人下。

結果事情都在他的意料之中。

不曉得是怎麼辦到的，總之米迦勒成功說服塞拉努斯。好像還跟他締結契約，要將一半的世界劃分給蟲魔族管理，這樣的報酬對菲德維而言一點都不可惜。

只要能夠讓維爾達納瓦復活，菲德維就滿足了。

＊

如此這般，新的關係建立，時光又過去千年以上。

計畫進展順利。

原先負責支配米迦勒的魯德拉也在不停轉生之中，力量愈來愈弱。

『情況如何，米迦勒大人？』

《自然是非常順利。話說回來，已經說過好幾遍了，寡人跟你之間不需要用敬稱。》

『呵呵呵，榮幸之至。我跟你是對等關係，這件事情只有我們兩人知道。為了避免一不小心露出馬腳，平常就要注意才行。』

這是在結束轉生之後的一段對話。

透過這次的轉生，米迦勒能力上的限制大幅度解除。確認完這點後，菲德維也感到開心。

魯德拉帶來的影響一旦消失，米迦勒就可以全面行使能力。這就代表可以徹底支配擁有天使系究極技能的人們。

包含維爾格琳在內，許多妨礙他們的人都會變成乖順的我方。

如此一來，就連那個令人畏懼的魔王也能——

《寡人不像魯德拉那麼天真。寡人會全面解放技能，將金．克林姆茲毫無顧忌地收拾乾淨。這次一定，要跟那傢伙分出高下。》

就是這樣，菲德維點點頭。

魯德拉一直都拘泥於跟金的勝負上，但只要被規則束縛，那麼從一開始就沒有勝算可言。

魯德拉的能力——若是能夠全面使用米迦勒，要打倒金就更簡單了吧。

可是魯德拉卻沒有那麼做。

結果造成如今這般混沌局面。

『沒了魯德拉，世界就會落入我們手中。這樣一來，之後就只要等待維爾達納瓦大人復活就行了。』

《正是如此。所以菲德維，有一件事情要拜託你。》

『什麼事情？』

這還真稀奇——想到這邊，菲德維開始感興趣。這還是米迦勒第一次拜託他幫忙。

《希望你成為盛裝寡人的容器。》

這個要求，以前菲德維曾經拒絕過。

表面上他們是主僕關係，私底下卻是立場對等的同伴。菲德維不希望在這種時候掌握主導權。

他還在想是不是該拒絕，但是聽米迦勒解釋後，想法也跟著改變。

《寡人總算將維爾格琳的「並列存在」納為己有。這樣就能夠保住魯德拉的能力，移居到你身上。》

這就表示依然能夠像往常那樣把魯德拉當成假餌來運用，同時菲德維也能夠利用「正義之王米迦勒」的能力。

不，還有更大的好處。

究極技能「正義之王米迦勒」引以為傲的「王宮城塞(Castle Guard)」有一個特性，那就是只保護能力擁有者。

能量來源是來自於人們對能力擁有者的忠心，至於對信奉者是不是也能造成影響，那就不受「這個世界上沒有絕對」的法則束縛。因此「王宮城塞」的發動對象只限擁有者。

當然了，不是能力擁有者的信奉者能列為守護對象——沒那麼好的事情。因此魯德拉能夠保護的就只有自己一人，但這個時候米迦勒若是透過「並列存在」寄宿到菲德維身上，那菲德維也可以受到「王宮城塞」的保護。

放長遠一點來看，還有另一個好處。

在魯德拉完全消失後，如果菲德維真的成了「正義之王米迦勒」的擁有者，那他底下數以萬計的妖魔族都會成為能量來源。

有別於信奉魯德拉的子民，這些人完全沒有自由意志，是徹頭徹尾的信奉者。不用擔心他們變節，因此絕對不會有反叛事件發生。

因為子民變心導致情況改變，這樣的不安要素已經沒了。那等同得到堅固程度超越魯德拉的守護能力，在菲德維看來是可遇不可求。

這下沒理由拒絕米迦勒的提議了。

他要不要這點並不重要，等魯德拉消失，讓米迦勒移居在菲德維身上也是一個辦法。只是這點提早實現罷了，菲德維用這句話說服自己。

『只是這點小事，用不著拜託。若是你答應我還會維持之前那樣的關係，要我接受你的提議也可以。』

《當然好，寡人的朋友。》

『那就來吧，好友。』

就這樣，菲德維身上也多了身為「神智核」的資訊體米迦勒。

*

緊接著，決戰之日終於到來。

魯德拉勉強靠著他強韌的精神力保住自我。即使處在這樣的情況下，他還是去跟金進行最終決戰。

他們打算排除魔王利姆路這個礙事的傢伙，讓其中一個「龍種」維爾德拉變成棋子。

計畫進展順利。

乍看之下維爾格琳擁有壓倒性力量，要捕捉維爾德拉也沒問題。

在菲德維看來，帝國那邊不管蒙受多少損害都無所謂。有沒有出現相當於近衛騎士(Royal Knight)的覺醒者，菲德維認為那些也跟他無關。

在他們看來，重要的就只有排除魯德拉，讓米迦勒重獲自由。只要能夠實現這點，就連金都不是他們的對手。

因此菲德維決定消除最後剩下的不安種子。

那看在旁人眼中或許是不值一提的情報。然而菲德維卻無法視而不見。

這情報就是「勇者」正幸長得跟魯德拉一模一樣。而且令人在意的是還在他身上發現了魯德拉擁有的能力「英雄霸道（天選之人）」。

有萬分之一的可能，他會成為另一個魯德拉。為了除去這個不安因子，菲德維展開行動。

壓根兒沒想到，完全沒被他放在眼裡的魔王利姆路會打亂他的計畫……

Regarding Reincarnated to Slime

皇帝魯德拉——應該說是米迦勒才對，他跟妖魔王菲德維一同離去。
雖然沒有分出勝負，但雙方也都沒嚐到什麼甜頭。
不安要素依然存在，但眼下大家平安無事就已經值得慶幸了。
善後工作和今後的對策晚點再說。
只不過，卡利翁和芙蕾一行人都陷入進化睡眠，我就把他們交給戴絲特蘿莎，要她小心護送。
「抱歉挑你們這麼疲憊的時候——」
「請您不用在意我們。您要好好的消除疲勞，韜光養晦。」
那讓我有點過意不去，但現在就先恭敬不如從命了。
等其他的事情也塵埃落定再來考慮那些，要先來辦一場宴會提振心情。
既然有這個機會，原本也想邀請拉普拉斯，我叫迪亞布羅去迎接他，結果聽說拉普拉斯已經跑掉了。
那傢伙私底下還是很擔心夥伴的。這樣想來，硬是去把他找來參加宴會也不太好吧。
我們雙方目前還是約定好要互相合作，若是他那邊遇到什麼問題，我原本打算幫他一把，但我想現在還是先讓他一個人靜一靜比較好。
就這樣，我回到首都「利姆路」，在那邊我收到一個意想不到的消息。
城鎮外圍的某個角落被燒掉了。

因為有蓋德他們死守著，受到的損害並沒有表面上看到的那麼多。他們破壞周遭建築物防止延燒，所以人員傷亡似乎也很輕微。

都沒有人死掉是個好消息。

不過也有壞消息。

雖然如此，事情都已經發生了。事到如今再慌張也沒用，我按捺住焦躁的心情，聽蓋德報告。

可是排隊等著報告的並不是只有他一個。

目前的所在處是宴會廳。

這次有漂亮表現的幹部們都坐在座位上，朱菜、哈露娜還有哥布一的部下們都在忙進忙出，為大家張羅吃的。

在這種時候聽人家報告好像怪怪的，但是太緊急也沒辦法。

我右邊的位子被維爾德拉占據。我看他八成也沒興趣聽這些，卻一直不肯挪動半分。

維爾德拉也不是現在才開始耍任性，我已經習慣應付他了。與其去開導他，還不如放著不管更省事，最好的做法就是把他當成空氣。

於是我右邊就坐著維爾德拉，左邊坐著紅丸。紫苑跟迪亞布羅待在我背後，已經做好隨時聽令的準備了。

迪亞布羅就算了，紫苑其實可以跟我們一起用餐的，她卻堅持晚點再吃。好像是因為跟紫苑的個人原則相抵觸，那就隨便她吧。

來看重點，就是那些過來報備的人。

蓋德坐在我正前方。阿德曼坐在紅丸對面，看起來心神不寧。

從外表上看來他已經順利進化了，散發的氛圍跟以前不一樣。關於這點，我打算晚點再跟他打聽。

維爾德拉正面的位置坐著菈米莉絲，背後站著德蕾妮小姐和貝瑞塔負責照顧她。順便補充一下，在替維爾德拉倒酒的人是卡利斯。

至於菈米莉絲本人，她根本沒在聽人報告，而是忙著吃東西。

「反正我相信師父出馬一定沒問題啦！師父那個姊姊有夠亂來的，迷宮的上半部被粉碎打開時，我不禁覺得這下糟糕了，可是可是，我還是相信有師父在一定沒問題。從一開始就完全不擔心喔！」

菈米莉絲開開心心喝著果汁，說出這種大言不慚的話。這句話裡頭參雜假話和真話，可是都沒人出面指正。

「嘎——哈哈哈！這還用說。就算對手是我家老姊，我也完全不害怕。只是有點大意罷了。一些卑鄙的傢伙在我這邊趁火打劫，才害我跟姊姊的對決被拖累。」

這是在鬼扯什麼。

我看你肯定是很害怕沒錯，說真的，進化之後的維爾格琳非常棘手。我認為維爾德拉的勝算只有一半，他最好還是不要口氣那麼大。

本人是這樣想的啦，可是其他在聽的人都送上喝采。

「真不愧是維爾德拉大人。我也要向您學習……」

只見卡利斯認真地點頭。

「真是一場壯烈的戰鬥。原本以為自己進化後變強了，看了之後深切體會到自己功夫還不到家。」

紅丸也跟著附和。這似乎是他的真心話，讓維爾德拉心情大好，臉上表情好得意呀。

然而菈米莉絲的一句話卻讓維爾德拉再也笑不出來。

「討厭，都怪師父太粗心大意。可是可是，就算是那樣，應該也沒問題吧！」

「應該？在說什麼，菈米莉絲？」

看吧，果然碰釘子了吧。

都怪他太多嘴，才會自掘墳墓。

「因為因為，現在那個人就——啊，反正有師父在可以放心啦！」

那個人？

菈米莉絲這句話聽起來很危險。

「咦？沒、沒有啦，大概吧？我、我可是天下無敵，雖然有的時候身體狀況會不好……」

維爾德拉八成也察覺到什麼了，知道自己在自掘墳墓，突然開始找藉口。

但我想為時已晚，他老是這個樣子，不去管應該也沒差。

話說回來，坐在角落的培斯塔還比較讓人在意。

我先不去管維爾德拉他們，決定去問問被留下來的人，看他們那邊是不是發生什麼事了。

●

在利姆路前往帝國後，留下來的人立刻進入緊急狀態。

不久之前在慶功宴上殘留的歡快氣氛在這個瞬間消失殆盡。

而留在迷宮最深處的菈米莉絲等人也是一樣。

他們底下那幾隻龍王(Dragon Lord)順利進化完成，讓菈米莉絲很開心。可是利姆路他們緊急出動，這又令菈米莉絲感到不安。

她一直希望每天能過得開開心心，覺得這個地方就是能讓那個心願實現的美好天堂。

菈米莉絲度過一段漫長的孤獨時光，只能靠著那些精靈們排解寂寞，這個地方對她而言已經變得極為重要，不希望再次失去。

因此她才會害怕失去這裡。

不然就跟往常一樣，覺得有利姆路在就沒問題，但不知為何總是有種不祥的預感。

而這個預感成真了。

維爾德拉的姊姊維爾格琳來襲，菈米莉絲引以為傲的迷宮遭到破壞。

本來迷宮不可能透過物理手段破壞，只有超乎常理的「龍種」才能夠辦到這點。

看到維爾格琳的身影時，菈米莉絲想起平時被遺忘的遠古記憶。

在很久很久以前，菈米莉絲才剛誕生不久。印象中她曾經看過跟偉大的維爾達納瓦十分相像的人物，還有在大肆搗亂的維爾德拉。

就如同他的名字「暴風龍」所示，維爾德拉的屬性以「風」為主，除此之外還能操控「空間」和「水」。魔素(能量)含量僅次於維爾達納瓦，簡直就像一陣肆虐的暴風。

維爾德拉就等同天災的化身，說他的威力在地面上是最強的也不為過。然而兩位姊姊也超乎想像，又是不同的層次。

能夠掌控熱量的維爾格琳不用多說，屬性自然是「火焰」。專剋主要司掌「風」的維爾德拉，魔素含量的差異根本不算什麼，在維爾德拉面前形同壓倒性的存在。

不過她還算是可愛的了。

這是因為雙方實力差距並沒有達到勝負立分。

真正的威脅是長姊維爾薩澤。

維爾薩澤司掌的屬性是「冰」。可是她的本質並不是「水」，而是別的。維爾薩澤利用自己的能力掩飾屬性，讓大家無法察覺。

維爾達納瓦曾經跟菈米莉絲說過，因此她知道維爾薩澤的底細。

……不，是曾經曉得。

很遺憾的，在重複轉生之中，菈米莉絲都已經忘光了。

不對。並不是完全忘記，但要菈米莉絲找回遠古的記憶，需要花很長的時間。

因此菈米莉絲很慶幸這次的對手是維爾格琳。假如敵人換成維爾薩澤，那維爾德拉八成就沒勝算了。

她還記得維爾薩澤只發動一道攻擊，就把瘋狂肆虐的維爾德拉消滅掉。還有當時維爾薩澤有著「凍結般的冰冷眼神」，彷彿將這一切看成理所當然的事情。

因此，眼下最擔心維爾德拉的可以說是菈米莉絲了吧。

她顯得焦躁不安，在房間裡飛來飛去。

「沒問題嗎？師父？」

這個問題彰顯出菈米莉絲的不安。但同時也是在對他說「逃跑也沒關係」，說出那句話是基於對維爾德拉的關心。

然而維爾德拉卻這麼回應。

「放心吧。你們就在一旁觀賞我的英勇表現吧！」

他好像豁出去了，看他的態度完全沒有半點不安。接著就自信滿滿地，獨自一人離開迷宮。

看到這樣的維爾德拉，菈米莉絲覺得好耀眼。

想起他以前的模樣，就覺得如今維爾德拉有所成長，令人非常欣慰。

維爾德拉出去對付維爾格琳後，菈米莉絲轉頭看向還留在「管制室」裡頭的人們。

卡利斯被維爾德拉認定還不夠格作戰，就留在現場。但這也是沒辦法的事情。維爾格琳主宰熱能，卡利斯去對付她根本無用武之地。

而貝瑞塔和往常一樣沉著冷靜。看他的態度就跟平常沒兩樣，這讓菈米莉絲的心情得以冷靜下來。

至於透過利姆路之手蛻變成靈樹人型妖精（Dryas Doll Dryad）的成員們，他們都聽從貝瑞塔的指揮，成為操作人員。目前有二十四人。是利姆路在閒暇之餘讓他們進化的，全員都成為了優秀的迷宮管理員。

再加上德蕾妮和她的姊妹德萊雅、德莉絲。帶著跟平常一樣的安穩表情，守護著菈米莉絲。

還有培斯塔跟迪諾，和一些最近加入成為研究人員的人們。

有谷村真治、馬克・羅蘭、中龍星這三人，以及變成實習助手的路奇斯和雷蒙這兩位。

就是這五個人，當整個迷宮進入備戰狀態時，他們就成了蓋多拉的部下。然而現在蓋多拉不在，他們就過來當菈米莉絲的助手，幫忙處理「管制室」的工作。

大家都用很擔心的目光看著菈米莉絲。

所以菈米莉絲才要故意用開朗的聲音說話。

「討厭啦！我一點都不擔心喔。師父一定會贏。假如他輸了，利姆路也會想辦法。肯定是這樣。反正師父只要沒有粗心大意就是無敵的！」

聽自己說出這種話後，菈米莉絲也跟著冷靜下來。如果是維爾德拉跟利姆路，他們一定會讓日常生活再度恢復安穩。

現場氛圍不再那麼不安，不料——立刻就有事情發生。

＊

「警告！有入侵者！」

身為首席操作員的阿爾法大聲叫喊。

聽到這句話，所有人都繃緊神經進入戰鬥狀態。

「讓畫面顯示在螢幕上。」

貝瑞塔飛快下令，畫面被分割開來，映照出現場的情況。

一看到佇立在那的人，菈米莉絲就不由得大叫。

「啊，那個是天使吧。肉體有發生改變了，感覺很難對付！」

事實上，來者非比尋常。

身穿純白的衣服，裝備散發黑色和金色的光芒，屬於神話級(Gods)。黑色長髮閃閃發光，彷彿綻放出星星的光芒，為那個人的美貌增色。

背後張開總計三對六翼的純白羽翼，想不去注意都難。

「推定魔素含量出來了！這、這是……」

阿爾法說話開始變得結巴。

「怎麼了？快點報告。」

在德蕾妮的催促下，阿爾法這才振作起來。

「以下只是推測，最前面的個體存在值超過三百萬。後面那五個個體計算起來分別是四十萬到七十萬。」

阿爾法這番話成功讓整個「管制室」的人僵住。

架構生命體情報數值和資料庫，這是迷宮的隱藏機能。概念上是讓迷宮內部的戰鬥顯示在螢幕上，累積那些戰鬥資訊，未來在危機管理上將有所助益。

這些數值就稱做「存在值」。

將魔素含量和身體機能轉換成數值，再加上裝備在身上的武器防具蘊含的能量，有別於實際上的戰鬥能力。

對象實際上擁有的能力、透過鑽研累積起來的技量(Level)是不可能計算得出來，因此這些最多只能拿來當作參考，但那些自然也是有用的。

只要適當運用，就有機會對迷宮的防衛強化工作派上用場。還可以派出跟敵人存在值程度相當的對手去對付他，來推算出約略的技量。

然而這些都還只在試用階段，很難斷言已經累積到足夠的資訊量。

有一些猛將就像白老那樣，雖然存在值頂多只有六萬，卻能輕鬆勝過存在值高出他好幾倍的強者。

至於哥布達算是特例了，存在值根本不到兩萬，在A級之中算是最弱的，卻比存在值落在十三萬上下的哥杰爾和梅傑爾還強。

像這樣的例子多如牛毛，存在值頂多只是一種判斷標準，這儼然已經變成一種常識了。

………………

…………

……

順帶一提，在魔國聯邦（Tempest）之中，存在值會與自由公會的等級對照。

不到一千的是E級。

一千以上三千以下是D級。

三千以上六千以下是C級。

六千以上八千以下是B級。

八千到九千屬於B+。

九千到一萬是A-。

其中存在著巨大的障壁，若是能夠超越就可以加入頂尖行列，成為超越A級的人。

超過一萬就屬於A級，是災害級（Hazard）。

超過十萬屬於特A級，相當於災厄級（Calamity）。

至於獲得魔王種的人，最低也有二十萬。照利姆路的感覺看來，疑似覺醒前的克雷曼跟芙蕾等人，存在值大概來到四十萬。

根據這點判斷，相當於S級的災禍級（Disaster）被定為超過四十萬。在魔國聯邦所說的S級，不一定是指魔王。有許多幹部的能力都相當於前魔王，因此在制定的時候以簡單易懂為主。

接下來要說的基準只有魔國聯邦在使用。

話說天災級（Catastrophe），那頂多是只適用於「龍種」和金的稱號。若是要拿來形容其他覺醒之後的超越者，他們會用特S級。

至於疑似覺醒後的克雷曼，魔素含量似乎並不安定。利姆路說：「感覺上大概介於七十萬到八十萬之間吧？」後來標準就定為存在值超過八十萬就是特S級。更甚者，有一部分的人存在值超過百萬，為了方便大家理解，就決定稱他們為「超級覺醒者（Million Class）」。

當作參考，不管是誰召喚出來的，高階魔將（Archdemon）的存在值都是剛好十四萬整。彷彿已經規定好上限，一律都是相同數字。

就連戴絲特蘿莎她們也一樣，紀錄上顯示一開始的存在值是十四萬。雖然事到如今沒辦法證實這是否為真，但菈米莉絲他們認為應該沒錯。

………………

……………

……

「沒想到來的是超級覺醒者——也就是說，不管怎麼看都相當於熾天使等級……」

菈米莉絲看樣子萬萬沒想到事情會變成這樣，連話都說不出來了。

貝瑞塔點頭表示認同，同時開口：

「大概是最高等級的天使質變後所形成。這下麻煩了。而且連追隨者都是S級。如今樓層守護者（Guardian）都在沉眠當中，要出面迎擊多少有些困難。」

「可、可是可是，不想想辦法就糟糕了。」

此時菈米莉絲趕緊回應。為了讓她冷靜下來，德蕾妮帶著柔和的微笑開口：

「的確是這樣，菈米莉絲大人。因此這次我打算出擊。」

追隨她的腳步，德萊雅跟德莉絲也站了起來。

「當然了，我也要一起去。」

「姊姊，我也會一起去的！」

這下菈米莉絲聽了別說是冷靜下來，反而變得更慌張。

「先、先等一下！妳們是變強了沒錯，可是在數值上根本比不過對方吧！」

「呵呵，沒問題的。存在值頂多是一種參考標準。就讓我們藉著這次證明菈米莉絲大人的隨從有多強吧。」

聽到這句話，德萊雅和德莉絲也用力點點頭。

菈米莉絲沒辦法阻止她們，但又想不到其他好辦法。可是在這種時候讓心愛的德蕾妮等人身陷危險，身為她們的主子是不可能放行的。

「還是不行！利姆路和師父也說了，只做有勝算的戰鬥。」

她打算操作迷宮，先爭取時間再說。若是在這段時間裡能夠想辦法讓事態好轉……如此這般，菈米莉絲開始逃避現實。

這時卡利斯無奈地進言：

「菈米莉絲大人，只可惜爭取時間不是那麼容易吧。不能讓敵人接近樓層守護者們陷入沉眠的樓層，若這樣丟著不管恐怕還會使重要設施遭到破壞。因此眼下就只能出面迎擊了吧。我也會出動，請允許我們出擊。」

如今維爾德拉不在，現場最強的人就變成卡利斯。因此他做好了覺悟，認為自己必須出面做點什麼才行，並說了這番話。

「貝瑞塔先生，就拜託你保護菈米莉絲大人了。」

「明白。菈米莉絲大人就交給我照顧吧。」

用不著他說，貝瑞塔也會這麼做。一旦德蕾妮姊妹出面迎擊，能夠守護菈米莉絲的就只有他了。

阿爾法等人也是這麼想的。在場所有人一起站起來，發誓會守護菈米莉絲。

不想落於人後，真治他們也跟著開口：

「我們也會努力的！」

「對，沒錯。既然受到這邊那麼多關照，那就必須報恩才行。」

「──我同意。反正還有『復生手環』，拚了命也要努力。」

「說得對。我身為帝國的士兵，就算這次被人殺掉也毫無怨言，要藉這次機會證明自己是有用的人。」

「的確。否則蓋多拉大師可能會罵我們。」

情況就是這樣，面對這麼強大的敵人，大家居然還開始打哈哈。

「管制室」內部的氣氛緩和下來。

菈米莉絲也大大地吸了一口氣，露出燦爛的笑容。

「既然這樣，大家就全力以赴吧！就算死了也沒關係，只要有我在就能夠復活，不用手下留情！我還會派那些龍王過去，你們一定要贏！」

大夥兒聽完這句話不約而同點頭。接著按照各自的職責，迅速展開行動。

＊

話說菈米莉絲他們發現的入侵者，真實身分正是妖魔王菲德維底下的頭號人物札拉利歐。

原先是熾天使，現在跟其他兩人一樣，成為統領妖魔族、高高在上的「三妖帥」。各個都是率領強大軍隊的元帥，原本應該要立於前線。

可是這次菲德維對他們下了絕對不可違抗的命令。要他們利用維爾格琳破壞迷宮製造的好機會，務必要將某個人收拾掉。

至於那些攻略迷宮的帝國軍有什麼下場，他們都已經從菲德維那邊聽說了。札拉利歐認為這些弱小的士兵只會扯後腿，決定親自前來。

他帶來五名將軍。

這些人原本都是智天使(Cherub)或座天使(Throne)這類高階天使，因為變成妖魔族，獲得了跟魔王不相上下的魔素含量。

相形之下肉體顯得脆弱，但在迷宮這種環境下並沒有任何問題。這裡可以抑制魔力擴散，想必能夠充分發揮實力。

有鑑於此，札拉利歐在迷宮內昂首闊步，當然免不了有人來妨礙。

當他發現階梯，準備前往地下室，立刻感應到空間出現變動。札拉利歐一行人不慌不忙觀察情況。

結果他們眼前出現空無一物的限制空間。

在此地中央出現八道人影。

「呵呵呵，看樣子來迎接我們了。我們也不能失禮，要慎重以對。」

聽到札拉利歐這麼說，他底下的將士們都默默地點點頭。

雙方靠近，在對峙狀態下停住。

首先有人向前踏出一步，就是德蕾妮。

「初次見面，各位。代替這座迷宮的主人菈米莉絲大人，我德蕾妮和旁邊的卡利斯等人前來招呼。話說我們不記得有邀請你們，可以告知你們的真實身分和目的嗎？」

德蕾妮面帶微笑告知，但眼裡完全沒有任何笑意。她對於對手的動向保持最大限度警戒，為了要在各種情況下都能隨機應變，一直維持備戰狀態。

來到這之前，她已經做過最大限度的強化。讓目前能夠召喚出的風之精靈王待在自己身上，能夠全面運用那股力量。就連在和拉普拉斯長期抗戰時，她身上也只有高階精靈「風之少女（風之精靈）」。由此可見，德蕾妮從一開始就拿出王牌。

精靈王的魔素含量換算成存在值大約相當於百萬。對於存在值頂多只有六十萬的德蕾妮而言，這是過於沉重的負擔。然而這是在迷宮內部，就算死了也能夠復活。不用擔心對身體造成的負擔，可以全力戰鬥。

卡利斯在德蕾妮後一步的位置上，他也沒有什麼心理負擔。就算對手的魔素含量高出自己好幾倍，那又如何，他一點都不怕。

這是因為卡利斯平常總是跟維爾德拉這種壓倒性的對手進行實戰訓練。

就像哥布達一樣，某些人能夠戰勝力量高出自己好幾倍的對手。再加上現在還有可靠的夥伴。因此卡利斯確定自己一定會勝利。

那些龍王也是一樣的。

利姆路給他們「名字」，他們成為菈米莉絲忠誠的部下且完成進化。其力量換算成存在值相當於七十萬。若是多累積一些經驗肯定能夠成為特S級，老實說比起恐懼，他們更想要試試自己的力量，正在躍躍欲試。

德萊雅和德莉絲也跟「風之少女」完成「同化」。德萊雅會跟龍王們同心協力對付背後的敵人，德莉絲負責去掩護德蕾妮和卡利斯。

貝瑞塔的存在值大概只有四十萬左右，但他技量卓越。無可挑剔的戰力，是充當菈米莉絲護衛的不二人選。因此以目前這個時間點來說，這是他們所能想出的最強布局。

假如這樣的組合戰敗……到時候只能讓利格魯德和哥布達這些留守者全體出動作戰。目前他們也正在召集能夠作戰的人來到下一個樓層，無論如何都要爭取時間。

話雖如此，在場所有人都不覺得自己會輸掉。

「真令人驚訝。根據我們聽說的，迷宮內部留下來的人都沒有多少戰鬥力。沒想到能夠遇到這麼多的強者。有趣。太愉快了。哎呀，我還沒自我介紹吧。我的名字叫做札拉利歐。替妖魔王菲德維大人率領一支軍隊。『三妖帥』的其中一人。今後還請多多指教。」

優雅地彎腰，札拉利歐一鞠躬。動作一氣呵成，漂亮得就像在舞台上演出的知名演員。

然而他說的那些話完全不包含任何真心。看那態度就知道瞧不起德蕾妮等人，私底下根本沒把他們放在眼裡。

這下就連德蕾妮都感到火大，但她沒有笨到在這自亂陣腳。從前曾經在拉普拉斯面前失態，她試著逼自己繼續跟對方對話，並保持冷靜。

「原來如此，是『三妖帥』的札拉利歐大人呢。恕我失禮，沒聽過這個名字。」

德蕾妮在說話的時候有點挑釁意味，札拉利歐聽了用從容不迫的笑容回應。

「是這樣啊。雖然名氣在其他世界很響亮，對這個世界而言卻很生疏。我們對這個世界來說已經成了異邦人了吧。」

「異邦人、是嗎？」

「正是。但我們可不甘於如此。」

「……」

「對了對了，若要逼問我們的目的。當然可以告知啦。只要你們願意出面協助，我們也比較省事。」

「那要看內容而定。」

「那好吧。我們的目的，就是抹殺名為本城正幸的少年。若是你們願意乖乖地把他交出來，『我』就撤退。」

在札拉利歐那溫和的美貌下，他用有如女性一般的柔和嗓音告知，說要殺了正幸。

聽到這句話，在場眾人怎麼可能乖乖答應。

正幸可是利姆路的朋友，對德蕾妮等人來說也是無可取代的夥伴。

「真愛說笑。很可惜，談判破裂。」

「這樣啊。那真是太遺憾了。」

看他那樣子根本一點都不遺憾，札拉利歐也不打算隱瞞這點，臉上浮現笑容。緊接著下一瞬間，戰鬥突然間展開。

＊

德蕾妮踩踏地面，飛舞到空中。然後從高空中射出無數看不見的刀刃，全都瞄準札拉利歐。這就是德蕾妮無可迴避的必殺奧義「隱形裂斷刀（Invisible blade）」。

說起這個「隱形裂斷刀」，並不是只透過壓縮空氣來造成斷裂。還擁有空間屬性，具備連次元都能斷絕的威力。

將這個變成隱形，就能夠在沒有預備動作的情況下出招，如此一來就知道德蕾妮是多麼危險的人物了。然而這次的對手也不是省油的燈。

不——對她而言實在太過不利。

札拉利歐沒有從現場挪動一步。並不是沒發現刀刃以至於無法反應，而是因為沒必要閃避。

乍看之下隱形刀刃好像把札拉利歐砍斷了，刀刃卻在那瞬間消失。像是覆蓋著札拉利歐的所有體表，空間出現扭曲現象。

在迷宮資料庫中有記載類似這種現象的技能。那就是賽奇翁的拿手好戲空間扭曲防禦領域（Distortion Field）。能夠讓所有的屬性攻擊和空間斷絕無效化，是堅不可摧的防禦技能。

「——什麼！」

「竟然使出跟賽奇翁先生相同的技能？真是難對付。」

「哦，照這話聽來，這裡有人會用空間扭曲防禦領域了。名字叫做賽奇翁是吧。真是的，聽說這個國家的幹部都被封鎖行動了，看樣子這個情報大錯特錯……」

跟說話的語氣相反，札拉利歐的表情顯得雲淡風輕。

一看就知道他還沒使出真本事，照那樣子看來甚至還有點樂在其中。

就是因為察覺這點，德蕾妮的表情也跟著變得凝重起來。她立刻跟卡利斯交換眼色，要轉換方針。不要勉強去打倒札拉利歐，而是專心爭取時間。

事實上，札拉利歐帶來的五名將軍，面對迷宮裡頭的戰力都被迫陷入苦戰。龍王們時常進行戰鬥訓練，徹底發揮他們的實力才造就此結果。

不僅如此，迷宮內部算是他們的地盤，既然拿這邊當戰場，那迷宮這邊的成員就等同不死之身。因此才能夠發揮出超越極限的戰鬥力，面對能力與自己相當的實力派戰將，還是能夠掌控大局。

這樣下去贏定了──德蕾妮心想。

札拉利歐雖頗具威脅性，但其他敵人再過不久就會被除掉吧。如果順勢讓所有人總動員作戰，就連空間扭曲防禦領域也能突破。

若情況不理想，大不了就等札拉利歐被消耗到體力不支。

（對了。只要能夠把他們趕跑，這次的勝利條件就算達成。用不著逞強。不過──為什麼這個人還能如此泰然自若……？）

照理說他們這邊明明占據優勢，但德蕾妮就是感到不安。

原因在於札拉利歐依然態度從容。

讓眼睛夠雪亮的人來看，不可能誤判戰況。再加上札拉利歐剛才還說他是一軍統帥。身旁還帶著相當於魔王等級的強者，照常理來講這樣的人不可能在初步判斷上誤判。

（這個人的目的是殺掉「勇者」正幸──難道說！）

一般而言，若目標只有正幸，那用暗殺的手法還比較簡單。但由於札拉利歐的存在值實在太高了，

反而害德蕾妮漏了這個可能性。

『菈米莉絲大人！您知道正幸先生現在在哪嗎？』

『咦，怎麼突然問這個？當然知道啊？』

德蕾妮透過「思念網」詢問菈米莉絲。

另一方面，菈米莉絲也不是只有悠閒觀戰而已。入侵者是一大問題，但更緊急的問題在於要讓都市內部的居民去避難，她忙著處理這個。

如今維爾德拉出動了，勉強隔離起來的都市也算不上安全。假設維爾德拉戰敗，都市就會自動回到原本最自然的狀態。

光靠菈米莉絲的力量沒辦法維持現狀，這種情況無可避免。因此在情況演變成這樣之前，她必須先讓居民去避難。

幸好目前變成一百層迷宮的九十五層有一大塊空地，可以布署軍團。沒辦法放一般人進入研究設施，但這裡可以容納鎮上所有的居民。

聽到貝瑞塔指出這點後，菈米莉絲趕緊開始應對。

『請立刻確認他安全與否！』

『入侵者就只有剛才那些人，我覺得妳太過小心了……』

人家也是很忙的——一邊想著，菈米莉絲還是回應德蕾妮的請求。

結果就如菈米莉絲所想，正幸平安無事。

『嗯——他果然沒事。目前在都市那邊，我讓他去幫忙疏散鎮上的人類。』

就如同菈米莉絲所說，正幸還有能夠讓鎮上居民冷靜下來的作用。假如沒有他，現場可能會一片混亂，導致來不及避難。剛好就在這種時候，正幸的技能就發揮作用了。

目前看起來沒有發生戰鬥，情況算是安穩。

基本上迷宮內部都受菈米莉絲管轄，不管發生什麼事都能立刻知曉。把這些都說給德蕾妮聽後，她也總算放心下來。

『這樣啊，那應該就能放心了……』

話雖如此，似乎仍有擔憂之處。

『妳還在擔心嗎？』

『是的，如果敵人打算暗殺正幸先生，那恐怕會波及正在避難的人們。』

德蕾妮也覺得那是自己想太多。

但還是應該小心為上，她心中某個角落不停警鈴大作。

『我知道了啦！既然德蕾妮都這麼說了，我就讓正幸他們到七十層去！』

聽到這句話，德蕾妮才沒有繼續堅持。

目前七十層那邊待的人都是帝國軍殘黨。即使暗殺者出現，應該還是能夠幫忙爭取時間。

『那樣我就放心了。』

『對吧對吧！』

就這樣，正幸即將前往七十層。

這裡的人都很會隨便使喚人呢——想到這邊，正幸發出好大的嘆息。

不僅是利姆路，還有這個國家的大人物們，大家好像都是想到什麼就做什麼。地位比較沒那麼高的人就算了，真希望他們能夠考量到自身立場，慎重行事。

當然並不是所有人都這樣。

「話說若是能夠像朱菜小姐那樣擔心我，不是也很好嗎？」

脫口而出的是正幸的真心話，沒有半分虛假。

如果是像朱菜這樣楚楚可憐又端莊的美少女來拜託他，正幸也不會有怨言。因此如今正在開開心心協助疏散群眾……結果菈米莉絲卻來扯後腿。

『拜託你馬上過去七十層！』

對方下命令的時候根本不給他拒絕機會。

正幸本身也是心不甘情不願。

然而菈米莉絲看起來不怎樣，實際上卻也有權有勢。

有維爾德拉當後盾，還是知道正幸祕密的其中一人。不管怎麼說，正幸都沒辦法忤逆她。

「就放棄吧。菈米莉絲大人也沒有惡意，我想她單純只是忙到不可開交啦？就連維爾德拉大人都出動了，不管怎麼看事態都很緊急。」

這時走在正幸旁邊的青年給出回應。

耳朵上面戴著做成蛇形狀的耳環。

還有樣式粗獷的手錶，手指上戴著骷髏戒指。

穿著顏色看起來很毒的紫色襯衫，上面套著帶刺的皮外套，身上穿戴丁鈴噹啷的飾品。長褲上頭附著龐克風格的裙片，是用散發黑色光澤的皮革製成。

也就是走所謂的龐克風，不管從哪個角度看都像不良少年。屬於正幸很不會應付的人種。

照理說明明是這樣，但不可思議的是對方卻跟正幸意外地投緣。

理由恐怕在於這個青年也算苦命。

青年的名字叫做威諾姆，看起來常常被上司硬塞一些強人所難的案子。看在正幸眼裡會覺得這樣的威諾姆跟自己同病相憐，讓他感到親切。

威諾姆還說過「我沒有人權」。

目前他的上司好像命令他來保護正幸，兩人就一起行動。

至於裘和邦尼，正幸尷尬到沒辦法見他們，跟迅雷也已經道別了。

只會虛張聲勢的自己沒辦法保護迅雷，於是正幸就主動跟他道別。

『若是你需要我，隨時都可以叫我過去！在那之前我會待在這個國家的公會中工作，以免身手變鈍。』

當時迅雷那麼說，接受了正幸的提議。然後成為魔國聯邦的公會職員，暗中協助正幸。

雖然感到寂寞，一方面鬆了一口氣也是事實。這樣就不用繼續對夥伴撒謊，罪惡感就沒了。

後來正幸就變成一個人，威諾姆出現在他面前。

威諾姆知道正幸很弱。因此才會過來當他的護衛，從外表看不出來，私底下還會當正幸的傾聽者。

為了避免人們對正幸的評價變差，還主動說要幫忙。

利姆路也正有這個意思，於是正幸就不跟他客氣，讓他幫忙了。

事情就是這樣，如今這兩個人已經變成志趣相投的好朋友。

「其實啊，我是知道事態緊急。既然這樣，為什麼又要扮演『勇者』的我丟下鎮上那些居民。」

「哎呀，還不是因為你太弱。假如敵人真的打過來，不是什麼都沒辦法做嗎？」

「話是這麼說沒錯，雖然是那樣！可是還是不對吧！大家的眼神看起來那麼不安，讓我覺得內心難安……」

就算大家什麼都不說，他也知道他們不希望自己走掉。

所以正幸才對菈米莉絲的命令有意見。

可是看在威諾姆眼裡，情況就不是這樣了。

因為要說哪邊更安全，比起第一百層，七十層更加安全。即使不把帝國軍的人算入戰力之內，第七十層的研究設施也有「超克者」在坐鎮。

目前他們正在守護孩子們的人身安全，只要去到那邊，正幸也能夠得到保護。

對威諾姆來說重要的是迪亞布羅賦予的使命。他必須賭上性命來保護正幸才行。

「也對。只要有你在，不知為何大家就會很放心。不過目前大家差不多都去避難了，一百層那邊的守備做得滴水不漏。」

事實上，若敵人有能耐入侵到這麼下面的樓層，那不派出樓層守護者等級的成員就無法對付。六十層那邊因為蓋多拉不在，加上真治他們撤退，目前無人防守，如今第七十層就變成第一線防衛線。

「這就表示我現在有危險吧？」

威諾姆點點頭示意他說得沒錯。

「是這樣沒錯，不過你大可放心。有我在。我會負起責任保護你的。」

「嗯——我一直在麻煩你呢。」

如此回應的正幸其實也發現自己現在的處境如何。在眼下這種情況下還讓他前往前線，那就表示有人要攻擊他吧。

否則菈米莉絲不會讓根本稱不上戰力的正幸暴露在危險中。

正幸身上也有「復生手環」，只要是在迷宮內部，就算死了也能復活。因此菈米莉絲才會毫不猶豫拿正幸來當誘餌吧。

「大概是那樣吧。還有就是不想把其他的居民牽扯進來。而且還怕你很弱的事情穿幫，你乖乖配合才是對的。」

「就是說啊。這我都明白，但我也有我的難處……」

第七十層那邊還有裘跟邦尼在。對正幸而言，可能會遇到他們是件很尷尬的事情，這部分的問題還比較大。

「我對他們的事情不是很清楚啦，但他們當時是為了任務，就別責備他們了。就連想要殺掉你，這部分其實也並非完全出自本意吧。畢竟跟魔物不一樣，人類是很複雜的。不過也因為這樣，人類看在惡魔眼裡才是很好玩的玩具。」

用受不了的眼神瞪了說到這邊就笑出來的威諾姆，正幸心裡想著「別三兩下就下定論好嗎」。不過，如同威諾姆所說，人心深不可測，而他沒辦法真的去怨恨裘和邦尼也是事實。

既然這樣，在這邊煩惱也是無濟於事。

來到第七十層，看見有帝國軍駐紮的建築現場，正幸這下也終於做出覺悟了。

「拜託你別把我當成玩具啦。」

正幸受不了地搖搖頭，同時換個心情，跟已經變成好朋友的威諾姆開起玩笑。

知道正幸在說笑的威諾姆也跟著笑了。守護正幸是他的任務沒錯，但威諾姆本人也很喜歡正幸。就苦命這點來說，他們兩個人很像，乍看之下都在隨波逐流，然而正幸雖然不夠強大，始終還是會貫徹自己的信念，威諾姆內心深處其實是很尊敬他的。

他自認自己也是一身反骨，但不知道為什麼，就是覺得還不及正幸。

所以威諾姆才打算給個友善的回應——

「哈哈哈哈！這就要看你的表現——唔！」

這時突然有不速之客出現，他趕緊護住正幸。

「你是什麼人，臭小子？」

「嘖，有人來搗亂了。這明明是很完美的時機，用不習慣的身體才會反應慢半拍。」

對方完全無視威諾姆，不爽地瞪視正幸。他身上明顯飄蕩異樣氣息，就連正幸也難掩動搖。

在這之前完全無聲無息，如今卻散發出壓倒性的霸氣(氣場)。

背上長著共計三對六翼的純白翅膀，為了強調那精悍的肉體美感。純白的衣物胸口大大敞開，露出經過鍛鍊的肌肉。

最強烈的是那個人的目光。像是凶猛的肉食野獸，而且還是負傷的野獸，眼裡那道光芒給人感覺生人勿近，是既危險又猛烈的光芒。

「別把我當空氣——！」

一邊大叫，威諾姆使出上段迴旋踢。

這記漂亮的腿踢有模有樣，彷彿被吸過去似的，瞄準敵人的側頭部踢過去——然而……

接下來正幸大吃一驚。

令人驚訝的事情發生了，對手在毫無防備的情況下被威諾姆踢中。並不是來不及反應，看他態度反而像是在說沒這個必要。

「哼，連存活價值都沒有的臭蟲。從古至今就一天到晚扯我們的後腿，邪惡的惡魔眷屬。我可是『三妖帥』的其中一人，敢對我柯洛努大人如此無禮！做人要懂分寸，受死吧！」

自稱柯洛努的這個人對著威諾姆大手一揮。下一瞬間，他釋放出經過壓縮的魔力彈，用無法閃避的速度貫穿威諾姆。

竟然說自己名字的時候還加上「大人」——正幸的注意力原本放在這種莫名其妙的點上，這時他趕緊跑到威諾姆身邊關心他。

「你、你還好吧？」

威諾姆還活著。

他在千鈞一髮之際做出反應，成功用左手擋掉魔力彈。

但還是受到很大的損害。他的左手都沒了，左側的肚子也開了一個大洞。

「……看樣子不像沒事。雖然很難以置信，我也不想承認，但那個渾球好像比我厲害很多。不過你放心吧。我一定會保護你。」

話說到這邊，威諾姆像沒事一樣起身。

雖然不是真的沒事，但也不是無法戰鬥。

「真是的，像個打不死的蟑螂。在札拉利歐當誘餌的時候，我必須殺了這個少年才行。還敢做無謂的抵抗，就因為這樣，我才討厭愚蠢的傢伙。」

看到柯洛努竟然在為這種事情抱怨，正幸很想回嘴，對他說開什麼玩笑。

他根本想不到對方是基於什麼理由非殺了自己不可。而且威諾姆還因他受傷，讓他覺得自己必須負起責任。

「威諾姆……」

「果然沒錯，那傢伙的目的真的是正幸啊。」

「你從一開始就注意到了嗎？」

「在菈米莉絲大人聯絡我們的時候，我就猜到了。但你放心吧。就算打不贏那個臭傢伙，我還是能夠爭取時間。」

「可是——」

「他之所以沒有立刻殺掉你，都是因為有那個手環在。如果在這邊把你殺掉，你就會在別的地方復活。那傢伙是在提防這點，打算把你帶出迷宮。所以依我看那傢伙不會發動波及到你的攻擊招式！」

威諾姆說完之後就露出不以為然的笑容。

而且事情還真的被他料中了。

正幸已經把復活的記錄點(Save Point)設定成「管制室」。這是為了避免在復活後被別人看見，眼下面對這種情況，事先那麼做有如打一劑強心針。

相對的，自己的計畫被人看穿，讓柯洛努很不爽。

他有他的個人理由，不能再出現更多失誤。

至於理由是什麼，那要回溯到幾十年前。當時正在進行侵略其他異世界的作戰計畫，卻在臨門一腳之際失敗。當時完全不曉得發生什麼事，只知道他率領的軍隊被灼熱業火燃燒殆盡。

結果導致柯洛努雖然是「三妖帥」之一，卻沒有任何部下。即使當時所受的傷已痊癒，精神上卻出

現難以抹滅的陰影。

因此柯洛努雖然占據壓倒性的優勢，態度上卻不是那麼從容。而且不幸的是，敵人並沒有漏看這點。

「這我就認了。假如這裡不是星之管理者菈米莉絲創造的迷宮，根本用不著我出馬。隨隨便便就能葬送你們，既然都來了，就讓你們嚐嚐絕望的滋味。睜大雙眼見識我真正的力量，送你們上西天！」

柯洛努也沒有笨到會掉以輕心。

他早就看出威諾姆不是簡單的對手，為了以防萬一，他決定全力以赴。

柯洛努身上開始裝備散發黑色和金色光芒的武裝。就跟札拉利歐一樣，這是只賜予「三妖帥」的至高神話級裝備。

面對完全武裝的柯洛努，威諾姆可以說是無計可施了。所有的攻擊手段都起不了作用，只能等著遭受對方蹂躪。

「嘖，可惡！」

面對令人絕望的戰鬥力落差，威諾姆臉色難看。

試著逃跑大概也是白費，假如自己被幹掉，那正幸八成會被帶走吧。因為是在迷宮裡頭，威諾姆也會復活，但若是無法守護正幸，就只能等著被迪亞布羅收拾掉。

這是要逼死我啊——威諾姆想到這邊就好想哭。

只剩下一個辦法。就是他親手殺掉正幸，把他送回安全的地方。

「既然事情來到這個地步——」

當威諾姆打算狠下心去做，就在這一剎那——

「看樣子你們很困擾，是不是可以讓我們一起幫忙？」

兩個男人正好現身，出面保護正幸。

「你是——梅納茲先生！連卡勒奇利歐先生都來了！」

正幸這個人沒什麼膽子，還記得跟這兩人曾有過幾面之緣。印象中對方是帝國的大人物，當時他還很緊張，深怕自己失禮。

「正幸先生，請您直接叫我梅納茲就行了。您長得跟陛下一模一樣，叫我的時候還加『先生』，實在讓人坐立難安，不知所措。」

「可、可是……」

「呵呵呵，我也跟梅納茲有一樣的感受。一見到正幸先生，心情就跟著高昂起來。這樣就好像陛下親臨，感覺身體裡湧現比平常更多的力量！」

像是風流公子哥的梅納茲和左眼戴著眼罩、略顯威嚴的卡勒奇利歐臉上都浮現笑容，想要讓正幸安心。

「你叫做威諾姆對吧，支援工作就交給你了。」

在說完這句話後，梅納茲的目光放到柯洛努身上。緊接著看不見的力場出現，讓柯洛努的動作變鈍。

這是梅納茲一度失去的獨有技「壓制者」的效果。

「梅納茲，你不是失去這股力量了嗎？」

「確實失去了。可是曾經獲得的東西，還要再次獲得並不困難吧？」

看梅納茲回答得一臉輕鬆，卡勒奇利歐只能苦笑。

「真羨慕你。我那無所不能的感覺已經消失了。但如果只是要讓魔素停留在變空的身體裡，那倒不費工夫。」

想要證明這句話是真的，卡勒奇利歐逐漸充滿力量。進入超越極限的暴走狀態，黏膜也開始出血。這樣下去會危及性命，但這裡是在迷宮裡頭所以沒關係。裝備了不知道從哪邊弄來的無次數限制「復生手環」，因此他一點都不在意對身體造成的影響。

「你也不簡單。」

「連這點小事情都辦不到，我沒臉去見去世的同僚。」

看到這兩人參戰，威諾姆覺得有望了。

而且還有好幾個男人趕過來，說要幫忙威諾姆。

他一眼就看出這些男人的真實身分，立刻毫不猶豫地答應。

「得救了。就別想著要打倒這傢伙，拜託你們絆住他！」

「遵命！」

「這下有趣了。」

「既然Me已經來了，你們大可放心。包在我們身上！」

這三個人就是基於好玩才過來加入的「超克者」。

「我負責下指令。那麼各位，行動開始！」

奇怪的是卡勒奇利歐負責發號施令，而且都沒人反對。

總共來了五個人支援。他們負責協助威諾姆，開始對柯洛努發動攻勢。

「一群雜碎！少得意忘形！」

柯洛努跟著激動起來，但並沒有因此失去冷靜。他小心拿捏力道以免讓正幸逃掉，開始按照順序把那些人一個一個收拾掉。

然而讓他意外的是，這臨時組成的隊伍居然合作無間。利用柯洛努無法進行大規模破壞攻擊這點，還有「超克者」不死之身的特性，卡勒奇利歐擬定出能夠讓傷害減到最低的作戰計畫，才造就這一切。

利用臨機應變能力和勇氣來彌補令人絕望的實力差距，包含威諾姆在內，六個人互助合作，成功爭取時間。

而趁著這個時候——

「正幸，走這邊。」

「你趕快從這邊逃走。只要逃進研究設施，就可以去其他的樓層吧？」

有人在跟正幸說話，是邦尼和裘。

「你、你們！」

「抱歉啦。我很想正式跟你道歉，但現在不是時候。總之先跟我過來。」

「咦？不，先等等。那裘妳有什麼打算？」

看樣子邦尼似乎要跟過去保護正幸。可是裘待在現場一動也不動，開始詠唱某種魔法。

「嗯。不用管我。我要直接假裝成正幸，去迷惑那傢伙。」

裘變得跟正幸一模一樣，回答完這句話後轉頭看這邊。

「動作快。那傢伙對你的攻擊好像很收斂，裘能夠完美應付。你快點趁機逃走。」

看來在前往這邊的路上，他們已經想出作戰計畫，這是其中一環。趕過來支援的人們都幫忙掩護，以免被柯洛努看見裘變成正幸。

正幸一度猶豫。但也只有短短一瞬間。

「我知道了。反正我待在這邊也只會礙手礙腳。」

就這樣，他不甘願地接受作戰計畫。

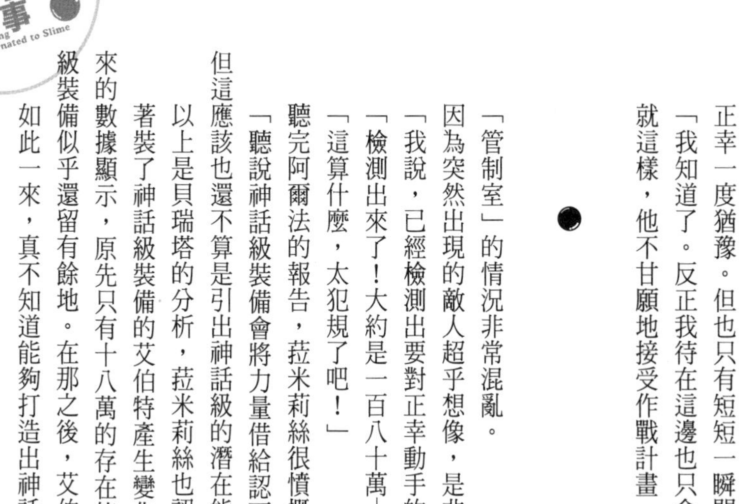

●

「管制室」的情況非常混亂。

因為突然出現的敵人超乎想像，是非常棘手的存在。

「我說，已經檢測出要對正幸動手的敵人有多少存在值了嗎？」

「檢測出來了！大約是一百八十萬——穿上神話級裝備後膨脹到兩百八十萬！」

「這算什麼，太犯規了吧！」

聽完阿爾法的報告，菈米莉絲很憤慨。可是在這邊抱怨也不是辦法，只能拚命去想對策了。

「聽說神話級裝備會將力量借給認可為其主人的人。艾伯特先生一穿上去，存在值就增加好幾倍，但這應該也還不算是引出神話級的潛在能力吧。」

以上是貝瑞塔的分析，菈米莉絲也認同。

著裝了神話級裝備的艾伯特產生變化後，來到跟擁有肉體的精神生命體相同等級。根據當時檢測出來的數據顯示，原先只有十八萬的存在值大幅度提升，超過四十萬。光這樣就已經夠厲害了，然而神話級裝備似乎還留有餘地。在那之後，艾伯特就陷入進化睡眠，十分期待他醒來的那一刻。

如此一來，真不知道能夠打造出神話級裝備的黑兵衛到底有多厲害……但現在沒空去研究這個。

稀少又厲害的神話級裝備一旦到了敵人手裡，只會構成威脅。

「該怎麼辦啊！就算德蕾妮跟卡利斯兩個人一起上，還是打不過那個叫做札拉利歐的傢伙！還有還有，若是要對付那個叫做柯洛努的，威諾姆他們又不是他的對手……」

菈米莉絲的擔憂不是毫無道理。

威諾姆進化成惡魔大公（惡魔貴族），存在值暴增到四十萬。可是看看剩下的人，即使是「超克者」的領導階層，也只有三十萬。另外那兩人則是二十萬。

帝國軍的殘黨梅納茲和卡勒奇利歐失去了大半的力量，如今存在值只剩下一萬多一點。沒辦法期待他們發揮像樣的戰力，反倒該誇獎他們這樣還敢參戰。

但不知為何，這兩人到現在依舊生龍活虎。

神奇的是梅納茲能夠使用原本應該已經失去的獨有技「壓制者」。還有身上穿著不像俘虜會穿的帥氣西裝，這點也令人不解，但菈米莉絲對這部分更加好奇。

至於卡勒奇利歐，在原因不明的情況下，從剛才開始存在值就直線上升，如今已經來到四十萬。目前增加速度減緩，但依然仍在上升，這點讓人想不透。

那些都是很有趣的現象。

只可惜現在沒空去探究這個。讓人好奇的事情實在太多了，這讓菈米莉絲感到不滿，她強壓下這份不滿，對大家下指令。

「大家聽好了，反正就算死了也可以靠我的力量復活！所以對付他們不用有任何顧慮，要做自殺攻擊也沒關係，問題比較大的是正幸。」

「——這話的意思是？」

「如果死掉了一定會被傳送到這邊，可是被帶走就完蛋了吧？所以我覺得確實讓他去避難會比較安全。」

「原來如此。」

「關於這點，其實邦尼他們正打算帶他逃走。」

菈米莉絲聽了「喔喔」一聲，覺得有些佩服。

他們得出跟自己相同的結論，都不用下指令就展開行動。她對這樣的邦尼等人另眼相看。

畢竟正幸膽子有夠小，肯定不敢自殺。因此一旦情況緊急，他是不可能自殺逃走的。

針對這個部分，若是有邦尼就可以放心了。

「快聯絡邦尼！逃亡地點要設定成這裡。還有不需要我們多說，我想他應該也明白，假如發生什麼狀況，讓他好好處理！」

「遵命。」

接到菈米莉絲的指示後，阿爾法立刻透過「思念網」聯絡對方。已經完美經過加密處理，在沒有時差的情況下將指令傳達給邦尼。

確認動作都完成後，菈米莉絲總算可以喘口氣。

「那麼。這下子能做的大概都做了。」

監視用的大螢幕被分割開來，映照出各地的戰鬥狀況。不管是哪個地方都陷入苦戰，情況對他們不是很有利。

「少了利姆路，我們還真是不行呢。」

「都怪時間點不湊巧。若是守護者們都醒過來，我們也不會處在這麼大的劣勢當中。」

「話是這麼說沒錯……」

的確，貝瑞塔說得沒錯。假如戰鬥人員都到齊了，他們也不會像這樣居於下風。

但即使如此，菈米莉絲還是覺得自己有責任。

對她來說，在這個地方的生活就是如此無可取代。

碰巧在這個時候，一直在監看魔素殘存量的貝塔突然用急迫的聲音大叫：

「有緊急事態發生！」

「這次又發生什麼事情了！」

「雖然已經預料到情況會變成這樣，但維爾德拉大人的魔素供給已經中斷。這樣下去等不了十分鐘，都市就會全部回到地面上！」

「欸——！那就表示師父輸掉了？」

這對菈米莉絲來說是個難以置信的現實。可是對手是維爾格琳，她也只能承認有這個可能。

她早就預料到有可能發生這種情況，已經讓大家過去避難。

維爾德拉那邊，利姆路應該會想辦法幫忙，菈米莉絲如此深信。在這邊垂頭喪氣也不會讓事態好轉，只能懷抱樂觀的想法，做自己能力所及之事。

「那麼，目前的避難狀況如何？」

「這部分沒有問題。在正幸先生過去那邊之前，他就已經成功『說服』反對的人。」

不管在哪邊，總會有人頭頭是道抱怨，就算在首都「利姆路」也不例外。包含在這邊動手腳買通，想靠關係獲取某些利益的人和外來商人在內，大約占據總人口一成的人都不去避難，還在那邊硬撐。

但即使碰到這樣的一票人，他們聽完正幸的話還是乖乖照辦了。

覺得「既然正幸大人都這麼說了」——這才願意移駕。

那種效果很接近洗腦，就連菈米莉絲看了都嚇一跳。

過去確認該處情況的珈瑪掛保證，說都市那邊都沒有任何人留下。既然這樣就沒問題，菈米莉絲決定把都市分離出來。

「既然沒有任何人在，那也就沒辦法啟動防衛機能。可惜了，都市那邊免不了蒙受重大損害吧。」

「等、等等，貝瑞塔！被你這麼一說，我的決心就沒那麼堅定了！」

但這也是沒辦法的事情。

菈米莉絲知道自己的魔素含量才多少。再加上現在迷宮擴張到最大，她已經沒有餘力去承受多餘的建築物。

這就是把所有能量來源都掛在維爾德拉身上的壞處，可是菈米莉絲又想不出其他的辦法來解決此問題。

「這些我都明白。不過，如果是利姆路大人，他應該會說再重新建造就行了。」

「也對，只能這樣想了……」

痛感自己的無能為力之餘，菈米莉絲開始將都市放出去。再來就只能祈禱都市不會受到流彈波及，因而遭破壞。

然而——

「緊急報告！地面上出現新的敵人。數量兩個。因為是在迷宮外部，沒辦法準確偵測，但推估最低也有超過百萬的存在值！」

這次的報告來自正在監視地面情況的戴兒塔。

小型畫面的尺寸被切換，放大到大家都能看見的程度。那裡映照出兩名天使——不，是擁有黑色翅膀的墮天使。

一個是身材高大肌肉發達的女戰士，兩人組中另一個則是嬌小的美少女。

她們的翅膀也一樣是三對六翼。

「騙人的吧！翅膀的數量都一樣，這些傢伙不就也是熾天使了……」

菈米莉絲開始慌張地飛來飛去，這下她都想舉手投降了。不過她想起一件令人在意的事情，於是開口詢問戴兒塔，希望能找到渺茫的希望。

「戴兒塔！妳怎麼斷定她們是敵人的？搞不好——」

應該沒這個可能，但對方也有可能站在他們這邊——菈米莉絲原本是這麼想的，卻被戴兒塔毫不留情地告知：

「因為那些人一直在妨礙我們填補維爾格琳大人打開的洞口。只要能夠把迷宮封起來，那我們一定會獲勝……但很遺憾。」

這是由不得人懷疑，再明確不過的答案。

「我、我想也是啦。謝謝。」

菈米莉絲不再拍動翅膀，沒力地坐到貝瑞塔肩膀上。

事情來到這個地步，菈米莉絲開始厭惡敵人不惜投入四名超級覺醒者的策略，很想要通宵詛咒他們。

然而就在此時，可靠的夥伴醒來了。

『地面上就交給我吧。那可是冠上利姆路大人之名的都市，可不能讓對手隨隨便便破壞。』

完成進化，「守征王（Barrier Lord）」蓋德復活了。

「蓋德——！」

菈米莉絲哭了出來。

這是喜極而泣。

「有關蓋德大人的存在值，已經超過兩百三十七萬！也把裝備的數值全部算進去了，有這麼高的存在值，想必不會輸給那些入侵者！」

話說蓋德擁有的傳說級（Legend）裝備，已經隨著他的進化變成神話級。沐浴在蓋德的妖氣中進化了。

其實利姆路根本沒料到他會變成這樣，但在場所有人都誤會，以為一切都在利姆路算計之中。

「利姆路果然不是蓋的。就連我這麼有眼光的人來看，都沒預想到事情會變成這樣。」

菈米莉絲的眼光根本不準，這樣的她自信滿滿地說了這句話。

而貝瑞塔則是面不改色地當耳邊風。

「的確。大人他深謀遠慮到令人惶恐的地步。」

不僅如此，更有其他覺醒者現身。

「還有奴家。另一個人可是奴家的獵物。」

這個人就是「幻獸王（Chimera Lord）」九魔羅。

「檢測到九魔羅大人的存在值大約落在一百九十萬。沒有專用裝備卻能有這樣的數值，頗具威脅性！」

聽到來自阿爾法的報告，「管制室」裡湧現歡呼聲。

接著就像在呼應她的話，地上開始爆發激烈的戰鬥。而且令人驚訝的是，蓋德的部下們四散在各個地點，展開無比強力的「結界」，守護城鎮以免被戰鬥的餘波波及到。

「這下贏定了！」

「總之目前看來有辦法克服難關了呢。」

菈米莉絲發出勝利宣言，貝瑞塔也鬆了一口氣。

只不過——

現在鬆懈還太早。

妖魔王菲德維的計策尚未結束。

其實之前那些全是假動作，另有別的真實目的。

●

瀰漫在「管制室」之中的緊張氛圍稍微緩和下來。

原本還在貝瑞塔肩膀上發表勝利宣言的菈米莉絲似乎整個人都鬆懈了，變得很安分。

貝瑞塔已經很習慣，從一開始就保持冷靜的態度，一直在照看冷靜不下來的主子。

真治退一步在圈外觀察那些狀況，把現在這陣騷動都看在眼裡，彷彿事不關己。這是因為一路進行的戰鬥實在超出自己的理解範圍太多，已經超過他的處理容量，開始覺得這不是現實。

但也因為這樣，真治才能保持冷靜。

他知道菈米莉絲很慌張，不過真治私底下覺得其實菈米莉絲可以再冷靜一點。

（若是能夠稍微跟貝瑞塔先生看齊就好了……）

這是真治的真心話，但他可不會說出口。若是把這種事情說出來，不僅會惹來多餘的罵聲，恐怕還會被減薪。

菈米莉絲的迷宮確實很厲害，但菈米莉絲本身卻比真治還弱。應該說根本不能相提並論。

因此不管菈米莉絲有多慌張，實際上還是什麼忙都幫不上。

而且——真治還想起前些日子舉辦的慶功宴。

現場出現蘊含力量超乎想像的魔人們。

那些強大之人宣誓對魔王利姆路效忠。

真治自己也是「異界訪客」，以自由公會的基準來看相當於特A級，身手算是不錯的了。存在值也已經檢測過，目前超過十二萬。除此之外還擁有獨有技「醫療師」，在帝國軍之中算是超級士兵了。

他也自我感覺良好，認為自己算是蠻厲害的人，可是跟這邊的人放在一起，就沒那麼突出了。

畢竟就連在當操作人員的美人姊妹們，每個人存在值也都超過十五萬。

真治開始覺得在意自己強不強也沒意義，其實這是順理成章的結果。

順便補充一下，馬克的存在值是十三萬，中是十二萬。跟他差不多，若是對上映照在螢幕上的怪物對手，八成無計可施吧。

即使如此，目前的現狀是主要戰力都出征了，他們過去迎擊還是能跟對方過個幾招。真治覺得光是這樣就已經很強了。

如今回想起來，當時魔國聯邦這邊派出一些人來蹂躪帝國引以為傲的「機甲軍團」，那些人加起來都不到魔國聯邦的總戰力三成。

而且這些事情還發生在慶功宴之前。

在慶功宴上，魔王利姆路給那些幹部獎勵，讓高階魔人們都陷入進化睡眠。結果導致超級覺醒者出現。

說真的，真治的腦容量已經無法處理這些。

剛才的蓋德就是一個例子，魔物的進化真的莫名其妙。

（幸好我有離開帝國流亡來魔國聯邦！）

如此這般，真治打從心底感謝蓋多拉大師。

他不經意看向螢幕，發現以前的上級長官梅納茲等人正在跟那個叫做柯洛努的「三妖帥」搏鬥。

這景象看起來就好像電影場景。

（碰到這樣的怪物對手又能做些什麼啊。話說世界上有這樣的傢伙存在，這件事情本身就難以置信。）

在他看來，就算失去力量也要挑戰敵人的梅納茲和卡勒奇利歐才不正常。除了在想：「他們都不害怕嗎？」看見那兩人就像在演電影一樣，面對強敵逐漸取回力量，心中便浮現一個感想，覺得帝國的高層果然不容小覷。

情況實在太超現實了。

甚至讓真治開始懷疑那些人是不是以為自己是電影主角啊。

可能是因為這樣吧。

真治沒辦法產生危機感，他切換思考更在意的事情。

也就是在逃避現實。

他開始注意不時為大家送上輕食的朱菜。

（話說回來，朱菜還是一樣可人呢～）

去想雇主那邊的事情沒什麼意義——應該說這件事情怎樣都好。占據他內心的，不是殘暴的紛爭，而是可愛得不得了的朱菜。

光想到她一鞠躬離開房間的模樣，真治就覺得好幸福。

她一身高潔氣質，沒有破綻。

外表是脆弱的美少女，可是她生起氣來就會變得很恐怖，這件事情大家都曉得。

對朱菜抱持憧憬的不只真治而已，還有馬克跟申，以及後來加入成為實習助手的路奇斯跟雷蒙等人，都是一起參加「朱菜」粉絲俱樂部的同好。

相較之下，身為雇主的菈米莉絲就……

真治不由得發出嘆息。

「我說真治。若是有什麼話想說，可以說給我聽啊？」

就只有這種時候，菈米莉絲的直覺特別敏銳。

「不，沒什麼想說的。」

他趕緊否認，深怕想法寫在臉上。

身為他師父的蓋多拉大師常常斥責他說：「想要成為魔導師（Wizard）的人，必須泰然自若。你還有待加強！」

碰到這種場合，他就覺得確實有道理。

他在個人情感上不擅長去做成為魔法師不可或缺的情感操作。

申就能夠做到面無表情不讓人察覺自身情感，但卻沒有魔法的天分。蓋多拉常常說這兩個人若是互相調換就好了。

於是這樣，真治也必須承認自己不夠好。

（好吧，都已經敢對我發怒了，那就表示菈米莉絲大人也已經對我敞開心胸了吧。）

諸如此類，他開始做些有利於自己的解釋。

基本上拿朱菜跟菈米莉絲相比本身就是種錯誤。

他們就像是大人跟小孩子。應該是說連比都沒得比。

朱菜身上還留有少女的氣息，在待人處事上卻已經像是個圓滑的大人了。

菈米莉絲雖然活了好幾千年，但似乎跟身體的成長成正比，精神年齡依然很低。

外表跟內心都是小孩子的菈米莉絲根本無法和朱菜相提並論。

這讓真治開始覺得菈米莉絲很可愛，認為自己應該對她更好一點。

事情就是這樣，真治一直在想一些多餘的事情。

也因為這樣，他才會注意到。

發現平常總是懶洋洋的那個男人在神不知鬼不覺間站了起來。

然後不曉得為什麼，總是很認真的上司培斯塔突然間趴到桌子上睡覺。

「咦？迪諾先生，你這是在做什麼——」

真治會這麼問純屬巧合。殊不知這個動作成了本日最佳典範。

原本最不認真的真治立了今日最大的功勞。

迪諾站起來是打算執行被賦予的任務。

他討厭工作，這並非出自他的本意，但是被一個跟他交情深厚的人拜託，讓他無法拒絕。

更重要的是一種強迫觀念在催促他，逼他非得這麼做才行。

然而這個行動卻被意想不到的人妨礙。

「咦？迪諾先生，你這是在做什麼——」

聽到真治這句話的時候，迪諾就知道作戰計畫失敗了。

他原本打算在沒有任何人發現的情況下速戰速決了結一切，卻好巧不巧被人完美介入。

照理說應該沒有任何人看穿他的行動才對，真是一大失誤。

原本打算捉住菈米莉絲的手被貝瑞塔抓住了。

事情就發生在一瞬間。

假如真治沒有發出聲音，那就不會有人來阻擾迪諾。

「您打算做什麼，迪諾大人？」

「嚇我一跳。沒想到會有人過來妨礙。真是的，就因為有你在才保持警戒，一直在找你鬆懈的時機下手。」

「……」

「你也真是的，真治。話說你這傢伙有成為大人物的素質喔。」

迪諾嘴巴上這樣抱怨，而這句話有一半是真的。因為他曉得能夠看穿自身行動的人在這個世界上寥寥可數。

原本迪諾還對自己有那麼大的自信，事到如今卻極度無力。

他一臉厭煩地發出嘆息，朝著真治瞥了一眼。接著一邊搖搖頭，一邊將視線拉回，瞇起眼睛看著貝瑞塔。

看樣子真治他們總算也搞清楚狀況了，知道事情非同小可。話雖如此，他們也沒能做什麼。

阿爾法等人展開行動，將迪諾團團包圍，保護在貝瑞塔肩膀上的菈米莉絲。

「……咦？咦——！」

面對這突如其來的發展，菈米莉絲整個人狀況外，在貝瑞塔跟迪諾之間看來看去，拚命想要釐清狀況。

真治除了照料培斯塔，還跟迪諾拉開距離。然而他的夥伴馬克等人一動也不動地縮成一團。

明明情況這麼危急，看起來他們還是睡著了。任誰都能看出情況很不對勁。

「喂，迪諾先生！是你動了什麼手腳吧？」

面對大叫的真治，迪諾懶洋洋地回應：

「對啊。不過能夠抵抗（Resist）我的力量，那表示你的技能很棒。我要對你另眼相看了，真治。」

「就算被你這樣誇獎也不開心。」

其實是有點高興的，但真治還是如此回覆。

迪諾就只有聳聳肩。

他是誇獎了真治沒錯，但似乎沒把他放在眼裡，連看都不看一眼。

只見迪諾望著在貝瑞塔肩膀後方的菈米莉絲，開口告知：

「菈米莉絲，抱歉啦，能不能來協助我們？我不想動粗，若是妳願意跟我們聯手，我保證會好好善待妳。畢竟我們雙方都不希望出現無謂的傷亡嘛？就是這樣子，可不可以跟我一起走？」

按照迪諾的標準，他說這句話的表情算是很認真了。

至於菈米莉絲的反應，用不著多說自然是拒絕。

「啊？你是吃錯什麼藥了啊？敢說這種話，等利姆路回來小心被他痛扁一頓？」

菈米莉絲這是在狐假虎威，不過這番話卻也沒說錯。

因此迪諾就只能苦笑以對。

「的確是呢。我就猜到妳會這麼說。不過呢，我也不可能乖乖照辦。雖然不是我願意的，但我也是『監視者』的一分子。」

「你說『監視者』──該不會是維爾達納瓦大人的心腹『始源七天使』？」

「答對了。其實我以前也是『始源』之一。自從負責領頭的菲德維等人去到異界後，我就被派去執行地表上的監視任務。」

「騙人的吧？」

「不，這都是真的。」

對於菈米莉絲而言，那是如今才得知的事實，令她驚訝不已。

原本還以為迪諾跟自己一樣，在魔王之中都算是累贅，沒想到竟然是重要人物。而且還是創造神維爾達納瓦親自命名的對象，她連作夢都沒想到事情會是這樣。

順便補充一下，菈米莉絲的命名父母也是維爾達納瓦，但是她本人轉生太多遍，都忘得一乾二淨了。若是變成完全體就可以回想起來，卻不知那是何年何月的事情。

「我還以為所有的『始源』都去異界了。」

「這怎麼可能。我以為妳記得平定地面上的紛爭，世界恢復和平後，維爾達納瓦大人曾經一心希望異界也能獲得安定這檔事。」

「咦？還、還記得啦。」

菈米莉絲的反應有點可疑，不過迪諾故意不去追究。因為去挑毛病太麻煩了，但他更討厭解釋。

於是就當成菈米莉絲也知曉此事，繼續把話說完。

「然後去執行這個任務的，就是菲德維跟其他三個『始源』。剩下的人包含我在內只有三人，變成維爾達納瓦大人的左右手，替他賣命。」

「連你也是？」

「妳會懷疑是正常的，當時的我也很認真。可是發生一件事情。後來經過許多波折，我就墮落了，從熾天使變成墮天族（Fallen）。不只是我，其他同僚也一樣，到了現在原本的『始源』已經一個都不剩了。」

「我說你，是不是把最重要的部分給省略了！那個一番波折才是最重要，最讓人好奇的耶！」

再也忍不住的菈米莉絲出面吐嘈，可是只換來迪諾嫌麻煩的嘆息聲。

「好煩喔——連說明都很煩。對我來說這部分不重要啦。妳就靠想像補足，我想先交涉。」

別強人所難要人用想像力補充啦——在場所有人聽完都有這種感覺。不過迪諾做事隨便是出了名的，大家最後都放棄了，知道要他進一步解釋也是得不出像樣的回答。還是決定直接來聽聽看他有什麼要求。

「那你想交涉什麼？」

身為代表人的菈米莉絲發問。

「就像剛才說的那樣。若是菈米莉絲願意跟我們合作，我們就發誓不會對這個迷宮裡的人出手。如果拒絕，就不能怪我們了。也只能把礙事的傢伙全部殺光，將妳抓走。」

「如果你們真的那麼做，我怎麼可能去幫你們。」

「也對，是會那樣吧。但這部分也沒什麼問題。妳願意幫忙是最好的，若是情況不樂觀，好像直接把迷宮封起來也行。」

「這應該不是你本人的意願吧？是受誰指使的？」

「嗯——說出來大概也沒關係吧……」

「是說能夠命令你的人，好歹要像金那樣的大人物才行吧。」

「算是吧。不過這種說法在我看來也很奇怪。畢竟我跟金處在相同的立場上，為什麼我一定要聽他命令——」

「這種事情不重要啦！」

「不，還蠻重要的吧……」

無視迪諾的碎碎唸，菈米莉絲開始思考。

「如果不是金，我知道了！是『始源』的領導者菲德維對吧！他從異界回來，去跟遊手好閒的你接觸了對吧。你沒辦法違抗他，是不是這樣？」

菈米莉絲的「謎樣」推理真教人畏懼。

她平常在推論的時候總是漏洞百出，可是不曉得為什麼，最後都會得出正確答案。而這次也被她漂亮地說中。

「嚇我一跳，竟然說中……」

菲德維投入大半的棋子，期望能夠完美執行這個作戰計畫，計畫上有兩大目的。

一個是暗殺正幸。

另一個則是破壞迷宮。

若是要攻略迷宮肯定很辛苦，恐怕計畫會出現變故。為了防範未然，菲德維認為把菈米莉絲抓住是很重要的。

菲德維希望排除所有的不確定因素，因此才會擬定這次的作戰計畫。迪諾也是按照這個作戰計畫行事。

「喔——你算是個不良少年，跟菲德維應該是各走各路吧？那傢伙是資優生，感覺跟你合不來。」

「喂，我不是不良少年啦！只是有時候會蹺班而已。不過聽那傢伙的命令確實很煩沒錯，後來他不在，我還覺得心情舒暢許多……」

他們兩個只是沒交集罷了，依然還是保有交情，迪諾如此解釋。

「原來是這樣。也就是說這次的襲擊者全都是『始源』？那不就糟了！你就別聽菲德維的命令，過來我們這邊吧！」

菈米莉絲像在說什麼小事情一樣，開口道出不得了的提議，那讓迪諾不禁會心一笑。然而他不能同意。

「其實也蠻慘的，我也有我的苦衷。」

就連迪諾自己都感到不可思議，不知道為什麼，他沒辦法違抗菲德維。因此他果斷拒絕菈米莉絲的提議。

「看樣子……你是認真的。膽子不小嘛，那就陪你玩玩。我好歹也是『八星魔王(Octagram)』之一。在利姆路回來之前，我已經做好把這裡死守到底的覺悟了！」

菈米莉絲在這時表明自己的決心。

「是這樣喔。其實我真的很不想工作。什麼都不用做就有飯吃，這樣的世界對我來說才是最理想的，好吧，沒辦法。很可惜我不會手下留情，別擔心——不會連妳的小命都拿走。妳就好好努力把我趕走吧。」

迪諾也恢復平常那種悠哉散漫的表情，邊搖晃著手邊回答。

事情來到這個地步，談判算是破裂了。

對話的時間結束，戰鬥開始——

＊

「上吧！把他幹掉，貝瑞塔先生！」

大概是受到什麼東西影響吧，菈米莉絲發出這聲叫喊。

理所當然地，她不會親自戰鬥。

迪諾早就想到事情會變成這樣，因此他不再吊兒郎當，要來會會對方的身手，開始跟貝瑞塔對峙。

「管制室」轉變為戰場。

雖然這邊空間很大，但也有很多桌子椅子這類的障礙物。並不是適合戰鬥的環境，菈米莉絲想要換個地方。

但這對於迪諾來說，萬萬不能容許。那樣很可能讓菈米莉絲逃掉。

在沒辦法的情況下，阿爾法他們一邊注意在對峙的那兩人，一邊加快腳步回收重要器材。

絲毫不在意周遭的情況，迪諾跟貝瑞塔開始戰鬥。

不曉得從哪裡變出來的，迪諾拿出相當於他身長的大劍。

這把劍的名字叫做「崩牙」——是刀身又厚又寬的單手劍，彷彿光靠重量就可以把敵人擊潰，是把殺傷力看起來很高的劍。

迪諾穿得跟平常一樣，只有裝備胸甲和外袍這類輕便裝備，這樣沉重的武器感覺不適合他來拿，他卻拿得很自然，有模有樣。

「那把劍的性能呢？」

「換算成存在值，相當於百萬——」

阿爾法驚訝不已地回報。

「這是什麼情形，那不就相當於神話級了！明明是迪諾在拿的，太犯規了吧！」

菈米莉絲嚷嚷了一句莫名其妙的話，不過迪諾聽聽就算了。

他將「崩牙」舉起。

相對的，貝瑞塔赤手空拳。

話雖如此，他的肉體基礎來自利姆路製作的魔鋼人偶。如今已經跟貝瑞塔的魔力巧妙融合，變質成生體魔鋼（Adamantite）。

形狀仍然是利姆路當初製作的那樣，強度卻今非昔比。況且還帶有貝瑞塔的妖氣，一般武器根本傷不了他。

這是在傳說級之上的全身凶器，迷宮中硬度最高的存在。那就是貝瑞塔。

不過，就算是這樣——

迪諾還是毫不留情地揮下大劍。

貝瑞塔在沒有任何猶豫的情況下壓低身體，避開攻擊。

只是沒有武器，還不至於讓他處於劣勢，但這次算是遇到不利的對手。

貝瑞塔的存在值是四十萬多一點，跟迪諾不相上下——原本是這樣才對，但對手一旦裝備了神話級的武裝，他就沒辦法進行像樣的戰鬥了。

赤手空拳的貝瑞塔為了避免被迪諾的劍正面擊中，一直在專心閃避。一旦被碰到，貝瑞塔就會在那瞬間被破壞掉。

而最糟糕的還是——

「關於迪諾大人的存在值，已經從四十萬上升到兩百萬！合計三百萬，太強了……」

阿爾法在這時用絕望的語氣告知。

然而貝瑞塔卻不為所動。

菈米莉絲也沒有感到驚訝，態度上就像在說「這也難怪」。

「雖然不曉得你是怎麼辦到的，但你騙過存在值檢測器了對吧。看樣子還有改良的空間。這部分就先不管了，阿爾法。叫迪諾的時候用不著加大人啦！」

「喂喂，這部分就不用改了吧。我好歹也是魔王耶？」

「吵死人了！貝瑞塔先生，用不著跟他客氣，快點解放真正的力量吧！然後讓那個笨蛋嚐嚐天譴的滋味！」

「我並沒有那樣的力量，但既然您如此命令，我就全力以赴吧。」

貝瑞塔還是一樣苦命。

雖然說存在值只是一種基準，但是差距高達七倍以上，戰況還是十分嚴峻。心裡真正的想法是「這根本在強人所難」，他還是試著回應主子的期待，開始觀察迪諾。

「你也不好混呢。」

「雖然不想被身為敵人的你如此評價，但我不否認。」

一面回答，貝瑞塔專心閃避，開始擺弄迪諾。只要不會被攻擊打中，那就不用去管防禦力。

重點在於用什麼角度思考。

貝瑞塔全身都是攻擊手段。赤手空拳並不會讓他處於不利的立場，反而可以運用各種攻擊。反之迪諾一身輕便裝備，需要警戒的就只有那把大劍。只要被打中就會造成重大傷害，就這點而言，雙方條件是一樣的。

因此他有勝算。貝瑞塔是這麼想的，一直在尋找機會。

他是「聖魔人偶（Chaos Doll）」，屬性變化信手拈來。除了透過獨有技「天邪鬼」陸續切換屬性，他還在尋找迪諾的弱點。為了讓情況轉變成對自己有利，他每次回擊迪諾的動作都是經過計算。

一直被人耍弄的迪諾哪裡咽得下這口氣。

「嘖，話說你是黑暗眷屬吧。聽說你們討人厭的作戰方式無人能出其右，這下我明白了。」

「被您誇獎不勝惶恐。」

「沒人在誇你！」

就連對話也能拿來當作武器，貝瑞塔試圖扭轉對自己不利的局面。

沒有任何餘裕。

雖然他並不慌張，要維持現狀卻很勉強。

另一方面，來看迪諾的情況。

他正確判斷目前情勢，知道情況並不樂觀。

偷襲失敗是一大損失。

這害他要跟人進行無謂的戰鬥，使計畫生變。

貝瑞塔跟迪諾的能力差距非常大，在技量上卻沒有太大的落差。然而一看就知道貝瑞塔已經快到極限了。

這裡是菈米莉絲的迷宮內部，貝瑞塔就算死了也能復活。不用擔心殘存魔素枯竭，也不用擔心過剩的力量會反噬自己。可以無視任何限制，總是全力以赴，因此才能夠跟迪諾抗衡。

他受到環境的效果保護，不過這也有極限。若想要顛覆無可避免的戰力落差，以貝瑞塔的能耐來說稍顯不足。

（不過他也真不是蓋的。該說黑暗眷屬果然厲害嗎？沒想到他能夠跟到這種地步。）

迪諾對貝瑞塔的評價提升了。

如果留在這邊的人是卡利斯或德蕾妮，勝負或許會更快揭曉。

那兩人並不弱，然而天使對上精靈具有壓倒性的優勢。

而且雙方累積的戰鬥經驗太過懸殊。貝瑞塔不愧是黑暗眷屬，擁有相應的——能夠跟迪諾並駕齊驅的技量。

他只要被打中一下就會立刻死掉，卻還是很有膽識地冷靜分析迪諾的攻擊。不僅自始至終都不放棄求勝機會，甚至還對這種情況樂在其中。

即使迪諾刻意露出破綻，貝瑞塔也沒反應。光這樣就值得讚許，但有的時候對方反擊還會傷到迪諾，這讓他很驚訝。

對於墮天族而言，不擅長應付的就是神聖屬性，不過這並非無法顛覆的弱點。然而來自貝瑞塔的攻擊還是會造成損傷。

聖與魔，他融合雙重屬性發出攻擊，就連迪諾的「防禦結界」在性質上都抵擋不了。

事實上，迪諾推斷他沒辦法抵擋這種攻擊。就跟靈子攻擊一樣，若沒有靠意志力超越，八成會受到傷害。

對於原是熾天使，還知曉世界真理的迪諾來說，對方只用獨有技就能對他造成傷害，這令他大吃一驚。

而貝瑞塔那令人驚訝的戰鬥天分確實可圈可點。

只不過，迪諾也開始習慣貝瑞塔的動作。

揮舞大劍會讓破綻變大，迪諾也明白這點。貝瑞塔總是趁他露出破綻的時候攻擊，這些純屬意外，但都在迪諾的容許範圍內。

迪諾的攻擊連碰都碰不著，乍看之下好像是貝瑞塔占盡上風。話雖如此，就算遇到用生體魔鋼製成的肉體，「崩牙」也能夠輕易砍斷。

只要砍到一下就能夠扭轉戰局，所以迪諾覺得那些都不是問題。

貝瑞塔也很清楚現狀，徹底爭取時間。他似乎認為持續攻擊也沒辦法打倒迪諾，就防守得更徹底。

（也罷，這算是正確選擇。在貝瑞塔看來，可以守護菈米莉絲就算是一種勝利了吧。）

迪諾也不是笨蛋，早就看穿貝瑞塔心裡在想什麼。

只要有菈米莉絲在，待在迷宮裡面的人就不會死掉。反過來說菈米莉絲一旦被殺掉，那他們就馬上完蛋。如果菈米莉絲被抓走，那也不能保證迷宮會安然無恙，也難怪貝瑞塔會優先爭取時間。

這樣下去會讓貝瑞塔稱心如意。

但迪諾可不允許。

只能說貝瑞塔這下可惜了，因為迪諾這邊還留有絕招。

迪諾之所以會配合貝瑞塔爭取時間的動作，都是為了在這個地方把他癱瘓掉。跟殺了也會復活的對手戰鬥麻煩至極。

只要在貝瑞塔復活之前抓住菈米莉絲就行了，但其他人肯定會過來阻擾。

如果發動能夠把所有人殺掉的攻擊，那連菈米莉絲都會被牽扯進來。

迪諾說他不想殺掉菈米莉絲是真的，結果這點成了絆腳石，讓情況變得棘手。

（有夠麻煩，真的。沒想到光是要擺平貝瑞塔就這麼費工夫。單純只是要打倒他很簡單，算了，反正已經準備好了，這些都無所謂了吧。）

「貝瑞塔，你已經表現很好了。睡吧，『怠惰睡眠（Fallen Hypno）』——！」

迪諾發動他的能力。

這是獨有技「怠惰者（Sloth）」的能力，屬於非殺傷性的大範圍癱瘓攻擊。

所有的生命體都會陷入無法醒來的睡眠中，除非施術者解除。就算要靠意志力抵抗也沒用。這是最

頂級的強力大罪系技能，就如同「怠惰」這個名字所示，難處在於發動需要一段時間。

不過，唯獨究極技能持有者能夠抵抗。在獨有技之中說是最強的也不為過，是很可怕的攻擊。

迪諾盡量用和平的手段擺平貝瑞塔等人。

還有在這個「管制室」之中，試圖保護菈米莉絲的真治一行人、阿爾法姊妹，說真的迪諾都不想傷害他們。

就連第一個被他催眠的培斯塔，迪諾也是發自內心尊敬這個上司。再說跟真治他們也是同僚，已經把他們當成夥伴了。

因此迪諾其實不想背叛他們。

可是菲德維下達的命令不能違背，他就是無法違抗菲德維的命令。

「真是費工夫。別怨我。我會去拜託菲德維，看他能不能放過這個地方。」

確認貝瑞塔已經倒下去，迪諾喃喃自語。朝著睡得香甜的菈米莉絲看了一眼，他心想任務已經完成，打算對菈米莉絲伸手——

「休想得逞。」

一道冷酷的聲音讓他動作停擺。

「不會吧……」

迪諾邊說邊轉過頭張望，發現有一個女人站在那邊。

身上的絨毛發出金色和銀白色的光芒。

守護要害部位的外骨骼是油亮的黑色，同時也是生體魔鋼。

發出青藍色光芒的翅膀好像閃蝶一般，總共有兩對四翼。跟額頭上的複眼是一樣的顏色，散發神祕的魅力。

這個女子正是從進化睡眠中醒來的阿畢特。和進化之前相比，各個部位的配色都出現改變，形狀還是跟原本的沒什麼兩樣。

但那不屬於人類的美貌彷彿顯得更加美麗。氣質上也變得雍容華貴，身為「蟲女王(Insect Queen)」的她已更上一層樓。

「——原來是阿畢特……妳來得正好。把我的『聖魔核』破壞掉吧。」

由於惡魔族不需要睡眠，因此貝瑞塔可以勉強抵抗「怠惰睡眠」。即使他逐漸陷入休眠狀態(Sleep Mode)，還是拚命拜託阿畢特。

「貝瑞塔大人——」

「看起來都不能動了，竟然還保有意識！」

迪諾因為感到驚訝的關係，瞬間反應慢了一拍。結果讓阿畢特有機會行動。

沒有去問對方為何如此拜託，阿畢特放出身上的毒針，把貝瑞塔的「聖魔核」破壞掉。

能夠將堅固的生體魔鋼輕易貫穿，都靠阿畢特引以為傲並且能夠再生的震動毒針劍(Osiris Rapier)。她能夠在身體內製造震動毒針劍，要製造多少都行。

雖然如此，沒有進化的話還是無法殺掉貝瑞塔吧。

這讓貝瑞塔笑了。

「呵、呵呵呵，做得漂亮。這樣我就能夠死掉，毫髮無傷地復活吧。這裡就暫時交給妳了，阿畢特。」

雖然貝瑞塔已經退休不再是「迷宮十傑」的領導者，但他依然是菈米莉絲的副官，立場不曾改變。

還是能夠命令「十傑」。

「遵命。只可惜我似乎沒有勝算，期待您盡早回歸。」

跟這句話背道而馳，聽阿畢特的聲音，她似乎確定他們一定會獲勝。迪諾好像也感受到了，頗有顧忌地嘟噥。

「不會吧……判斷得這麼正確，根本連見縫插針的機會都沒有啊。」

迪諾想得沒錯。

把後續的事情交代給阿畢特後，貝瑞塔就變成光粒消失了。

緊接著阿畢特用超越音速的速度飛翔。

「管制室」中的戰鬥變得更加激烈。

＊

真的好討厭。

這是迪諾如假包換的心聲。

阿畢特也不是他的對手。只不過，在迷宮內部沒辦法殺掉她。

就算迪諾想要快點把她收拾掉，好帶走菈米莉絲，阿畢特還是活用那身速度妨礙他。不跟迪諾正面碰頭，而是徹底採用打帶跑的戰術。

在進化之後，阿畢特變成速度特別快的戰鬥型。她非常清楚自己的特性，在行動上完全不拖泥帶水。存在值大概是七十萬左右，然而只看速度卻跟迪諾不相上下。

除此之外，就在迪諾認為自己終於可以殺掉對方時，貝瑞塔已經回來了。照理說迪諾動殺手甚至花不到一分鐘，然而貝瑞塔是用「傳送」過來的，就連迪諾都來不及。

即使面對的對手是像迪諾這種強過自己許多的敵人，阿畢特要爭取的時間還是連十秒鐘都不用，光靠她就可以爭取足夠的時間了。

如此一來，迪諾能夠用的手段就不多。

最確實的方式就是同時讓貝瑞塔和阿畢特睡著。

他讓自己冷靜下來，再一次試著發動獨有技「怠惰者」。

對手有兩個人，要發動完成需要一些時間──這就是「怠惰者」重視品質的結果。

因此迪諾不再慌張，不同於戰鬥中的樣子，他用安穩的心情確認夥伴們狀況如何。

首先吸引他注意的，是與怪獸大決戰中獲勝的維爾格琳作戰的利姆路身影。

（那傢伙是怎麼逃脫的？不對，他竟然能夠跟維爾格琳打成平手！）

說真的，迪諾非常訝異。

根據菲德維所說，魔王利姆路跟底下的幹部們應該都已經被封印在維爾格琳的異界中。

利姆路透過跟夥伴們的「靈魂迴廊」確認自己的位置座標，這才輕鬆逃脫，可是迪諾完全不曉得是如何操作的，看得他困惑不已。然而更讓他驚訝的是利姆路有多強。

面對那看似無敵的維爾格琳，他似乎還勝過對方。

這讓迪諾心生焦躁。

（不快點讓作戰計畫進行下去可能會不妙。）

一邊想著，迪諾開始去觀察其他人的情況。

話說菲德維的作戰重點，首先就是要抓住菈米莉絲。迪諾之所以會來到迷宮內是因為金的命令，儘管只是偶然，被菲德維注意到這點算他運氣背。

雖然迪諾也不想那麼做，但只有他能夠進到戒備最森嚴的「管制室」，他只好看開，想說這樣分配也無可厚非。

至於菲德維他們要如何入侵，則是背後有大膽的作戰計畫撐腰。

他們煽動維爾格琳，為了把維爾德拉逼出來才讓她去破壞迷宮。

迪諾對此嚇了一跳，然而計畫順利成功。而且菲德維還親自打頭陣，實施侵略作戰。

跟菲德維一起入侵的有兩名「三妖帥」，還有札拉利歐帶過來的五位將軍。總共八個人。

投入了兩名最高幹部，算是很大陣仗。

剩下的最高幹部就只有「三妖帥」歐貝拉，但他大概留著看守異界最深處的「妖異宮」吧。當迪諾聽聞這個作戰計畫，他就驚訝萬分，想說菲德維他們還真是豁出去了。

至於留在地表上的「始源」同袍們，被找來參戰的不只有迪諾而已。還包括潛入人類國家過生活的另外兩個人，如今也被叫過來參與作戰。

那兩人地位等同於迪諾的部下，卻遭到菲德維任意使喚。

其工作就是維持住遭破壞的迷宮。

這樣的布局就是為了在迪諾失敗時還有退路。

那是菈米莉絲的迷宮，假如她有那個意思，還能讓迷宮變成牢獄。要從這邊逃脫非常麻煩，為了避免事情演變成那樣，菲德維才會安排這一步。

迪諾個人最擔憂這兩人，所以他先確認映照出這兩位的螢幕畫面。

（不是吧，喂！竟然跟那兩個人——皮可和卡拉夏勢均力敵……）

皮可是身材嬌小的美少女，卡拉夏則是高大的女戰士。

由於維爾德拉跟維爾格琳對決輸掉，被隔離在迷宮裡頭的都市回到地面上。蓋德自告奮勇去保衛都市，但是迪諾萬萬沒想到他會變成皮可和卡拉夏的對手。

（現場有「守征王」蓋德和「幻獸王」九魔羅是嗎？話說九魔羅是幻獸族的吧？搞不好是滅界龍伊瓦拉傑的後代——不對，這怎麼可能……）

腦子裡下意識閃過令人厭惡的想像，迪諾趕緊撇除。

接著在心裡想著「真不愧是『聖魔十二守護王』」，開始注意其他的戰鬥。

他發現還有「三妖帥」札拉利歐在戰鬥。

（喔喔，札拉利歐那傢伙還是一樣厲害。看樣子完全沒拿出真本領，對付那個卡利斯和德蕾妮已綽綽有餘。）

令人懷念的前同僚還是一樣厲害。

當時就覺得他的實力深不可測，令人發毛，看樣子過了好幾千年已經更上一層樓了。他想著「這傢伙應該沒問題」，接著看下一個螢幕。

（是柯洛努啊。聽說在幾十年前的大侵略行動中輸得很慘，是因為這樣嗎？他看起來很著急。）

迪諾沒有看錯，柯洛努確實很著急。

這也難怪。

上一次徹底戰敗讓他失去自己的軍團，還受了很重的傷，痊癒就花了好幾十年。假如這次失敗了，大概會被菲德維除掉。

而且那個菲德維現在可能還潛伏在柯洛努身邊。柯洛努或許是覺得壓力大，才遲遲沒辦法拿出原有的實力。

（他還真是不走運。只不過正幸真的很弱，出來阻擋的人也沒什麼大不了。威諾姆是黑暗眷屬這點比較值得注意，但好像還是新手，無法跟貝瑞塔相提並論，不曉得會不會有事。）

迪諾跟柯洛努關係並不算太好，所以他不怎麼擔心柯洛努。

即使柯洛努失敗了，菲德維也會出面處置吧。換句話說作戰計畫八九不離十會順利進行下去。

大概是因此感到安心吧，迪諾懶惰的心開始出現雜念。

（嗯——可是還真奇怪。為什麼我得去擔心作戰計畫是否成功啊？搞不懂。）

其實這是一個非常重要的疑點。

迪諾無論如何就是覺得這次的作戰計畫怪怪的。他不曉得原因是什麼，心裡總是覺得不踏實，感覺好像再深入多想一下就能找到原因。

不過，只可惜——

『你怎麼還在玩啊？迪諾，我差不多要展開行動了，你也快點把任務完成。』

這段安穩的時光宣告結束。

（嘖，真不想工作。）

迪諾並不恨貝瑞塔和阿畢特，反而喜歡他們。

因此他才會對這次的命令更加厭惡。

然而——他不能違抗命令。

邊想著「沒辦法」，迪諾決定認真起來。

菲德維再次對迪諾下令，自己則是繼續潛伏，觀察柯洛努的作戰狀況。

雖然柯洛努有過度自信這個缺點，卻是可靠的部下。同時也是一起接受維爾達納瓦命名的同伴，菲德維自認一直以來都待他不薄。

只不過柯洛努在上一次的侵略作戰中出現重大失誤，全軍三分之一因此覆滅。明明對付的是不值一提的某個異世界，在戰鬥能力上還占據壓倒性的優勢。

這足以構成令菲德維失望的理由。

柯洛努本人似乎也很有自知之明，在這次作戰中沒有像之前那樣拿敵人玩樂，而是非常拚命。

這看在菲德維眼裡可不是多麼光彩的事情，「三妖帥」必須扮演擁有壓倒性力量的強者，卻被一群弱者玩弄，那可不行。

就好比現在，柯洛努甚至讓可以一擊殺死的對手跑掉。

而且沒有發現正幸被掉包，有人偽裝成他，完全中了敵人的奸計。

比起傻眼錯愕，更多的是殺掉柯洛努的念頭幾乎要萌芽而出，菲德維靠著自制力好不容易才壓制住。之後決定先不去管柯洛努，要動身去收拾正幸。

另一方面，來看正幸這邊的情況。

在逃跑的他腳步沉重。

這是因為只有他一個人逃走，一定會覺得內疚。

當然他很害怕，可是他更怕對夥伴見死不救。假如他們有個三長兩短，那他可能終其一生都無法原諒自己。

這時正幸停下腳步，回過頭張望。

他看得到在遠方奮戰的夥伴們。

梅納茲封住敵人的行動，吸血鬼們活用他們死不了的特性當誘餌，卡勒奇利歐跟威諾姆在找機會發動攻擊。

特別值得一提的是裘的應對，她巧妙走位，出手阻止柯洛努的大規模破壞攻擊。

明明是臨時組成的隊伍，卻合作無間。

然而只要少掉一人，這個隊伍就會瓦解。

「喂，正幸——」

「邦尼，我還是回去好了。我之前一直怕被大家發現真正的自己，一直沒有機會說出心裡話，其實我希望能夠跟大家變成更好的朋友。雖然我很膽小，卻不想變成卑鄙小人。」

正幸說出真心話了。就在這個瞬間，「世界之聲」在正幸的腦海中響起。

《確認出現英雄行為「不會逃避的勇氣」。如今已滿足三個條件，可以解放獨有技「英雄霸道」的隱藏能力。要發動嗎？　YES／NO》

咦？——正幸心中出現疑惑。

他原本還在著急，想說自己是不是又搞砸了，後來發現不是才鬆了一口氣。雖然他對隱藏能力毫無興趣，但現在都什麼時候了，正幸想說先答應好了。

《已確認。「英雄霸道」追加新能力……成功。「英靈道導」將常駐發動。》

艱澀的說明在正幸的腦袋中響起。

除了沉浸在那令人懷念的感覺中，正幸也逐漸搞懂自己的能力。

有能夠壓迫對手的「英雄霸氣」，還有能夠變得非常幸運的「英雄補正」，以及給予夥伴勇氣的「英雄魅力」，還有目前效果不明，但一定都會帶來好結果的「英雄行動」——這些是正幸目前擁有的能力。

如今還加上「英靈道導」，這個能力似乎是可以號召英雄。

（我想想，能夠引導死者的魂魄？讓我變成容器？這是什麼啊？如果發動的前提是夥伴們要死掉，那我就不需要這種技能了吧……）

這大概又是一個派不上用場的技能，正幸心想「果不其然」。他原本就沒有抱持太多的期待，因此也不覺得失望。

只要不會變得比現在更差，那樣就夠了。

「正幸，你……」

「就是這樣，邦尼，我們可以回去大家那邊嗎？」

正幸把話題拉回來。

早就把隱藏能力的事情都拋到腦後去了。

「我明白了。既然你都這麼說了，那我就奉陪到底。」

只見邦尼沒轍地搔搔頭。

接著兩人互相對彼此露出苦笑，打算回去大家那邊──緊接著，情況突然出現轉折。

＊

菲德維開始動作。

他完全沒把邦尼放在眼裡，邦尼卻妨礙他把正幸帶走。

徹底疏於防範的邦尼，菲德維一出手就可以送他上西天。不對，不管他有沒有疏於防範都無所謂。

對菲德維來說，邦尼甚至與塵埃無異。

沒有帶出半點風，也沒有讓人察覺氣息，菲德維正打算用拔出的劍割斷邦尼的脖子。

然而接下來響起清脆的音色。

那是劍與劍之間互相碰撞的聲音。

「竟敢來妨礙我！什麼人？」

感到驚訝就只有那麼一瞬間，緊接著菲德維便追問來者何人。

回答他的，是一名戴著「面具」的少女。

「我是克羅諾亞。職業是『勇者』。」

一陣短暫的沉默降臨。接著菲德維笑了出來。

「沒想到會在這裡遇到勇者。那我就報上名號吧。我的名字是菲德維。妖魔王菲德維！」

就算聽到這個名字，克羅諾亞依然不為所動。她已經跟克蘿耶的意識徹底同步，如今早已化身為冷酷的戰鬥機器。

「妖魔王？哦——你就是魔族的頭頭啊。有人在我面前為惡，我不能坐視不管，所以才現身，這樣正好，這就替人類除去威脅。」

「呵呵呵，真是豪氣。愚蠢之人，就讓妳看清自己有多麼渺小吧。」

一說完這句話，穿著紅色軍服的菲德維就展開行動，穿著以白色為基底的「聖靈武裝」，克羅諾亞也跟著消失。

紅色與白色的光交錯，在正幸眾人眼前綻放。兩人同時從視線中消失，就只有聲音連續奏響。

別說是衝擊波了，甚至連一點點微風都沒有揚起。

他們展開一場超乎想像的戰鬥。

從前那個戴面具的少女就伸出援手過，這次也從危機中拯救正幸。雖然明白這點，現在的正幸卻沒有機會出手幫助那個自稱是克羅諾亞的少女。

「那個，我們該怎麼做……」

「這樣的戰鬥等級，不是我們可以插手的。用不著太放在心上。我們只要做我們能做的事情就行了。所以趕快去幫助大家吧！」

光是聽到耳畔有聲音響起，邦尼就知道自己被盯上了。可是他完全來不及反應，這表示敵人的能耐跟自己是不同層次。

並不是因為自己能力被削弱的關係，而是雙方實力差距太過懸殊，無論如何都不是對方的對手。

那在這裡驚慌失措也沒用，別管那麼多直接採取行動才是對的——邦尼開始運用以前當軍人時被灌輸的思考方式。

「明白了。雖然不知道那個叫克羅諾亞的人來自何方，是什麼樣的人物，但這裡就交給她吧！」

正幸也很擅長隨波逐流。

因此他決定乖乖離開現場。

就這樣，再也沒去管正幸和邦尼，克羅諾亞跟菲德維一路交手下去。只不過這些都發生在一段短時間中。

換算成現實只有幾秒鐘，卻經歷了數次數都數不清的攻防戰。乍看之下似乎永遠分不出勝負，不過菲德維在這時察覺某件事情。

「哈哈哈哈哈哈哈！什麼嘛，原來在那邊啊。果然就連維爾達納瓦大人也希望我獲勝！」

「怎麼，這麼突然？」

「呵，跟妳沒關係。不，接下來妳將會成為我們的夥伴，跟妳說說也無妨。」

「……？」

「聽從我的命令吧——『希望之王薩利爾』——！」

那是絕對無法違抗的命令。

天使系的究極技能無法違抗米迦勒的「天使長支配」。

「你做了……什麼——？」

「哦？沒想到還保有自我意識。不愧是大名鼎鼎的最強『勇者』克羅諾亞。不過抵抗是沒用的。妳遲早都會被我支配。」

菲德維為自己的好運感到欣喜。

在漫長的歷史中，「勇者」克羅諾亞的威名甚至在帝國中轟動一時。而這樣的她體內萌生「希望之王薩利爾」，簡直像是神賜予的祝福。

不出菲德維所料，克羅諾亞跟著跪下。

「我是薩利爾。請您下令，米迦勒大人——」

克羅諾亞的面具拿掉了，露出她的真面目，那美麗的容貌。從那淡粉色楚楚可憐的雙唇中吐露出這句話。

這下菲德維認為他贏定了。一不小心就有了這種想法。

所以他才會在這個時候出現重大誤判。

有了他其中一個心腹——「三妖帥」柯洛努，還有「並非本體」，實力卻跟自己平起平坐的最強勇者。只要有這兩個人在手，要實現其目的易如反掌，菲德維不禁浮現這種想法。

於是他——

「很好。你去協助柯洛努，殺掉剛才那名少年。我還有事要回到地面上，接下來就交給妳了。」

留下這句話，菲德維離開迷宮。

＊

看到正幸跟邦尼又跑回來，威諾姆大吃一驚。

並不是他有怨言。

而是他感應到正幸他們逃走的方向有一道恐怖氣息在增長，害他以為任務失敗了，一度感到絕望。

「幸好你平安無事，這下我就放心了！」

「哈哈哈，還有敵人，說這種話未免太早了吧。」

「也對。」

威諾姆也這麼認為。

柯洛努很強。雖然待在迷宮內部，立場上對他們非常有利，但別說能不能勝過對方，就連是否可以保住小命都是未知數。

即使如此，一見到正幸還是莫名感到心安。

毫無根據的自信湧現出來，讓威諾姆覺得總有辦法跨越難關。

梅納茲跟卡勒奇利歐似乎也湧現相同的感受，臉色變得比剛才更好了。

「呵呵呵，像這種時候，總覺得特別愉快呢。」

「我也有同感。彷彿好像跟陛下一起上戰場，情緒變得高昂起來。」

帝國的軍人們相視而笑。

就連照理說跟他們毫無關聯的吸血鬼們也跟著鬥志高昂。

另一方面，柯洛努則是摸不著頭緒。

他才要發動攻擊，卻有另一個正幸出現。

原本以為是自己沒有掌握對方的位置，這一看才發現剛才那裡果然有一個正幸。這就表示其中一個是假的。那自然是變裝過的衣，以及正幸本尊。

「竟敢小看我！明明只是一群雜碎，還在那偷偷搞小動作！」

就算柯洛努那麼激動，他還是沒能看出哪個是本尊。照感覺看來強度好像差不多，兩者都不值一提。

因此才更麻煩，假如柯洛努真的認真起來出招，兩個人會一起被他殺掉吧。

但這樣一來，就不曉得等一下又會逃去哪。因此柯洛努做好覺悟，知道自己必須比以往作戰更加謹慎才行。

不料這時出現救兵。

「是柯洛努先生吧？我的名字是薩利爾。米迦勒大人的隨從。」

一名陌生少女用看不清的超高速飛過來，提議要幫忙。

柯洛努對她的話不疑有他。因為這名自稱薩利爾的少女就如她所宣稱，身上散發米迦勒的氣息。

「那太好了。那妳去解決右邊的正幸。別殺掉，要活捉。」

柯洛努從兩人之中選出一個，也不知算不算走運，剛好選到本尊。

「遵命。」

薩利爾點點頭。接著目光鎖定正幸。

察覺這點的正幸這下急了——

雙方視線對上。

（呃，那是薩利爾？剛才這名少女好像自稱克羅諾亞，中間不曉得發生什麼事了，竟然在這麼短的時間內倒戈了！不過——）

正幸既混亂又絕望——原本是這樣，但克羅諾亞實在太美了，搞得他完全不害怕。應該說沒空感到懼怕。

（這女孩是怎麼一回事？超可愛的！）

衝擊大到他忘了自律，連現在正在戰鬥也忘了。

用一句話來表示就是——對！

說她是超級美少女最貼切。

正幸跟某個金髮魔王得出相同結論。

甚至讓正幸開始為這種無聊事感到不滿，覺得她應該一開始就拿下面具才對。

只不過！

在這些無聊想法之後，還是潛藏著希望。

薩利爾將手搭到劍上，正幸做好赴死的覺悟了。雖然不是因為這樣才被誘發，但他腦中還是浮現人生走馬燈。

（真是個不折不扣的美少女。是我至今見過的女孩中最——）

想到這邊，不知為何正幸身上竄過一股惡寒。

生存本能在全力呼喊，告訴他繼續想下去會倒大楣。

因此正幸決定相信自己的直覺。

（——不對，是第二。對，大概是第二可愛的吧。第一果然還是——）

他想起在原生世界最後見到的藍髮美女。

（對了對了，是那個人才對！是個看起來很溫柔的大姊姊，還非常性感——）

即將被送上西天的正幸止不住妄想起來。

不過，這麼做是對的。

《已確認英雄般的「真愛」。被隱藏的第四條件達到滿足，獨有技「英雄霸道」進化成究極技能「英雄之王」。》

「啊？」正幸呆掉。

與其說是愛，倒不如說更像是一種煩惱。為何被美化成愛了，因為太丟臉還讓正幸想抱怨個幾句。先不說這個。

（為什麼我什麼都沒做，卻連究極技能都獲得了！）

正幸在心中大叫。

未免太過牽強了吧——他真想這麼逼問「世界之聲」。

不過在那抱怨也無法改變結果。而且獲得不知該用在哪的究極技能，還是不覺得能打贏眼前這個薩利爾。

（難得獲得這股力量，卻來得太晚。總之我也要盡我所能努力一下，至少最後要死得帥氣一點。）

正幸想到這就露出看開了的豁達笑容。

結果產生莫大效果。

「快保護陛下——！」

之前怕自己礙事都止於遠觀的將領士兵們這下開始發動自殺攻擊，連自己的性命安危都不顧了。

對遠處的群眾就有這麼大影響，附近的人自然產生更劇烈的變化。

「力量湧現了。我現在覺得自己必定百戰百勝。」

一邊叫喊，卡勒奇利歐朝柯洛努砍過去。之前都在防守的卡勒奇利歐使出捨命一擊，雖然只有一瞬間，但是柯洛努嚇到了。

梅納茲也不遑多讓。

「皇國的將士們，聽令！讓皇帝陛下欣賞我們的英姿吧！」

他用這句呼喊鼓舞將領士兵，自己則繼續盯著薩利爾，用「壓制者」施壓。原本獨有技不可能對究極技能起作用。然而這次攻擊成功令薩利爾略為退卻。

吸血鬼們也有非常活躍的表現。

「不可思議。Ｍｅ現在覺得自己無所不能，感覺好舒坦！」

有人因為亂來沒了下半身卻還在笑。

「看招！嚐嚐我灌注全身力量的能量砲——！」

也有人不管三七二十一，一直死了又復活。

「呀哈哈哈哈！好開心！」

還有人特別讓再生能力加強，保護將領士兵免受流彈波及。

他們展開比先前更猛烈的攻擊，已經不是慘烈可以形容。

為何這些能夠成真？

當然是多虧正幸的能力。

有別於之前還是獨有技的那個時候，成了究極技能的「英雄之王」能賦予可對抗究極技能的最低限度效果。

需擁有十萬存在值才能承受這股能量。但不到十萬的人也能獲得幸運加成。只要是正幸的信奉者，

都會受到他的庇護。

簡直就是專門用來擾亂平衡性的。

只要戰場上有這樣的一個人在，隨時都能扭轉戰局，是不得了的能力。

假如正幸沒看到克蘿耶．歐貝爾的真實容貌，這能力就不會覺醒。如此想來就可知菲德維犯下多大的錯誤了吧。

總而言之，戰場一時間陷入膠著狀態。勉強維持住的平衡持續十幾分鐘。

當然這樣下去不可能打倒聯手的柯洛努和薩利爾。

但勝敗其實已經有了定論。

當正幸獲得究極技能「英雄之王」，勝利之路就隨之開啟。

而現在戰士們爭取的時間讓那一刻得以到來。

維爾格琳從這個「世界」消失。

同時命運的齒輪開始轉動——

*

《已確認。跟個體名「維爾格琳」的「靈魂迴廊」跨越時空建立。》

嗯？

這念頭剛從正幸腦中閃過，那個人就出現了。

一開始正幸以為是一塊巨大的魔素聚集體。

但他錯了。

對方有著人型姿態。

那是如今讓正幸很懷念，非常美麗的女性姿態。

照亮熠熠生輝的藍髮，身上帶著豔紅的霸氣，「灼熱龍」維爾格琳就在此刻，於該處現身。

目光中透著能讓萬物臣服的霸氣。

彷彿連時間都凍結了，人們全動彈不得。

柯洛努也為這突如其來的事態感到困惑，凝視著維爾格琳。

薩利爾也不例外，等候柯洛努下達指令。生來就有自我意志的人，做到這個地步已是極限。

在場的帝國將領士兵們都在瞬間會意過來。

這號人物就是長時間持續守護帝國的最強存在。

聽說她目前正在跟維爾德拉交戰，看樣子是錯誤情報。

這是因為維爾格琳已經抱住正幸。

任誰看了都知道那是對所愛之人才有的態度。

「我一直在找你，魯德拉。一直很想見你——」

維爾格琳一說完這句話就抱住正幸，還用濕潤的雙眸望著他。接著雙手溫柔地放上他的雙頰，送上火熱的吻——

這讓正幸大吃一驚。

（咦，好柔軟。不對，好甜美？不是啦——！）

他腦袋沸騰，一下就失去冷靜判斷的能力。

美到可怕的美女過來抱住自己。到這先不管，問題在後面。

（我、我的初吻！）

那身休閒上衣加牛仔褲的成熟打扮替維爾格琳的美貌增色，孕育出非常冷豔的氛圍。

能跟這樣的美人大姊姊接吻，說不開心是騙人的。

但他可不能漏了重要的一點。

就是這個美女叫正幸「魯德拉」。

（糟糕，她認錯人了吧……）

看這氣氛，現在不是告知認錯人的時候。

是說這名美女到現在還在親他。

正幸就快呼吸困難。

冷、冷靜，這種時候更該冷靜——正幸再次確認情況。

地點是在戰場上。

敵人正前方。

他跟大美女正在接吻。

而且還跟美女緊貼在一起，不可能不意識到那豐滿的胸部觸感。

舒服到都快升天了——但正幸實在沒心情享受。

我在做什麼啊——正幸想著，覺得腦袋愈來愈混亂。

他只知道一旦對方發現自己認錯人，他的人生就完蛋了。都在眾目睽睽下幹這種事了，要找藉口逃避是不可能的。就算想靠自身幸運蒙混，也不能期望事態會好轉。

一面品嚐快要升天的走運滋味，同時又等著逃不過的不幸找上門。

正幸思考停擺。

反正就快死掉了，最後還能體驗接吻要心懷感激。他得出這樣的結論，看開了。意識開始變得朦朧，好像在作夢一樣。

只要能看開，接下來就好好享受現況。

而那種態度更加深觀看者的誤解。

「不愧是陛下，駕輕就熟啊。」

「雖然不敬，但我也有同感。拜見了二位大人的相處情形，可以感受到那份愛和不可動搖的羈絆不是外人能介入的。」

「呵呵，那位維爾格琳大人就好像戀愛中的少女一樣。呵呵呵，原來如此，帝國的守護龍深愛著陛下呢。」

「嗯！這下帝國就安穩了！」

無人對正幸抱持惡意。不僅如此，甚至還相信他是真正的魯德拉。

正幸想大叫說這是天大誤會，嘴巴卻一直被維爾格琳塞住。

（我可是還沒結婚，連女朋友都沒交過啊？）

正幸開始為世間的不公哀嘆。

救了他的不是別人，正是理當為敵人的柯洛努。

「別開玩笑了，維爾格琳！怎麼會這樣，妳不是應該被米迦勒大人支配嗎！為何要來妨礙我？」

在他看來，維爾格琳是早已解決的棋子之一罷了。這樣的她出來礙事，讓柯洛努心中的不滿與憤恨爆發。

「哎呀，真沒教養。竟敢來妨礙我們，笨也該有個限度。」

這時維爾格琳總算放開正幸，不悅地瞪視柯洛努。

即使被那目光嚇到，柯洛努也不住口。

「閉嘴！別玩了，快來幫我。直接把妳抱著的那傢伙帶走，將他絞殺！」

這句話是禁語。

柯洛努作夢也沒想到說這句話會觸怒維爾格琳。

「你現在要我殺了他？」

戰場上頓時鴉雀無聲。

就只有柯洛努還在狀況外，繼續氣得大聲咆哮：

「別讓我說這麼多遍，維爾格琳。就算妳很強，在這我依然位階高過妳。妳只要乖乖遵從我的命令就對了！」

直到最後，他都沒有認清現實。

根本沒餘力去發現維爾格琳不是之前那個她。

「你該死。」

她放出冷酷無情的一擊。

重生的維爾格琳強得有別以往。透過熟練的魔力操作，將柯洛努一人徹底燒個精光。別說是反擊了，甚至連反駁的餘地都沒有，柯洛努從這個世界上消失。

更可怕的是這攻擊還超越時空。這就是維爾格琳使用新獲得的技能「次元跳躍」發動「時空連續攻擊」的極致境界。在異界的柯洛努本體甚至來不及產生危機意識就消滅了。

「虧我之前還特地放你一馬，真是個蠢蛋。我差點就要放下對菲德維的恨，但看樣子果然不能置之不理。」

不齒地說完這些，這次維爾格琳看向薩利爾。

「啊，那個人其實叫克羅諾亞，是來幫我的——」

「放心吧，我不會對她做什麼。也沒那個必要。在米迦勒的支配下，究極技能『希望之王薩利爾』似乎產生自我意志了，但那孩子靠自己的意志力抵抗。動作停擺就是證據。如果還擔心，晚點再叫利姆路看一下。這樣應該就能得到妥善處置。但我想也沒這個必要就是了。」

話說到這邊，維爾格琳的視線從薩利爾——克羅諾亞身上移開。看到維爾格琳一點都不戒備，正幸也總算放心下來。

＊

就這樣，這場戰鬥平息了。

許多人跟正幸一樣放寬心，也有人緊張到渾身僵硬。

那些人知道維爾格琳的真面目。

也有人硬著頭皮採取行動，是站在正幸旁邊的邦尼。

一方面是因為他站的位置離維爾格琳最近，這才立刻跑到前方跪下。整個人都快趴到地面上，開始陳述。

「元帥閣下，我是『個位數（Double O number）』中排行第七的，名字叫做邦尼！元帥閣下別來無恙——」

「客套話就免了。有什麼話想說？」

「是！我違背團長的命令，放棄任務沒去抹殺那位名叫正幸的少年。我知道此罪是罪該萬死，但在接受處罰之前，有事想跟元帥閣下稟報。」

現場又靜了下來。

聽完邦尼的話，將領士兵們意識到維爾格琳就是帝國軍事部門最高領導者「元帥」。

一堆人不明所以，但恍然大悟的人更多。

隨著思緒清明起來，他們也開始認清現實。

他們戰敗了，在維爾格琳看來就是該處罰的對象。

反抗也沒用。

面對連這座迷宮都能破壞的絕對強者，他們只能等候裁決。

一群人自然而然整隊，等著維爾格琳下達裁定……

在這樣的氛圍中，對話繼續進行。

「什麼事？」

「我們依然對帝國忠誠。不論皇帝陛下意歸何處，我們都會徹底服從命令。因此請您准許兵將歸國！我等幹部都甘願承擔責任。可——」

「夠了。」

上奏被打斷，邦尼感到絕望。

心想他們的命運果然無法扭轉，對自己的無能為力感到悲哀。

看到邦尼這樣，維爾格琳輕笑出聲。

「哎呀——你們是不是誤會了？你們這些小笨蛋很努力，我也很感激呢。一直在保護我心愛的魯德拉，值得誇獎。」

所有士兵都不約而同當場下跪低頭。

「那、那麼？」

「我本來就不打算處置你們。對我來說重要的就只有魯德拉一人，他很看重你們，所以我也會保護你們的。不管是現在或從前，就連以後也會一直守護下去。」

維爾格琳的一番話宛若福音。

現場響起盛大的歡呼。

甚至有人感動到大哭。

卡勒奇利歐和梅納茲也不例外，似乎打從心底被維爾格琳那番話打動。

最後他們還開始高呼：「帝國萬歲！皇帝陛下萬歲！」正幸看了心想：「這些人在說什麼啊。」

（照剛才那番話聽來，他們好像真的把我當成皇帝魯德拉了。邦尼你們好歹也糾正一下吧。穿幫了，倒楣的可是我。都跟人親嘴了……肯定會被殺掉……）

正幸的名字明明就不叫魯德拉，不知為何都沒人提出疑問。這下讓正幸不禁懷疑有問題的其實是自己。

說真的被人親嘴棒透了。可是他還真不想被牽扯進去。

「你看起來不是很高興，怎麼了嗎？若還有介意的事情，可以跟我說喔。」

維爾格琳回到一個人被晾在一旁的正幸身邊，他聽到維爾格琳這麼說就慌了。

「咦？沒、沒事，我沒什麼介意的……」

這句話回答得很狼狽。

看到正幸的態度如此生疏，維爾格琳一臉陰鬱。接著怯怯地問正幸：

「你該不會不記得我了？」

該怎麼回應才是對的？正幸覺得對方好像在試探自己。

在這回答錯就完了。

心裡想著饒了我吧，正幸一面拚命思考。

問他記不記得自己，其實正幸是記得的。在原生世界最後見到的美女肯定是她沒錯。

那問他知不知道名字就……

（剛才那傢伙好像叫她維爾格琳。說到維爾格琳，印象中她是維爾德拉先生的姊姊。據說是一個很強的人。好像還是帝國的守護者那類的……）

正幸拚命回想似乎奏效了，他逐漸回想起一些資訊。按照軍人們的反應看來，自己的推測似乎沒錯，正幸決定賭一賭。

「妳是——維爾格琳小姐？」

聽到這個答案，維爾格琳開心地笑了。

「對、沒錯！你還記得我啊，魯德拉！」

此時幸運依舊沒有拋棄正幸。

只是聽見對方呼喊名字，維爾格琳就很開心。

而且不只如此。

「啊啊，我知道你為什麼不開心了。跟你重逢太開心都忘了，現在你的名字叫做『正幸』對吧。」

「——唔！」

（咦、咦咦咦咦咦！這個人連我其實是本城正幸都知道啊！）

事態自顧自地好轉起來，就連正幸擔心的認錯人事件都解決了。

這讓他徹底放心下來。

有生以來頭一次打從心底感到如此心安。

放鬆過頭的他差點尿出來，趕緊振作繃緊神經。

「就、就是這樣。其實我的名字不叫魯德拉，而是正幸。好像是因為這樣才會有點困惑啦。」

正幸邊發出哈哈哈的客套笑聲，邊謹慎窺視維爾格琳的反應。

而且構成問題的不只維爾格琳，還有帝國的將領士兵。

（根據剛才的對話看來，不管怎麼看，他們似乎都相信我是皇帝魯德拉了。在這時說我是另外一個人，他們會很混亂吧。若說我犯了皇帝偽證罪就糟了，我得自證與此事無關才行！）

他不曉得有沒有這罪名，但正幸認為這部分要說清楚才行。

因此正幸決定說出自己的想法。

然而維爾格琳並不介意。

「沒問題。因為帝國的價值充其量不過是魯德拉的所有物罷了。像是魯德拉一時興起才建立的，只是攸關跟金之間的勝負才很重視，假如你覺得不需要，要不直接燒光化為焦土？」

說這話就好像神一樣高高在上。

帝國的將領士兵們全都一臉慘白。

大家的視線全射向正幸。

（別這樣、別這樣啦！別把錯算在我頭上～！）

正幸心想「我知道了別用那種眼神看我」，為了沒必要擔負的責任感開口：

「不，帝國很重要！利姆路先生也說將來考慮跟帝國友好。等戰爭結束之後要締結邦交，是友好關係喔。」

總之將帝國燒成焦土絕對不行，正幸拚命說服。

面對這樣的正幸，帝國將領士兵全都用像是在看神的崇拜目光看他。

若是叫維爾格琳去做，她會真的做。而且三兩下就燒光。

假如正幸不反對，那帝國肯定會被滅掉。大家都明白這點，對正幸非常感激。

「是嗎？既然你這麼說，我就像之前那樣協助你。」

話說到這邊，維爾格琳露出微笑。

帝國的將士們無不鬆了一口氣。

在這之中，卡勒奇利歐代表大家提出疑問。

「——在談話有眉目時插嘴實在惶恐，但有件事情無論如何都想確認一下。」

他神情苦澀，顯然他本人也不想開這個口。

「是什麼事情？」

維爾格琳問話的語氣就像在說「還有啊？」

「是！是關於現任皇帝魯德拉陛下。不知魯德拉陛下究竟怎麼了？」

聽到這話，維爾格琳會意過來。

「哦，是這件事啊。你們看不見『靈魂』的本質。現在那個魯德拉是空殼，聚集魯德拉真正『魂魄』的，是我所愛的正幸。」

「咦，我嗎？」

「沒錯。就算沒有記憶，你確實還是『魯德拉』。所以我才愛著你，會努力讓你愛上我的。」

「嗯、嗯嗯。」

被美女大姊姊如此告白，豈有男人不會感到興奮？

不，沒有！

正幸也一樣。

就算現在愛著，也不代表今後會一直持續下去。為了維繫這份幸運，他在心裡發誓要更加努力。

不過該做些什麼就成了今後的課題。

正幸已經做好覺悟了，卻有新的問題發生。

「那麼，我們就要做好陪襯工作，好讓正幸『陛下』成為真正的皇帝！」

「咦？」

「說得對。不過這下麻煩了，在血統上絲毫沒有關聯。說是皇帝私生子大概也沒人信，要騙過大家不容易。」

「等等？」

「沒關係。軍事部門那邊有卡勒奇利歐閣下，而我會去跟貴族周旋。反正不准他們有意見就對了。失敗將導致帝國毀滅，要盡快推動。」

當卡勒奇利歐訂立方針後，邦尼就接著提出問題點。梅納茲則提出解決方案。就連在場的所有將領士兵們都全力支持該計畫。

如此這般，正幸連插嘴的餘地都沒有，對談一路發展下去……

「你們可要好好努力。對吧，正幸。」

（那個……我是不是……連拒絕的餘地都沒有？）

他想八成是吧，想到這就放棄推託。

正幸那曲折離奇的人生才正要展開。

●

迪諾決定認真起來打。

面對應該要輕鬆獲勝的對手卻陷入苦戰，令人懊惱萬分，但這種情況將要結束。

「還有空看別的地方，真是悠閒啊。」

那道聲音傳來，貝瑞塔銳利的拳頭擦過臉頰。

「還真是被人小看了。對付我們竟然還把注意力放在別的地方。」

阿畢特的震動毒針劍也飛了過來。

被刺到一定很痛——迪諾為此也在拚命閃避。

（原本以為自己跟這兩個傢伙相比，還在他們之上，是我太自以為是了嗎？雖然同時對付兩人，但真沒想到會打得這麼吃力。）

是不是一直在偷懶才變弱？這讓迪諾少了些許自信。

有空去想這些不正經的事情，那表示他還有餘力，只是本人沒自覺。

跟日向一起特訓的成果讓阿畢特得到接近「未來預測」的直覺洞察力。雖然跟迪諾實力差距懸殊，依然是不可小看的對手。

貝瑞塔負責擋刀，阿畢特從後方發動攻擊。充當肉盾的貝瑞塔也會加入進攻行列，兩人這才傷得到迪諾。

而另外棘手的一點是貝瑞塔的魔法。

大多數的魔法都傷不了迪諾，但貝瑞塔的魔法以支援系為主。也就是不會直接攻擊迪諾，而是用來強化他們自己的數值。

能讓迪諾變弱的魔法可以被無效化，可是他無法干涉會讓貝瑞塔和阿畢特提升速度、肌肉力量和耐力等的魔法。

其實去妨礙魔法發動就行了，可是貝瑞塔不愧是擅長使用魔法的惡魔，一回神就發現他已經發動完成。

而且「怠惰者」的「睡眠」還對貝瑞塔不管用。一方面是因為這樣，迪諾才會陷入苦戰。

不過，如今總算——

期待已久的補充能量已經完成，反擊時刻到來。

「好煩喔！你們兩人一起欺負弱小的我，還說那種高高在上的話！因為我很會忍耐，才可以一直陪你們打。要感謝我！還有就是吃了這招快去睡吧！」

剛說完這句話，「怠惰睡眠」也發動完成。不愧是陰險的迪諾，堂堂正正這個概念離他很遙遠。

「呼，總算結束了嗎？」

看到軟倒的阿畢特，迪諾心想自己贏定了。姑且還是要確認一下，就轉眼去看貝瑞塔——接著慌張避開打過來的拳頭。

「唔喔，竟然對我的睡眠攻擊有抵抗力！」

「那當然，中招一次就覺得自己夠不小心了，怎麼可能再睡第二次。」

惡魔族原本就對狀態異常有抵抗能力，因此貝瑞塔才有辦法打造出對抗手段。透過自身獨有技「天邪鬼」將睡意反轉。

「不是吧……」

「接下來，雖然對阿畢特不好意思，但還是讓她死一次復活吧。」

當著迪諾的面，貝瑞塔悠哉說著。

看他說什麼都要遵循那套必勝理論，比起感到傻眼，迪諾更是感佩。

（對手是我還能把狀況維持住，抗衡到這種地步。這不是我不夠強，而是貝瑞塔他們太厲害了吧。既然這樣，就只能「用了」——）

其實迪諾還留了一手。

那會喚醒討人厭的回憶，所以他不想用，但現在不是說那種話的時候。

「我承認你們很強。所以說，能夠讓我認真起來，你們該感到驕傲才對。」

一喊完這句，迪諾就發動被自己封印住的能力。

究極技能「至天之王阿斯塔蒂」——維爾達納瓦賜予的究極技能。

《已確認。透過究極技能「至天之王阿斯塔蒂」的「創造」，讓獨有技「怠惰者」進化……成功。》

說到迪諾的「怠惰者」，平常發動得越少就愈能增強力量，具有這種特殊性。說得更淺顯易懂就是可以儲藏能量。

運用這些能量，他讓獨有技「怠惰者」進化成究極技能「怠惰之王貝爾芬格」。

那就是迪諾留的一手。

透過究極技能「至天之王阿斯塔蒂」來進行「創造進化（Evolution）」。

只要運用究極技能「至天之王阿斯塔蒂」的能力，雖限定針對自身能力，但可以使之進化出自己想要的效果。

當然並不完全是這樣，只不過迪諾想保留究極技能「至天之王阿斯塔蒂」的能耐。迷宮內隨時都在監控下，發生事件會持續被記錄下來。

身為「監視者」的習性讓迪諾不願暴露自己的底細。

還有——

（利姆路那傢伙深謀遠慮，是令人畏懼的智者。在收拾克雷曼的時候也說有證據而拿出紀錄影像。我的力量若是被看見，他可能會找到對策。）

魔王利姆路是大意不得的對手。小心點總不吃虧，迪諾深深體悟這點。

因此他才生出被看見也無妨的能力「怠惰之王貝爾芬格」。

如今這股力量正瞄準貝瑞塔。

「睡吧！『毀滅誘惑（Fallen Catastrophe）』——！」

法則改寫，正向因子開始倒轉成逆向。不管是活人還是死人，這誘惑都會讓其活動狀態靜止。

只是不存在強制力，施術對象會自行走上滅亡之路。

可說是催眠術的一種，卻帶來截然不同的效果。

要從進化後的「怠惰之王貝爾芬格」賦予的沉眠效果中醒來是不可能的。不單是精神，肉體也會受到破壞。

這次雖然會誘導向「滅亡」，但也可以將等級調低停留在睡眠等狀態異常層級。屬於用途廣泛的技能。

這能力並未將聲音用於傳導干擾波，因此無法靠「結界」等物理方式抵擋。防禦手段不多這點值得一提。

能完全支配有智慧、有感情的人——這就是「怠惰之王貝爾芬格」的能力。

＊

不愧是七大罪之一的「怠惰」，完成了可怕的進化——迪諾在那自顧自佩服。

為了讓貝瑞塔暫時無法行動，他打算專心破壞。因此才選了「毀滅」，但發揮出來的威力卻超乎預期。

貝瑞塔灰飛煙滅消失了，要復活想必得花點時間，手環也一起消失了，不過這是菈米莉絲的能力，她會想辦法吧，迪諾一點都不擔心。

畢竟手下留情將導致任務失敗。

迪諾不負責任地想著「死了也別怨我」。

（話說回來，貝瑞塔跟魔王利姆路的部下相比，還算是中等程度吧……）

他會想碎碎唸也難怪。

就連貝瑞塔這樣難搞的對手都只是沒獲得究極技能的低階戰力。而且還不是魔王本尊，單純只是部下。

那事實令迪諾戰慄，同時他心想。

假如那些高階戰力還留在這裡。

那自己會有勝算嗎？一邊煩惱，迪諾一邊看向菈米莉絲。

確認她睡得香甜後，迪諾去碰菈米莉絲的身體。

——照理說都「碰到了」。

只見她變成光粒。接著又變成蝴蝶，開始在迪諾身邊飛舞。

就像在嘲笑迪諾般。

（——喂喂。難道說，這是……幻覺！）

他不敢置信，也無法相信那是真的。

但若不是真的，眼前狀況又如何解釋。

這場戰鬥果然也受到監視。

（幸好我有多加小心，不過——）

還是讓敵人見到自己的其中一樣絕招了。

還有——

下一個對手確實會變得更加棘手——

叩叩、叩叩——有人接近的腳步聲響起。

那人悠哉走近，美麗的光蝶飛舞著，碰觸到來人的手。

那蝴蝶變回光粒，然後再次轉換姿態……天真入眠的菈米莉絲什麼都不曉得，看起來很幸福。

她把來人的前腕當成睡床，不知何時復活的貝瑞塔則恭敬接過她。

「貝瑞塔先生，菈米莉絲大人就拜託了。」

男人靜靜地告知。

「好，交給我吧。需要掩護嗎？」

「沒必要。我一個人就夠了。」

從一開始，菈米莉絲的護衛機制就十分完善。

待在最安全的迷宮深處，布下好幾道陷阱。

根據某人的指示做了安排，可以讓暗中逼近的敵人徹底暴露能力，我方在應戰上不用出太多力。

最重要的是，這個迷宮擁有最強守護者。

維爾德拉在離開迷宮前，把菈米莉絲託付給可靠的愛徒，要他保護菈米莉絲。
不知情的只有菈米莉絲一人。

而如今——
那個人出動了。
站在迪諾面前的人，名叫「幽幻王(Mist Lord)」賽奇翁。
他是這座迷宮的霸主。

*

為了讓能力進化，賽奇翁變成繭，但他的意識一直很清醒。
會回應維爾德拉的呼喚，完美掌握迷宮內的狀況。
透過強大的「絕對防禦」保證菈米莉絲的人身安全。
迪諾也察覺這點了。
（拜託別開這種玩笑好嗎……）
這是迪諾最真實的心情寫照。
原本以為打倒一個了，卻冒出另一個。而且對方的目的好像還是要逼自己暴露使用的招數。
（果然沒錯！利姆路那傢伙很陰險，肯定很愛用這種手段！）
事已至此，作戰計畫宣告失敗。

別說要抓菈米莉絲了，就連迪諾自己要逃都不容易。

（他們究竟是什麼時候讓菈米莉絲去避難的？我一直在這個房間裡，看著菈米莉絲說話。當她變成蝴蝶的時候，人早就已經逃跑了吧？）

如果不是那樣，就表示賽奇翁用了連迪諾都無法看破的手法讓她逃脫。

（——不過，這樣一來……難道我從一開始就在跟幻覺對話了？）

這可是個問題。

非比尋常。

迪諾是究極技能的擁有者，還很擅長用催眠術。卻還是被人用幻覺擺了一道，這怎麼可能。

但不能說絕不可能。

要是賽奇翁擁有究極技能，而且擅長使用精神攻擊的話……那他就有可能使出足以騙過迪諾的「幻覺」。

迪諾也知道賽奇翁很強。

原本就是很強大的蟲型魔獸，還是擁有「魔王種」的人型魔人。得魔王利姆路恩寵，擁有非比尋常的戰鬥能力。

還拜維爾德拉為師，聽說格鬥身手甚至凌駕在那些「始祖」之上。

迷宮的絕對王者，不容忽視的存在，這就是賽奇翁。

連帝國軍入侵迷宮時，他都能靠那身無與倫比的力量排除入侵者。當時迪諾也觀察過他的作戰狀況，在物理格鬥上堪稱無人能敵。

但重點來了，就是他怎麼看都只會發動物理攻擊。看上去完全不會發動精神攻擊，更別說是究極技能或獨有技，感覺都沒使用過。

（——不，空間扭曲防禦領域似乎強到可媲美究極技能……）

但那依然還是物理性能力，看在擅長精神攻擊的迪諾眼中，還是他能應付的等級。

如此想來，線索就在前些日子的慶功宴上。

那天魔王利姆路以獎勵為由，似乎也給了賽奇翁某種力量。聲稱是進化儀式，讓立下戰功的部下們覺醒。

事實上戈畢爾等人的力量都大幅度增加，還有其他人陷入進化睡眠。

這現象很類似魔王進化（Harvest Festival），就算賽奇翁因此獲得新的能力也不奇怪。

（可是這樣太奇怪了吧？為什麼就連部下都能進化到跟主子利姆路相同境界？覺醒後的魔王部下有魔王種等級是能理解，但連部下都變成覺醒魔王，未免太犯規了吧！）

就連活了很長一段時間的迪諾都沒料想到會有這種現象發生。連那個金都不可能辦到。

（——不對，要列舉根本說不完啊。當他收「始祖」當部下，腦子就已經很有問題了。他就是這樣的傢伙，不管發生什麼都不奇怪吧——）

就這樣，迪諾開始在心中埋怨利姆路。

如果是那幾個最強惡魔，她們早就困住迪諾了吧。存在值的優劣套用在「始祖」這種對手上是沒意義的。

能把這些人收來當部下，在迪諾看來也很異於常人。

他認為最好不要跟這幾人牽扯上比較好。

然而——

眼前這個賽奇翁足以和那些「始祖」匹敵。
他顯然不是泛泛之輩。
超越超級覺醒者，那身霸氣散發出無窮的力量。
唯獨擁有數值不可計量的能力——究極技能持有者才能散發此氣息。
就跟迪諾一樣——換句話說，示意了他獲得究極技能的可能性。
（所以說我最討厭工作了啊……）
抽到下下籤的迪諾開始唉聲嘆氣。
他吐出無奈的嘆息，去摸索眼下最合適的策略，卻沒辦法一下子就想到好點子。
而且時間也不等人。

*

迪諾陷入漫長思考，賽奇翁悠然地走到他面前。
「你最後還有什麼話想說？」
賽奇翁問道。
「為了讓我暴露招式，之前都一直躲起來看嗎？開什麼玩笑，手段真骯髒！」
把自己幹過的好事放置一旁，迪諾劈頭就先抱怨。
單純是在洩憤，但能因此激怒對方也算他賺到。
「可笑。戰鬥就是這樣。」

想當然，賽奇翁不以為然。

「我知道啦！」迪諾也這樣帶過，言語上的應酬告一段落。

雙方間瀰漫一股緊張氛圍。

迪諾知道賽奇翁有多強。這對迪諾而言是有利的，可是賽奇翁也看到迪諾的招式了。

這樣一來，只能正面對決了吧……

但賽奇翁特別擅長近身戰。而且可能擁有尚未確認過的究極技能。

反之迪諾專精精神攻擊。不，使用殺手鐧就不只這樣，但他想避免在迷宮內暴露絕招。

（雖然已經穿幫不少，但說真的不想再暴露更多……）

除此之外，迪諾還天真地想著，若只要逃跑應該沒問題。

「不出招嗎？」

賽奇翁的話很有份量。

光是被問到就覺得快動彈不得，但迪諾靠氣魄擋回去。

「哼！別小看我。我好歹也是八星魔王之一，活了很長一段時間。不會輸給你這種菜鳥啦！」

他說完直接高舉大劍，朝著賽奇翁揮下。

「看招，然後毀滅吧！『墮天一擊（Fallen Strike）』——！」

沒出任何小招式，直接一擊必殺。不愧是懶惰的迪諾，討厭做多餘的事直接放大招。

但這個「墮天一擊」的威力貨真價實。

迪諾也把獨有技「怠惰者」的能力運用在劍術上，創造出變幻自如的「幻影流」。可以阻礙對手的認知，讓戰鬥隨自己的意思進行。

如今獨有技「怠惰者」進化成究極技能「怠惰之王貝爾芬格」。效果今非昔比，「幻影流」的精確度和威力也隨之增加。

迪諾怕麻煩，但是戰鬥天分可不低。

然而，即使如此……

他依然認為跟賽奇翁近距離作戰很不安。假如他的能力不管用，「幻影流」就無法成立。

那麼，現在就不能留一手——因此迪諾使出奧義。

該奧義就是「墮天一擊」——「幻影流」中少數的正統派劍術，灌注迪諾所有的意志。

他灌注的意志在於要擺平對手。

光擦過也會讓對象物失去活力，蘊含能刺激負面情感的波動。不像幻影或幻覺可以忽視，心靈脆弱的人根本抵抗不了。

要在這攻擊中撐過去，唯有獲得究極技能之強大精神力擁有者。

不過對方也不可能毫髮無傷。迪諾灌注的怠惰意志還能發揮物理破壞力。

就算成功躲避，負面波動也會朝全方位發射。光是沾到就會失去力氣，免不了讓戰鬥能力降低。

只要趁機補上一刀給予致命攻擊便可。

這招會接二連三逼迫敵人，是迪諾抱持自信放出的最強一擊。

為了克服這場戰役，他認為不放水把賽奇翁幹掉才是最好的選擇。迪諾很懶得使出全力，但他會為了之後的輕鬆毫不手下留情。

（就連金被正面打中也不可能平安無事吧。來看看你是否挺得住？）

認定這招一定會幹掉對手，迪諾露出邪惡的笑容。

對手看他之前都那麼懶，肯定沒料到會放出這樣的大招。迪諾想到這就暗道：「一切如計畫般進行。」開始自賣自誇起來。

賽奇翁沒有行動。

不是他來不及反應，只是對應起來遊刃有餘罷了。

鎖定迪諾的出劍軌跡後，賽奇翁在要砍到自己的前一刻接下那刀。

由上而下揮砍的神話級大劍「崩牙」具備將地面上所有物質粉碎的威力。賽奇翁讓左手外骨骼變化成究極金屬（緋緋色金），面不改色接下這一擊。

「笨蛋！竟然不避開我的劍，直接接住了！這場對決是我贏了！」

迪諾開口大叫。

平常他都假裝懶散，總算在這時派上用場。

其實那並不是在演戲，只是他本人沉溺在這樣自我滿足的想法中。

剛才那是他所能使出的最快攻擊，果不其然被賽奇翁接下了。大劍往往會犧牲速度，這也沒辦法。

但取而代之，換來莫大的威力。

彷彿在說這點攻擊不算什麼，賽奇翁單手接下。那姿態值得讚許。

只不過，他現在左手應該受到強烈的衝擊。

（看樣子沒能粉碎，但應該有一陣子不能用了。都沒一丁點晃動還站得那麼穩，是在故作鎮定吧。）

看到平靜得可恨的賽奇翁，迪諾在心裡想著。

不過這場對決是他贏了。

賽奇翁的空間扭曲防禦領域的確很厲害，但只能抵擋物理攻擊。迪諾的「墮天一擊」提升到究極水平，就能貫穿一切物理障壁傷到賽奇翁。

（讓他以為是用劍攻擊並疏於防範，實際上是進行精神系致死攻擊。我的作戰計畫贏了。）

賽奇翁確實很強。

因此迪諾猜想對方會看不起他，想炫耀自己的優勢。迪諾判斷採取賽奇翁擅長的近距離戰鬥算是對賽奇翁有利，所以他會刻意不迴避攻擊。

「哼。真是夠了，受不了。反正你也會靠手環的效果復活，我得快點去把菈米莉絲捉走。」

不屑地說完這句話，迪諾就打算走到貝瑞塔那邊去。

他卻在這時停下腳步。

因為他發現事情不對勁。

第一，貝瑞塔沒有在警戒迪諾。

經歷數次戰鬥，又使出殺手鐧，迪諾身上所剩的魔素含量不多。不過他還是不會輸給貝瑞塔，可是貝瑞塔露出勝券在握的目光。

雖然看不見面具下方的臉，卻令迪諾感到事情有異。

「你以為自己能贏過我？」

「呵呵呵，您說笑了。先不說贏不贏得過，您的對手並不是我。」

聽到這句話的瞬間，迪諾感覺到一股強烈的惡寒。

他趕緊轉頭看向賽奇翁。接著確實從停止不動的賽奇翁身上看出不自然的點。

沒有被神話級的攻擊打碎，這表示他左手的強度也相當於神話級。那麼擁有媲美精神生命體的意志力強度也不奇怪，把剛才一直在懷疑的究極技能有無當成是有，這應該才是正確解釋。

「難道說！」

「我問你，你的攻擊是不是晚點才會生效？這一擊不痛不癢好像微風，你真的想打倒我？」

迪諾在心裡暗道可惡。

果然沒錯，賽奇翁擁有究極技能。

雖然不清楚是什麼樣的能力，但是看他將迪諾的精神攻擊無效化的程度，想必是很強的技能。

「你在懷疑我是否擁有究極技能吧？那就不該採取那種溫和手段，應該多下幾道攻擊才對。你要明白你那懶惰性格就是導致這次戰敗的主因。」

別以為自己贏定了——迪諾才要喊出這句，賽奇翁就伸出左手。握住的手打開，迸出五道閃光。

那是賽奇翁的次元活地獄斬波（Dimension Ray）。

「好痛……」

迪諾在千鈞一髮之際躲避，勉強避開致命傷。不過右手肘以下都被砍斷。

他痛到快哭出來，但現在可沒這種閒工夫。

這樣下去真的會有危險——他的本能在發出警告。

「你果然擁有究極技能是吧。竟然連我的『死亡催眠誘導（Fallen Thanatos）』都能無效化。該不會精神攻擊對你沒用吧？」

「死亡催眠誘導」是迪諾灌注在「墮天一擊」裡的精神系致死攻擊。只要穿透心靈就有效果，即使對象是「分身」，也會影響到遙遠的本體。

這是無處可逃的必殺招數。

可是賽奇翁不為所動。迪諾會覺得奇怪也是正常。

他為了獲勝，不對——是為了逃離這裡，必須解開這個謎團。即使知道不可能輕易得到答案，他還是對賽奇翁提出問題。

「我沒必要回答你。」

理所當然地，賽奇翁很無情。

但是緊接著，他又用冷酷的聲音回答：

「——看你這麼可憐，就回答你吧。這既夢幻又玄奧。你從『一開始』就在我的掌心上起舞了。我得到相當於『幻想世界』之王的稱號『幽幻王』，精神攻擊對我是沒用的！」

在給予憐憫的強者才會有這種態度。

迪諾聽了聯想到某種事實並為之驚愕。

能夠將他的能力無效化，這表示對手的力量更強。也就是說，賽奇翁跟「現在的」自己一樣強——不，他發現對方進化得比自己更厲害。

（這傢伙太扯了吧！近距離戰鬥明明這麼強，原來更擅長精神攻擊啊！而且他還是「幻想世界」之王？也就是說可以構築「自己的世界」的等級？開什麼玩笑，他是想變得多強啊！沒做準備哪贏得了這種對手！）

迪諾的技能是最強的大罪系。已經進化成究極技能了，卻被賽奇翁完封。

說自己的技能才剛進化以至於打不過對方，未免說不過去。這是因為賽奇翁也是到最近才擁有究極技能的。

迪諾並不弱。

但這次挑錯對手。

不，是遇到煞星……

這次的菈米莉絲誘拐大作戰從一開始就錯了。當賽奇翁完成進化，他就注定失敗。

察覺這點的迪諾仰天長嘆。

這時看到映照在螢幕上的人更讓他說不出話來。

（啊，是維爾格琳——）

這個藍髮美女他不會看錯，就是維爾格琳。

照理說她應該降伏了維爾德拉，在迷宮外跟魔王利姆路作戰才對，不知為何卻跑到正幸他們身邊。

更讓人在意的是柯洛努不見蹤影。

（難道說……該不會是！）

不祥的預感往往會成真。

經驗法則教會迪諾這點。

（先等等！情、情報量太多，腦筋轉不過來。是那樣嗎？維爾格琳應該已經被菲德維支配了，這是假的？還是她脫離支配？不管怎麼說，柯洛努都被維爾格琳收拾掉了吧？咦，不不不，該不會作戰計畫失敗了？）

迪諾讓「思考加速」全速運轉，努力釐清現狀。得出的結論是不管自己多麼努力，都不可能挽救這次的作戰計畫。

原本他還充滿幹勁準備逃跑，卻在這時沒了力氣。

迪諾算是很能撐的了。

「好好祈禱吧。觸及罪惡深淵者，為自己的罪業懺悔，以死贖罪吧！幻想次元波動風暴（Dimension Storm）！」

從一開始，這裡就是被賽奇翁支配的空間。

這指出一個事實。

迪諾無論如何都無法從這領域中逃脫。

若他連保留起來的技能都用了，或許還有一絲希望。可是獲勝機率低到拿這個當賭注顯得太蠢，因此迪諾並不後悔放棄反擊之事。

反而該說若還有一絲可能——

虹色風暴吞噬迪諾，他被「虛無」吞噬。

那是非比尋常的高能量風暴。

迪諾無計可施，連一點肉片都不剩，從這個世界上消失——照理說應該是這樣。

「哦，祈禱奏效了啊。運氣差成這樣反倒值得誇讚。」

賽奇翁此時自言自語著。

某處傳來「某物」損壞的微小聲響，迪諾似乎再生了。

賽奇翁準確掌握現況。

那聲音逐漸消失，一切都在賽奇翁的預料範圍內。

*

在迷宮外，迪諾醒來。

「呼，賭注成功了嗎？」

他鬆了一口氣。

裝備都在身上，受到的損害也是零。

「不，是那樣才對吧。因為菈米莉絲開恩，對我睜隻眼閉隻眼？」

一邊說著，迪諾看向「壞掉的手環」。

這是在迷宮內販賣部買的便宜手環——對，就是「復生手環」。

因為他沒有使用記錄點，復活地點依然在迷宮地面。他猜想到事情有可能變成這樣，就維持原樣當逃生路線之一。

「不過他們沒給我無次數限制的正版手環，這表示還是有在防範我吧，她明明也可以讓這手環的機能消失，太心軟了。」

只見迪諾心有所感地說著這番話。

菈米莉絲是他前來捕捉的目標，保險起見偷偷戴著她做出來的道具。迪諾之所以是迪諾，就在於他能面不改色做這種卑鄙的事情。

這是菈米莉絲大量製作的商品，只能使用一次，是粗製濫造的貨色。迪諾將自身命運賭在這玩意兒上，看來老天爺是站在他這邊的。

（就算墮落了，我依然還是天使啊。）

邊想些有的沒的，迪諾環顧四周。打算去跟正在和蓋德他們作戰的自己人會合，儘早撤退。

還不忘透過「思念網」聯繫札拉利歐，跟他說作戰計畫失敗。

藉由保持迷宮暢通，可確保迪諾的同僚有退路可走。在札拉利歐出來之前，她們也無法逃脫。

既然作戰計畫失敗，此地就不宜久留。

（——話說回來，那傢伙未免太強了吧！）

真的好討厭——迪諾想起賽奇翁就免不了抱怨。

菲德維大概會暴怒，但迪諾能活下來算走運了。

（話說這搞不好是菲德維的作戰計畫頭一次失敗。不，柯洛努有搞砸過……話說也不曉得他怎樣了，果然不該跟魔王利姆路敵對……）

迪諾一開始並不想蹚渾水，但為何會同意該作戰計畫，連他自己都覺得納悶。

一想到接下來會發生的事情，迪諾就感到憂鬱。

是說賽奇翁都變成那種怪物了，根本不可能正面突破迷宮。

不只賽奇翁，高階幹部全都是怪物。

不清楚利姆路等人的進化情形如何，但想必一定很誇張。

（所以我才不想參戰啊！）

迪諾想在迷宮中安穩過生活。

事情卻變成這樣。

這算是他自作自受怪不得別人，可是他依然感到憂鬱。

（不曉得菲德維在想什麼，但他不會善罷甘休吧。只是這次的對手真的應付不來……）

不久之前那段時間恐怕是絕佳好機會。

然而機會已去，迪諾也明白不會再有下次了。

而且還有另一個問題。

（啊——啊，都已經敵對成這樣，再也回不去了吧。）

在迷宮內的日子對懶惰的迪諾而言，算是過得挺舒爽。

雖然是工作，但是協助培斯塔很有趣。他也跟戈畢爾混熟，開始幫他一些忙。而且那些研究者每次有些新發現，迪諾也會覺得開心。

每天都過得不無聊，迪諾也逐漸開始把培斯塔他們當成夥伴看待。

還有一點。

他差點忘了，就是金有對他下令。總之，交代他一個間諜任務，要他回報迷宮內部發生的事情。

迪諾認為金應該不對他抱持期待，但心情還是有些沉重。

（那傢伙生起氣來也是挺麻煩的……）

說真的，好麻煩。

就連去煩惱都很麻煩，迪諾決定趕到夥伴身邊。

＊

當迪諾趕到同伴身邊時，戰況陷入膠著狀態。

「守征王」蓋德和身材高大的卡拉夏正在交手。

令人驚訝的是，雙方實力有得拚。迪諾還以為自己看錯了。

（能跟卡拉抗衡，這表示力氣比我還大吧。才剛進化就這樣，真是夠了。）

蓋德身上染滿鮮血，卻不知是他本人的還是被噴到。這是因為身上各處都沒有受傷痕跡。

若是被帶有魔力的攻擊打中，靠回復藥的效果沒辦法治癒傷口。卡拉夏的攻擊自帶魔力，蘊含破壞的意志。

受到這樣的攻擊，蓋德還毫髮無傷，那表示他有可怕的防禦力，或是非比尋常的恢復能力。

迪諾還在想這些，卡拉夏就揮舞單手劍攻擊。這一擊將蓋德的鱗盾（Scale Shield）斬裂，砍開他的手。

蓋德無動於衷。丟掉壞掉的盾牌，從「胃袋」取出新的拿好。

迪諾看見了。

蓋德手上並沒有留下傷痕。

（我知道了，是「超速再生」。而且熟練度高到可以讓卡拉夏攻擊所留下的傷癒合是嗎……）

雖然知道答案，迪諾卻一點都不開心。

「真是的！未免太頑強了！接下我的攻擊居然面不改色，你也太奇怪了吧？」

「嗯，是嗎？我自己是不太清楚，但是不是該誇獎妳的攻擊很精彩？」

「在挖苦人嗎！嘖，若不能讓你一擊喪命，傷口馬上又會癒合。我才要誇你耐打。」

在這一來一往的對答間，蓋德和卡拉夏再次展開激烈攻防。

雙方都不在意自己受傷，盡全力尋找對手的破綻。

蓋德的剁肉菜刀（meat crasher）被卡拉夏的圓盾擋下，爆出激烈的火花。

光只有這樣，衝擊波就在地面上竄開。

看得迪諾啞口無言，錯過叫喚夥伴的時機。

蓋德總是不出風頭，卻有著傲人表現。

在對帝國作戰中也沒有醒目戰功，迪諾一直小看他。

不過，這麼想就大錯特錯。

（我知道了！反正就是這個國家的人都很奇怪！）

總算悟出真理的迪諾硬是找出一套理論。

一場激烈的空中戰同時在他頭頂上展開。

「哎唷，動來動去煩死人了！」

「這句話該我說才對。沒有翅膀還敢在空中飛，有夠囂張！」

「呵，只要操作重力，這有什麼難的。一直上演追逐戲碼，奴家已經膩了。也該結束了吧。」

「就跟妳說，那句話該我說才對！」

妖豔的九魔羅對決外表像個小女孩的皮可。這兩人看上去莫名相襯，卻在激烈對戰。

皮可放出足以鋪滿整個地面的「黑雷天破」，將地表燒成焦炭。但不知為何，就是不會打在九魔羅四周。

這對九魔羅來說是理所當然。她的寵物兼尾獸之一的雷虎善用雷擊，還有卓越的防禦力，自然會如此。

像在說這次換我了，九魔羅展開行動。流暢的驅使八條尾巴，發動九尾連斬。不過被皮可的長槍劈擊擋下。

戰場上響起高亢的聲響。

這是一場勢均力敵的戰鬥，迪諾也只能把九魔羅在記憶中的戰鬥力重新向上修正。

（他們好像都是「聖魔十二守護王」，一群可怕的傢伙。）

迪諾老實承認。

每個都難以對付，全員具有威脅性。迪諾認為這麼想肯定沒錯。

原是熾天使的皮可和卡拉夏甚至媲美覺醒後的「真魔王」。她們已經很長一段時間沒有作戰了，單比強度大不如前，但絕對不弱。

如今魔國聯邦的幹部都出動了，還以為靠迪諾跟她們兩個就能稱霸迷宮。可是菲德維卻不惜投入兩名「三妖帥」，自己還親自出馬，行事謹慎。

這陣仗明明一定會取得勝利，結果卻是這樣。

面對這樣的現實，迪諾差點沒暈倒。

皮可跟卡拉夏似乎因為戰況久懸不決而逐漸失去冷靜。

這也難怪，迪諾心想。

雖然墮落了，但原本是最高階的熾天使。

光輝的「始源七天使」——這樣的她們陷入苦戰，自尊心想必很受傷。

迪諾也無法置身事外，不過他對自己的事情早就看開了。

「妳們快撤退。要撤退囉！」

這時迪諾喊出這句。

那兩人對這句話起反應，看起來很不滿。

「接下來才要漸入佳境耶？我正打算認真起來作戰，別說那種掃興的話。」

「少囉唆！自從你加入作戰，這場作戰計畫就等同瓦解了啦！」

皮可跟卡拉夏負責後方支援。就怕會有戰鬥空窗期，她們在這場作戰中都很謹慎。

而這樣的兩人被捲入戰鬥中，表示敵人的戰鬥力在預料之上。這時來談戰術性勝利，於戰略上一點意義都沒有。

「咦，難道說，作戰失敗了？」

「啊？對啊，失敗了。沒失敗哪需要逃跑！」

「咦，可是訂立作戰計畫的是菲吧？那個心機超深沉又完美主義的菲誤判敵人戰力了？」

「可以這麼說。」

「怎麼會。還有札拉利歐跟柯洛努在，作戰計畫怎麼會失敗？」

「因為他們輸了。我叫札拉利歐撤退了，但柯洛努那傢伙八成被殺了。沒有達成任何目的，繼續戰鬥下去也沒意義！」

「不會吧……？」

「雖然說實在不可能……」

皮可跟卡拉夏無言以對。

相對的，蓋德和九魔羅卻一臉得意。

「喂喂，那表示你也輸了？」

「啊？這種事情就別問太詳細啦！妳自己觀察嘛，就不能好心點裝作沒發現嗎？」

被卡拉夏硬擠出這話逼問，迪諾一點都不介懷，答得吊兒郎當。不是因為作戰計畫失敗，而是迪諾那完全沒在反省的態度，卡拉夏看了連話都說不出來。

總而言之，迪諾的話沒什麼好懷疑。

兩人的腦袋也冷靜下來了，皮可跟卡拉夏願意撤退。

「嘖，別以為這樣就算贏了！」

「不會。就算在跟我作戰，閣下也分出力量維持迷宮吧？下次想在萬全狀態下對決。」

「呵呵、啊哈哈哈哈！你很了解嘛。我喜歡。那就後會有期啦！」

卡拉夏跟蓋德彼此認可，和平道別。

另一方面，皮可跟九魔羅……

「妳叫皮可吧？撿回一條小命呢。」

「啊？我又沒認真打？撿回小命的是妳才對！」

她們互瞪彼此，還氣呼呼地轉頭不看對方。

氣氛上正好相反，雙方同意停戰。

就這樣，迪諾等人成功從那裡撤退。

●

札拉利歐總是很冷靜。

這次作戰中他的職責是搞假動作，他也完美執行任務。

帶來的部下們跟迷宮內抵抗勢力在戰鬥上不相上下。就如字面上意思所示，並非在演戲。

令人吃驚的是，看樣子必須將敵方情報向上修正。掌握戰場狀況後，札拉利歐下了這個結論。

特別值得注意的是眼前這兩人。

卡利斯和德蕾妮。這是他們報上的名號，札拉利歐認為有必要記住。不過還不至於讓他認真以對，這是他得出的另一結論。

（聽說這裡只剩不值一提的小角色，實則不然。原以為為了迎擊我，迷宮內的戰力都用完了。原來還有賽奇翁這樣的強者。希望在那人醒來之前，柯洛努和迪諾可以完成任務。）

他有點擔心，可是菲德維立的作戰計畫不會出錯。除了對此有信心，札拉利歐也很享受這場戰鬥。

「真是的，被放水的對手玩弄，之後可能會被維爾德拉大人嘲笑。」

「我想這是多餘的擔憂。維爾德拉已經敗給維爾格琳，落到我們手裡了。」

「開這種無聊玩笑。」

「不是在開玩笑。你也注意到了吧？可以看出你有點焦急。」

「……」

卡利斯這個魔人滿強的。

札拉利歐毀滅過不少次元世界，而這人算是難得的奇才。

名喚德蕾妮，身上寄宿精靈王的魔人也不簡單，卻比不上卡利斯。這個魔人用的高威力魔法頗具威脅性，但是傷不了札拉利歐，因此不構成問題。

卡利斯也會巧妙操作他的魔素，透過聚集熱能來打出高威力的灼熱射線。但還是會被札拉利歐引以為傲的空間扭曲防禦領域無效化。

該警戒的是那冷靜的判斷力。

跟德蕾妮不一樣，卡利斯在對付札拉利歐的時候，那戰鬥方式像在試探他有多少能耐。似乎在確認每一項攻擊的效果，作戰方式很慎重。

根據經驗，札拉利歐知道不能小看這樣的對手。

不過這場鬧劇也即將結束。因為卡利斯開始急了，沒之前那麼慎重。

繼續作戰下去也沒什麼樂趣。

札拉利歐認為時候差不多了。

「雖然可惜，但差不多該結束了。你們兩人真的很勇敢，是很厲害的戰士。但很可悲的是，你們不是我的對手。」

實力差距一目瞭然。

看魔素總含量，也是札拉利歐遠遠超越他們。

最關鍵的是相剋問題。

天使在對決精靈的時候有優勢。縱使墮落了，但札拉利歐原是熾天使，卡利斯跟德蕾妮的力量根源則是精靈之力，他們兩人就是無法給予札拉利歐致命打擊。

「雖然不甘心，但德莉絲好像也來到極限了。精靈王停留在我身上的時間也只剩下幾十秒鐘了吧。卡利斯先生，你有什麼好計策嗎？」

「可惜沒有。可是利姆路大人和維爾德拉大人已經徹底教會我不能輕易放棄，所以大可放心。」

即使處在無計可施的絕望狀況中，卡利斯依然認為戰鬥接下來才要開始，臉上帶著笑容。看他那樣，德蕾妮也跟著微笑。

「我願意追隨。在菈米莉絲大人的迷宮裡，怎麼能讓那些不速之客為所欲為！」

儘管受了很多傷害，他們精力充沛。心靈完全沒被打擊到，讓發現這點的札拉利歐開始感到厭煩。

「真受不了，你們看起來不像笨到看不清眼下狀況，是打算難看地求生到最後嗎？若是認為自己無論如何都能復活，那可就大錯特錯了？」

根據札拉利歐的計算，現在迪諾應該正要把菈米莉絲帶到迷宮外面。

菈米莉絲的迷宮可以讓夥伴「死不了」，這是因為她在迷宮裡頭才能成立。說得更貼切一點，那就是菈米莉絲只是離開迷宮還沒問題，可是離開迷宮又失去意識的話，所有的紀錄都會被還原到初始設定值。

也就是說，一旦迪諾達成任務，菈米莉絲的追隨者們就不再是「不死之身」。札拉利歐明白這點，才小心拿捏力道以免殺掉對手，同時在卡利斯和德蕾妮身上累積傷害。

「你們的作戰英姿值得讚許，若你們想要，我可以讓你們死得毫無痛苦，死得有尊嚴喔？」

這是札拉利歐對強者的憐憫。

但卡利斯他們的回答當然是「不」。

「呵呵呵，你自認已經贏了，愚蠢。」

「我有同感。所謂的戰鬥，不到最後是不會知道結果的。不放棄追求勝利就不算輸，連這點都不曉得？」

這番輸不起的話足以令札拉利歐惱火。雖然他很火大，但還不至於失去冷靜，只不過被人挑釁覺得不爽也是事實。

「真令人不悅。難得我大發慈悲。」

「大發慈悲？展現出這樣的餘裕後，不知道有多少人戰敗。你知道嗎？這種行為聽說就叫做『立flag』。」

卡利斯想起來了。曾經跟維爾德拉議論過「絕對不能說的台詞清單」。有好幾個都是絕對不能說的，尤其是「快要獲勝之前展現餘裕」。

既然決定要殺了對方，那就必須不管三七二十一付諸實行。否則就會讓對手有機可乘。

「愚蠢，這種情況下怎麼可能會有奇蹟發生——」

「會發生的。因為利姆路大人就曾經讓奇蹟發生過好幾次。部下們都已經很習慣這樣了，還有很多人去學。就好比現在也是！」

基本上在這個迷宮裡頭，通常爭取時間就能讓狀況好轉。

這次也不例外——

「說得沒錯。若是你要對吾神之友兼協助者菈米莉絲大人不利，那就讓本人『冥靈王（Gehenna Lord）』阿德曼來當你的對手！」

又有另外一名戰士覺醒。

就算多了一個人又怎樣——札拉利歐心想。

不過更讓他在意的是迪諾還沒聯繫他。

（好慢。我知道迪諾喜歡偷懶，但他動作不快一點只會讓我更麻煩。）

加上還有不能如願的事態助長進展，讓札拉利歐越來越不滿。

除了那個人，還出現一個看起來像騎士的男人站在札拉利歐正面。

「以多欺少，對手只有一個人雖然讓人過意不去，但如今的我已經不是聖堂騎士（Paladin），比起名譽，實質利益更重要，請您諒解。」

說出這句話的人是艾伯特。

身穿利姆路賜予的一套神話級裝備，在阿德曼覺醒時一起得到祝福，進化成「冥靈聖騎士（Gehenna Paladin）」。

身為那套光輝武裝的正式主人，艾伯特舉起劍指向札拉利歐。

「又多了一個這樣的男人……」

在札拉利歐看來，艾伯特的霸氣也很驚人。動作上很有劍豪風範，若是他手上拿的是神話級刀刃，有可能傷到札拉利歐。一眼就能看出對方不容忽視。

「還有我。」

這道聲音來自從進化睡眠中醒來進化成「冥靈龍王（Gehenna Dragon）」的「冥獄龍王」溫蒂。

也不曉得是從哪學來的，溫蒂優雅一鞠躬。

這讓札拉利歐突然間變得面無表情，明白自己處於劣勢。

即使面對這樣的對手們，問他能不能戰勝，應該還是有機會。但光只是這樣沒意義。

只要迪諾沒有把菈米莉絲處理掉，札拉利歐就沒機會獲勝。

（就算在這邊認真打起來也只會暴露自己的底細，沒好處吧。可是那樣一來要對付他們就比較吃力。）

札拉利歐如此判斷。

如果只有卡利斯和德蕾妮，他還可以拿捏力道應付。可是再加上三個相當於覺醒魔王等級的強者，就連札拉利歐都不免屈居下風。

這個時候札拉利歐若是不去吸引敵人的注意力，菲德維的作戰計畫將會失敗。作戰計畫完成率百分之百是札拉利歐自豪之處，他可不能讓這種事情發生。

（沒辦法。反正都要殺光他們，就讓他們見識我的真正實力吧。）

如此這般，札拉利歐才剛要下定決心。

「對了對了，這件事情你應該也會感興趣，我就告訴你吧。我的守護樓層是第七十層，你認為我為什麼無視進入那邊的入侵者？」

「什麼？」

「在這邊賣關子也沒意義，我就簡單扼要告訴你吧。這是因為沒有我出場的餘地。」

「……你想說什麼？」

身上穿著聖人長袍的骸骨——阿德曼臉上露出邪惡的笑容。對此感到不快之餘，札拉利歐反問他。

（等等？沒出場餘地？這表示應該正在進行侵略行動的柯洛努出事了？）

連答案都不用聽，札拉利歐已經找到真相。

其實阿德曼的目的就是要讓他陷入慌亂，所以一併把真相說給札拉利歐聽。

「愚蠢的入侵者已經被維爾格琳大人除掉了。我才能放心來這邊。」

「……」

札拉利歐可沒有蠢到會去懷疑這句話的真實性。

已經確定柯洛努敗北了，札拉利歐決定來試探最重要的目的能否成功。

「呵呵呵，原來如此。假如對手是維爾格琳，柯洛努哪敵得過。看來事情發展得很奇怪，但就先不管了。那這樣看來，你們打算把少得可憐的戰力全都用在我身上？」

關於維爾格琳之所以不來這邊的理由，八成是出在正幸身上。正幸果然是繼承了魯德拉「靈魂」的人。

菲德維曾經仔細過濾帝國情報局得到的情報，為了排除那萬分之一的可能性，下令殺掉正幸。然而這就是真相，維爾格琳也發現了。

（柯洛努也是個運氣不好的傢伙。若是按照原定計畫走，沒有跟我交換任務，也不會有這樣的結

局。但不去管維爾格琳也沒關係。只要有米迦勒大人在，要支配那個人很簡單。現在更重要的是——）

重要的是迪諾的動向。

「還真是遊刃有餘。原來如此，意思是說你強大到可以當維爾格琳大人的對手是嗎？雖然不想承認，但看樣子你把我們看得很扁。」

「這可真是的，看樣子我們所有人一起上還是很可能戰敗。」

卡利斯眼睛雪亮，不過阿德曼也很聰明。

從札拉利歐的態度，他們已經看出對方擁有深不可測的實力。即使如此，阿德曼他們還是占上風。

阿德曼說出他的根據。

「我已經察覺你這麼問的目的了。你們真正的目的是菈米莉絲大人吧？我們已經被下令要把菈米莉絲大人的安全擺在第一位。」

阿德曼一醒過來就先去確認菈米莉絲是否安全。

這是當然的。只要菈米莉絲平安無事，其他就沒那麼重要了。

而且最主要的原因在於，這是利姆路下的至高無上的命令。

阿德曼他們是樓層守護者，目的是保護迷宮。也等同是保護菈米莉絲的人身安全。

「那麼，菈米莉絲大人平安無事吧？」

「當然了，德蕾妮小姐。賽奇翁先生已經過去了，不管對方來幾個人，想必都沒辦法對菈米莉絲大人出手。」

「原來是這樣啊，那我就放心了。」

德蕾妮露出微笑。其他人也一樣，都分別露出安心的表情。

這下他們就可以放心，把注意力都放在札拉利歐身上。

至於當事人札拉利歐。

聽到賽奇翁這個名號再次出現，他有預感迪諾會失敗。

（印象中賽奇翁能夠使出空間扭曲防禦領域。若是迪諾認真起來……不，不能對那個男人抱持期待。他看樣子也不是很想配合這個任務，如今應該早就……）

札拉利歐精確剖析現況。

就在這個時候，迪諾透過「思念網」聯繫他。

『喂，札拉利歐，你聽得到吧。作戰行動失敗了。維爾格琳參戰，柯洛努好像被幹掉了。我這邊也出現棘手人物，現在要開始撤退。在迷宮關閉之前，你要趕快逃出去。先這樣啦！』

迪諾自顧自說了這些話，札拉利歐聽了都不禁想笑。

一邊想著「真像迪諾的作風」，札拉利歐也決定撤退。既然在這邊跟人決鬥沒有意義，那他就應該避免做些無謂的事情。

「我還是第一次品嚐到如此屈辱的滋味。面對一些弱不禁風的小角色，竟然必須撤退。不會再有下次了。這點你們可要記好了。」

淡淡地說些不服輸的話，札拉利歐接著跟部下一起「傳送」離去。

留在現場的人們並沒有感受到勝利的餘韻，而是成功守住迷宮令他們無比安心。

＊

迷宮裡頭的威脅已經沒了。

賽奇翁解除自己的能力「幻想世界」。然後看向貝瑞塔，他剛好才讓菈米莉絲躺到長椅上睡覺。

「被迪諾先生逃掉了？」

「似乎是那樣。」

「呵呵，你太謙虛了。明明是因為菈米莉絲大人大發慈悲，迪諾先生才被放走。」

貝瑞塔說得沒錯。

賽奇翁注意到迪諾有戴「復生手環」。

明明都發現了卻故意放他逃走。

這是在做實驗。

——「對於想要對菈米莉絲不利的人，菈米莉絲的保護機制是否還有作用？」——

結果就如他們看到的。

迪諾在賭注中獲勝，存活下來。

對賽奇翁來說，結果是哪一種都無所謂。獲得這樣的實驗結果只是順手罷了，只要能夠保護菈米莉絲，那勝利條件就滿足了。

「如果菈米莉絲大人希望如此，那我就沒意見。」

貝瑞塔聽了也點點頭。

能夠成功抵擋敵人，就不用做無謂的殺生。

不過對方若是沒發現心胸寬大的主子有慈悲之心，就下不為例了。

看迪諾的反應而定，賽奇翁原本打算過去追擊。如果迪諾不打算逃跑，那他準備擊潰他，不過看樣子沒這個必要了。

逃跑的迪諾說服同伴撤退。兩位同伴也接受此提議，離開了這個地方。

「那麼……那個叫札拉利歐的呢？」

「阿德曼先生過去對付了。他的氣息已消失，大概放棄作戰計畫逃走了吧。」

目前阿德曼他們已經復活並加入作戰，剩下的敵人似乎也因此決定撤退。

「那太好了。」

「嗯。假如沒有菈米莉絲大人在，戰敗的大概就是我們。」

「的確。就算勝利了，也會出現犧牲者吧。那對我們來說就跟戰敗沒兩樣。」

「說得沒錯。」

賽奇翁和貝瑞塔都不約而同地點頭。

兩人同時思索應該要重新審視戒備網，讓戒備更加森嚴。

這點姑且不論。

這下子迷宮總算是安全了。

再次確認菈米莉絲平安無事後，賽奇翁回到自己的支配領域。

第二章
個人面談

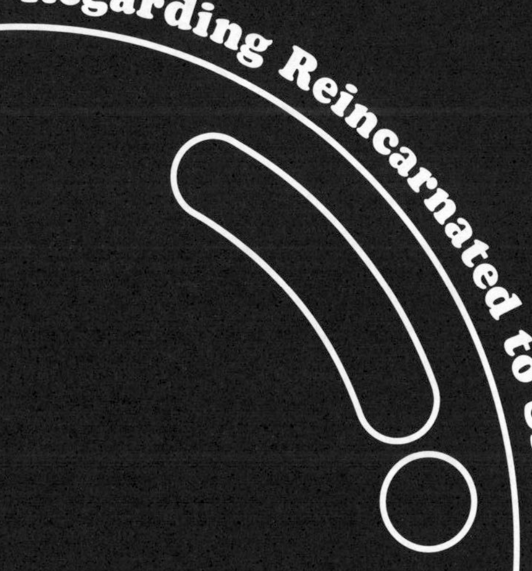
Regarding Reincarnated to Slime

事情就是這樣，我當時也身陷危機呢——菈米莉絲他們要對我稟報的就是這些。

事情鬧得比想像中還大。

「那克蘿耶沒事嗎？」

「這部分沒問題。她變回小孩子的模樣，意識也恢復了。目前為了保險起見，先讓她在醫務室靜養。」

聽到朱菜這麼說，我就安心了。

一開始他們就跟我報告說沒有犧牲者，但沒有親自確認還是不能放心。今天她好像已經睡了，明天再去看看她吧。

話說回來……

這次的敵人不好對付呢。

假裝要來入侵，把護衛從菈米莉絲身邊引開。

迪諾再趁這個機會背叛。

他的力量超越貝瑞塔。就算貝瑞塔跟阿畢特兩個人一起上也沒辦法阻止迪諾，聽說還差一點，菈米莉絲就會慘遭毒手。

結果多虧賽奇翁趕上，菈米莉絲才平安無事，可是走錯一步就會釀成大悲劇。

假設賽奇翁再晚一些醒來，想到這邊就覺得不寒而慄。能夠趕上真是太好了，我鬆了一口氣。

話說回來，維爾格琳小姐回來還真是嚇了我一跳。

目前她跟正幸和帝國的指揮官們一起討論今後的方針。晚點有必要去見她講講話，但對方也想先釐清思緒吧。

話說維爾格琳小姐會去保護正幸，表示正幸他果然是那個人吧。許多事情在這時得以解答，可是疑問也隨之增加。

反正這個之後再來慢慢想。

我依序看向那些來跟我說明的人。

「菈米莉絲，妳沒事真的太好了！」

「就是說啊。不過呢？迪諾他好像也不打算對我痛下毒手啦，只是我若離開迷宮，那就完蛋了。不過呢？如果我認真起來，那種傢伙根本是小意思！」

菈米莉絲還是老樣子。

一開始氣呼呼的，等到自己安全了，又開始虛張聲勢，這是她的可愛之處。

在我回來的時候，她還睡得很香甜，那個時候還說夢話：「嗯嗯嗯嗯……迪諾你這個臭小子，我要拿你來試我的四十八招必殺技，全部試一遍……」說著這類的胡言亂語。

當時我還在想「在夢中就變得很強勢呢」，原來本人不在眼前的時候也很強勢。

「菈米莉絲大人的四十八招必殺技沒有爆發，迪諾應該要心懷感激才對！」

一直負責照顧菈米莉絲的德蕾妮小姐立刻拍馬屁。

「是啊，說得沒錯！」

菈米莉絲也開心地附和。

就因為德蕾妮小姐老是這樣，菈米莉絲才會得意忘形。

我在心裡想著「德蕾妮小姐該適可而止啦」。

「萬分抱歉，利姆路大人。都怪我督導不周。沒想到迪諾竟然會反叛……」

這時培斯塔過來跟我低頭認錯。

看樣子是想盡快來跟我賠罪，才會出席。不愧是責任感很強的他，這次事件似乎讓他非常沮喪。

所以我就對著培斯塔笑了，要他放心。

「不不，你太在意了。畢竟迪諾從一開始就很可疑。」

聽我這麼說，菈米莉絲和德蕾妮跟著點頭，就連貝瑞塔都不例外。

「那個男人也是魔王。我從一開始就懷疑他了。」

「沒想到他膽子這麼大，為了以防萬一，我一直都有在監視他。」

「他這次工作的態度意外認真，我反而還感到驚訝。」

大家對他的評價很差，甚至讓我覺得你們應該要更相信他啊。

不過，這也是沒辦法的事情。

迪諾原本就是在金的吩咐下過來的。而他本人甚至不隱瞞自己的間諜身分。大家當然會保持警戒。

可是，我認為——

「你不用這麼扼腕啦，培斯塔先生。我覺得迪諾也不是真心想背叛我們的。」

這是我的真心話。

我早想到他會背叛，但是他從一開始就故意讓我們監視他。

想必迪諾早就猜到有一天事情會變成這樣吧。我不禁如此推測。

「那傢伙不懂得表達。假如真的是這樣，至少可以來跟我商量嘛……」

「總之，好不容易才打成一片，確實會想要這樣去相信他。還有迪諾或許有什麼苦衷。」

在我說完這句話之後，培斯塔似乎也有同感。

「是啊，就相信他吧。我也曾經走錯路，多虧蓋札王跟利姆路大人才回歸正途。有人願意站在自己這邊，光這樣就覺得自己並不孤單。」

大概是疑惑獲得解答了吧，培斯塔的表情變得稍微緩和。

我一邊想著「太好了」，同時也希望去相信迪諾。

把握並沒有大到足以讓我大聲說出口，但我還有一個想法。

那就是迪諾可能擁有天使系的究極技能。

雖然有的時候獨有技會在戰鬥中進化成究極技能，但不可能這麼剛好。假如真的是這樣，那他大概具備這類的手段吧。

《推論有理。在戰鬥中進化，一般而言不可能。》

同意我看法的是希爾大師。

它是我的心靈好友，也是我的好搭檔。是我最仰賴的存在。

跟維爾格琳作戰時，我腦子一熱就順勢替智慧之王拉斐爾命名。

結果誕生了「希爾」這個智慧生命體——神智核。

它只會思考——可沒有這麼簡單。就如同「克羅諾亞」，還有另一個作用，就是有別於主人的另一個運算裝置。

也可以想成是存在於我的「靈魂」之中，算是另一個心核。

擁有自我意志這點是肯定的，如今反應相較以往變得更有人情味。

是因為這樣嗎？

當希爾大師這麼說，突然就覺得推論沒什麼說服力。

它明明以前也常常搞砸，為什麼現在才開始覺得沒說服力。

不過會說這種話的希爾大師若是沒進化還會一直當智慧之王拉斐爾，那樣也不好吧？

如今回想起來，魯德拉——應該說是米迦勒吧？——從跟他對峙的時候開始，希爾的狀況好像就不是很好，應該是受到「天使長支配(Ultimate Dominion)」的影響。

《……》

情況對自己不利的時候就不講話，這點還是老樣子。

換句話說，如果它沒有進化成希爾，我們很可能早就戰敗了。

事到如今才發現我們贏得很危急，讓我捏了一把冷汗。

《那些都是假設，屬於沒有意義的分析。》

喂喂，怎麼比我還不服輸。

它硬是得出結論，把這個話題結束。

只不過呢，我們確實算是那個例外。

話題回到迪諾身上，果然還是假設他暗中隱藏了某種能力吧。

《他恐怕是故意偽裝。但就因為這種不自然的表現，反而讓我確定他擁有其他能力。》

嗯嗯。

既然希爾大師都這麼說了，那應該沒錯。

迪諾也擁有天使系的究極技能，因此受到米迦勒的「天使長支配」操控吧。

我跟迪諾沒有透過「靈魂迴廊」聯繫，沒辦法馬上幫他解除，但如果跟他本人對決，就有機會解除。

只不過，也有可能是迪諾他本人自己想背叛，不可掉以輕心，但我也決定別不由分說就將他當成敵人看待。

若報告到這邊結束就好了，不過還有另外一個人也很沮喪。

「萬分抱歉，利姆路大人。我讓菈米莉絲大人遭遇危機……」

貝瑞塔來到我跟前跪下，低著頭謝罪。

「等等，貝瑞塔！你已經做得很好了！」

我也覺得菈米莉絲說得對。

面對比自己還要厲害的迪諾，貝瑞塔算是做得很好了。別說是有過失，他甚至還爭取到時間，讓我

想要誇獎他。

我還在擔心以貝瑞塔的性格來看，他可能會覺得自己戰敗需要負起責任，果然被我料中。

培斯塔也一樣，太過認真也是一個問題。

「不，你成功按照訓練內容去做並爭取到時間，做得很好！」

「可是菈米莉絲大人給了我迷宮統籌者這個守備要務。而利姆路大人要我守護菈米莉絲大人。然而我卻沒能好好表現……」

貝瑞塔沒有把我的話聽進去，甚至還進一步自責。

我想他應該很懊惱，可是貝瑞塔的行動很恰當。面對迪諾這個對手，除了看出自己有幾分勝算，還確實完成自己的任務。

假如他在這個時候做了錯誤的判斷，明明贏不過對方還有勇無謀地發動突襲，那菈米莉絲現在肯定已經被人帶走了。如此一來不曉得我們這邊會出現多大的傷亡，真是連想都不敢想。

「所以說，貝瑞塔，你應該要對自己更自豪才對。」

我誇獎他做得很好，這才讓貝瑞塔安分下來。

就結果來看，我們已經重挫了敵人的戰略。

也就是說貝瑞塔他們做出了相當棒的成績。

「若真是這樣……」

他是冷靜下來了，但看樣子還是不能接受。

「還是很煩惱嗎？那好，之後我再來跟你商量，記得來我房間。」

「——唔！是，感謝您！」

既然菈米莉絲平安無事，那就沒什麼問題了。話說貝瑞塔也真是的，未免太過介懷。

總而言之，我決定晚點跟貝瑞塔慢慢講講看，目前就先這樣。

*

菈米莉絲跟培斯塔都報告完畢，接下來我找上蓋德和阿德曼。

「蓋德，你把城鎮保護得很好！感謝。」

「您別這麼說，我也很愛這個城鎮。那是我們的工作成果，怎麼能讓敵人隨隨便便破壞掉。我的夥伴們也這麼想。今後會更加精進，努力不要讓利姆路大人操心！」

「聽起來好可靠，但你們不要太勉強了。」

感覺蓋德至今在工作上都還是過分努力。

若是繼續努力下去，相比之下其他人看起來可能就像在蹺班一樣。我想這樣蓋德的部下們都沒辦法在精神上得到放鬆，上司適度休息也是必要的。

我叮嚀蓋德，要他別太勉強自己，接著聽他報告這次的事情。

看樣子敵人跟迪諾的關係很親近。

那是兩名女性，名字叫做皮可跟卡拉夏。

至於她們的真實身分——我也跟菈米莉絲確認過了，好像都是「始源七天使」，原本是維爾達納瓦的部下。

之前都是熾天使，是位階最高、最強的天使，努力維持這個世界的安定。

迪諾好像也是他們之中的一分子，推測跟出現在五十層和七十層的敵人不是同一群。

「關於這些『始源』，他們原本的職責應該是要去監視被封印在異界，無人可以對付的強大魔物，並且管理異界。可是可是，根據迪諾所說，好像有三個人留在地面上。」

這三個人就是皮可、卡拉夏跟迪諾吧。

大概是從熾天使變成墮天族，才在地面上生活。

其目的好像是要執行監視任務，不過是被人命令還是出於本人意願，這些尚不明瞭。總而言之，只能從得到的部分情報來推測他們的盤算。

「他們非常厲害。假如我沒有進化，大概沒辦法跟她們抗衡。」

蓋德都這麼說了，可見真的很強。

九魔羅好像負責對付皮可，這邊的戰況也很激烈。然而敵人當時還有對迷宮進行干涉，因此推測當下她們並沒有拿出真本事。

「原來如此，還真是棘手。」

「對。」

可以的話希望不要跟他們敵對，但現在說這些都晚了。

就賭一賭迪諾被人操控的可能性，來想想對策吧。

那麼，再來看看另一群人。

「札拉利歐這邊呢？」

接下來要聽聽阿德曼的報告。

「他是可怕的強敵。在我出馬之前，是卡利斯先生跟德蕾妮小姐在對付他，結果完全不是他的對

手。」

這邊的也很強。

我還參考了迷宮內部的戰鬥紀錄，怎麼看都覺得跟墮天族是不同的種族。

他好像還自稱「三妖帥」，說是妖魔王的部下。

簡單講，那個感覺很自以為是的妖魔王菲德維原本是「始源七天使」的領導者。

而跟他一起去異界的三個「始源」現在成了菲德維的部下，別稱「三妖帥」。

在他們前往異界時，維爾達納瓦不見了，他們也沒辦法回來這邊。接著不知不覺間產生變化，這才變成妖魔族吧。

這下我全都明白了。

果然跟迪諾他們是不同路的，因為以前有交情，這次才去幫忙他們，一定是這樣。

以上這番推論還包含我的樂觀推測。

《我也有同感。》

喔喔，這讓我更有信心了。

既然希爾大師都同意了，那八九不離十是這樣。

「總而言之，妖魔王跟那夥人都是敵人。今後大家要如此看待，都保持警戒！」

說完這句話之後，這次換我把所知的情報說給大家聽。

主要都是關於米迦勒跟妖魔王菲德維的情報。特別重要的就是關於米迦勒的能力，這部分我也全都講了。

「那、那麼！迪諾那傢伙該不會也被操控了？所以利姆路你才說要相信那傢伙吧？」

妳也發現了是嗎？

如果不是很有把握，我是不打算說出來啦。

「希望不是空歡喜一場，但他有可能被操控。因此菈米莉絲，假如事情真的是那樣，妳就原諒那傢伙吧。」

「嗯，說得也是。希望是那樣！」

話說到這邊，菈米莉絲開心地笑了。看起來比剛才更有精神了，這樣就好。

再來就只能祈禱迪諾真的被人操控。

＊

我們就這樣交換情報，宴會愈來愈熱鬧。

利格魯德很高興大家平安無事，嚎啕大哭。利格魯從摩邁爾那邊要來預算，以免宴會上的菜餚不夠吃。

而當事人摩邁爾也來參戰，秀出他私藏的才藝。

看到部下都這麼能幹，我也很高興。

重要的報告都結束了，心情上也不會那麼緊繃。我們開開心心享受。

「『三妖帥』算什麼，我會把他們痛扁一頓！」

真是太可靠了，紅丸。

不過說真的，他看起來跟出戰之前相比判若兩人，大概有發生過什麼事情吧。

「哇哈哈哈哈！只要有我在，下一次作戰肯定也會勝利！」

就連戈畢爾都發下豪語，不過他很有這個資格。

在這次的作戰中似乎有非常活躍的表現，而且跟紅丸一樣，不知為何力量變強了。

「唷——！戈畢爾大人，太帥了！」

「正是。」

「你越來越有男子氣概了。我也會一生追隨你。」

戈畢爾的部下們也跟著大聲起鬨。

「哥哥，得意忘形也該適可而止。你這次不是差點死掉嗎！還有你們幾個，不要一逮到機會就把他誇上天，哥哥會得意忘形的！」

蒼華很生氣，但希望她今天別計較那麼多。話雖如此，讓人擔心的戈畢爾也有錯，於是我就不打算插嘴了。

這絕對不是在逃避。

只是這件事情必須劃分清楚。

比他更有問題的大有人在，就是某個在我旁邊大肆炫耀的大叔。

「嘎哈哈哈！卡利斯，你好像輸得很慘呢。修行不夠啊，修行！」

「真是無地自容。」

「嘎哈哈哈！不用找藉口！要像個男子漢，乾脆地承認自己輸了！」

他明明都承認了。

而且維爾德拉你不是也輸給維爾格琳嘛。

哪有資格去笑別人？

「你也輸掉了吧？」

「啊？你、你在說什麼啊利姆路！我、我才沒有輸。只是剛好狀況不太好！」

還找藉口了呢。

在那邊跟卡利斯說教，自己卻那麼糟糕。

「師、師父他，是因為對手太卑鄙半路上插手，這也是沒辦法的事情嘛！不能怪他！」

「就、就是說啊。說得太好了，菈米莉絲！沒錯，我沒有輸！」

你應該沒有忘記維爾格琳小姐還在旁邊吧？讓我不禁想要點破，因為那些藉口實在太爛了。

不過維爾德拉若是沒有輸，我也不用那麼擔心。只是實際上他……

「卡利斯老弟。就算以後你開始受不了維爾德拉，也不要拋棄他喔。」

「哈哈哈，請放心吧。我的主君現在就只有維爾德拉大人一個。今後會更加精進，讓大人進一步認可我。」

好認真。

給維爾德拉當部下真是太浪費了，認真程度不亞於蓋德。

我覺得卡利斯可以來當維爾德拉的隨從真是太好了。

事情就是這樣，宴會繼續下去。

連酒都端上來了。

覺得這樣會不會太鬆懈的人只有我，幹部們都可以中和酒精濃度，這對他們來說似乎是小意思。

但我覺得這樣喝酒就沒意思了，這是題外話。

他們大家可以享受喝醉的感覺，看樣子也相談甚歡。

關於這部分我也感同身受，所以細節就不用太計較。

「來來來，利姆路大人，我為您倒酒！」

「先等等迪亞布羅，接下來換我了吧！」

迪亞布羅跟紫苑在我後方爭執不休，我完全搞不清楚這兩人到底是關係好還是不好。

都在奇怪的點上競爭……

「好啦好啦，不要為了無聊的事情吵架，你們也來喝。」

「咯呵呵呵呵。那我就不客氣了。」

「我不會被騙的！喝下去就會睡著，今天照顧利姆路大人才是優先任務！」

迪亞布羅很喜歡喝酒是吧。

我不太會品酒的味道，但喝酒確實跟迪亞布羅很搭。

還有紫苑。

與其說她會睡著，倒不如說酒品超差。

一喝醉就會失去意識，去糾纏別人或是亂來，因此朱菜都要睜大眼睛監視她。只有紫苑本人不記得過程，其實當時的她惡劣到不行。

所以我只會勸她喝葡萄汁，如果她本人懂得自制，那我就不唸了吧。

仔細看這兩人也變強了。

這才注意到所有的幹部好像都有某種程度的成長。不只是覺醒而已，背後似乎還有什麼……

《請不要懷疑我。》

啊，抱歉。

對喔，說得也是。

就算希爾大師那麼厲害，也不可能協助他人進化吧。

《我只是稍微幫一把。》

原來有幫是嗎！

我很想詳細追問，但現在宴會還在進行。

現在可以做的事情，放到明天也能做，我還是全力享受當下吧。

這麼想的我把問題全都丟給明天的自己，開始投入享受宴會時光。

*

隔天，幹部們全都放假。

這樣對負責處理行政事務的利格魯德他們不好意思，但想拜託他們去確認都市機能目前運作得如

何，還有向居民說明。

都市從迷宮回到地面上，必須確認管線那些有沒有出問題。

等到這些安全確認都做完了，就可以讓去避難的居民回家。畢竟經歷了一場大戰，我也想讓那些事務人員休息放鬆一下，可是大家的生活也固然重要。

這樣一想就覺得政治家還真是國民的奴隸。

平常問題就很多，如果發生緊急狀況根本連休假都沒有了。戴絲特蘿莎她們會幫忙處理行政事務，多少可以輕鬆一點，但我們還是要努力網羅人才才行。

那我呢？

我是門外漢，工作就是看看資料批准。

只要覺得執行起來會有問題就先駁回，還需要重新檢討的就打回負責的部門。

當然了，希爾大師會為我做詳細說明，一切才能水到渠成。如果只有我一個人的話，早就露出破綻了吧。

總而言之，雖然昨天才開過宴會，但我也必須努力確認那些文件才行。多虧利格魯德他們忙進忙出，我才能過得安穩，應該說是心情也得以放鬆。

不過，在那之前。

在我要處理工作之前，決定先去看看克蘿耶。

一進到醫務室，我就跟她對上眼。

「利姆路老師——先生！」

「呵呵，不用勉強自己裝出大人的口吻。對我來說，克蘿耶就是克蘿耶。」

「討厭！外表雖然是這樣，但我早就是大人了。年紀甚至比利姆路先生還大呢。」

就算她這麼說。

我還是覺得外表帶來的影響很大。

不認識我的人看到我，會覺得我外表上就是一個美少女，這點有的時候會讓我感到自卑。

無論如何，隨隨便便說錯話可能會踩到地雷，要小心為妙。

看到克蘿耶紅著臉氣呼呼，我真誠地對她說：「妳平安無事太好了。」接著她就用枕頭蓋住臉。

「討厭！這樣太犯規了啦，利姆路先生！」

咦？

這應該解釋成什麼意思……

《不明。這個問題太難解答。》

既然連希爾大師都不曉得了，那我怎麼會知道。

總而言之，我就先說「乖啦乖啦」去安撫克蘿耶。

等到她冷靜下來，才詢問事情原委。

問她在戰鬥中發生什麼事情，過程是怎樣。

「我本身是沒有出什麼問題，可是沒辦法跟克羅諾亞對話了。究極技能『希望之王薩利爾』好像失控了，她一直在幫忙壓制。」

果然是受到米迦勒的支配影響。

竟然對我重視的人出手，根本是來挑釁。我原本就把他當成敵人，看樣子也沒必要手下留情了。

「具體情況大概是怎樣？」

「嗯——不曉得耶？現在的我完全沒辦法使用『時空之王猶格索托斯』，沒辦法跟克羅諾亞對話，根本不清楚狀況。」

看樣子情況比想像得更嚴重。

從一開始就不指望克蘿耶的戰鬥力，但這是因為她覺得「自己」有辦法保護自己，才會這樣得過且過。

接下來要做的事情可能會對她的自我認知帶來不舒服的影響，但事情演變成這樣，還是要以克蘿耶的安全為優先。

《現在的我對「資訊體」擁有干涉權限，也可以去影響身為「神智核」的克羅諾亞。只要入侵克蘿耶的精神世界進行「能力改變(Alteration)」，應該就可以去除米迦勒帶來的影響。》

原來如此，希爾大師有辦法干涉。

「克蘿耶，如果我可以對妳的技能進行干涉，應該就能改善現況，不過——」

「利姆路先生，那樣不行。那個時候，克羅諾亞在最後一刻有說：『若是繼續依賴那個人，我們就沒辦法自立。為了能夠站在那個人身邊，我們必須靠自己的力量跳脫這種狀況。』我也這麼認為，所以利姆路老師不可以幫助我們。」

克蘿耶在說這些話的時候一直正面凝視我，即使她容貌還很稚氣，現在卻有種冷豔的感覺。那表情讓我想起變成大人的她有多美，已經足夠讓我心跳加速了。

不對，我可不是戀童癖。

單純只是覺得克蘿耶實在有夠——啊，不行。

這想法快要跟某個金髮魔王一樣了。

這樣我就輸了，我趕緊切換思考模式。

「我知道了。但如果遇到什麼麻煩要跟我說。隨時都可以來找我商量。」

我說完這句話就摸摸克蘿耶的頭。

她露出開心的笑容，輕輕地點點頭說了一聲：「嗯。」

＊

去克蘿耶那邊探病回來後，培斯塔說他有緊急事件要會面稟報。

「有什麼事呢？」

「感謝您如此疲憊還撥出時間。事情是這樣的，蓋札王來聯絡我們了。」

「啊！」

推了一下眼鏡，培斯塔繼續報告：

「是的。就如您所想，對方要我們給個交代。」

果然。

經歷那麼一場大戰，我們卻沒有善後，丟著不管就回來了。

怪不得他會生氣。

如果問題只有發生在我國領土內就算了，但這次還把矮人王國整個拖下水……

「嗯。他很生氣？」

「似乎非常不悅。」

培斯塔也在擦汗。

那也難怪。

昨晚他也跟我們一起飲酒作樂了嘛。

稍微想想就會知道培斯塔也該負責。

鬧成那樣大概就忘了要去注意這檔事，雖然責備他是很不近人情，但培斯塔大概在反省，認為自己應該要給我忠告。

不過最不應該的人其實是我。

「你去回覆他，說過幾天會跟他解釋。」

「這下得想想藉口了。」

不愧是培斯塔。

腦筋轉得很快，真是可靠。

總而言之，不把目前的狀況整理一下就無從解釋。要先調整日程，看什麼時候舉辦說明會。

所以說，蓋札王那邊的對應就交給培斯塔了。等我們這邊的意見彙整完畢後，再去跟他商量一次。

接下來是午休時間。

太過艱澀的問題就先拋在腦後。

吃了喜歡的炸雞和勾芡炒麵後，我非常滿足，這才想起一件事情。

話說回來，希爾大師背地裡好像有動些手腳。

昨天晚上希爾大師說有對那些幹部「稍微幫一把」。是幫到什麼程度，多放了些什麼，我個人也覺得要先掌握一下才行。

因為希爾大師的「稍微」，很有可能不是一點點而已。

《呼，沒想到你在懷疑我……》

於是希爾大師開始供述。

正如我所想的，它果然下了重手。

首先從幹得最大的部分開始講起，就是擅自改造我的技能。

而這個技能就是究極技能「豐饒之王沙布．尼古拉特」。

對，我確實有接獲報備。

而且是事後才報備，在維爾格琳的「能力改變」結束後，「誓約之王烏列爾」的殘渣和維爾格琳的「救贖之王拉貴爾」整合，據說這些技能的本質都被「豐饒之王沙布．尼古拉特」繼承了。

當時我急著處理維爾格琳的事情，就沒有仔細聽說明。

我一邊看文件，一邊聽究極技能「豐饒之王沙布．尼古拉特」的詳細解說。

這個能力猶如是我與底下那些魔物們的羈絆結晶。

能力創造——根據透過「食物鏈」和「解析」得到的情報創造出新技能。

能力複製——可以複製得到的能力。

能力贈與——可以將複製起來的能力贈與適合的對象。還可以解除。

能力保存——將獲得的技能轉換成資訊，瞬間再現。

大概是這些。

「靈魂」的容量有限，可以記住的技能似乎有上限。因此不只是「靈魂」，某一些技能會附隨在肉體上，但這些技能蘊含的意念能量似乎很薄弱。

我擁有四種究極技能，容量上算是蠻緊迫的。

《不，不只四個，已經變成五個了。》

啊，對喔。

為了變成跟維爾德拉同等的存在，我吸收了維爾格琳，還拿來分析。結果讓我獲得了新能力——究極技能「灼熱之王維爾格琳」。

這樣一想，確實已經不是容量超過那麼簡單了。希爾大師會把「誓約之王烏列爾」讓給維爾格琳，也是因為我到達極限了吧。

《就是這樣！我也是逼不得已須對技能進行最佳化處理，只是這樣罷了！》

這句話可疑到讓人驚訝。

希爾大師——從獨有技「大賢者」時代開始就有那種傾向，它的興趣其實是蒐集技能吧？容量都已經很滿了，還是不想拋棄技能。就因為有那種想法，才硬是要進化？

《……這部分先不談，我繼續說明。》

還把話題轉開！

變成希爾大師之後不僅更人性化，派不上用場的情況好像也增加了。

不，不要緊，不要緊吧……

拜託不要出問題——一面祈禱之餘，我決定相信希爾大師。

根據希爾大師所說，它將占據無謂容量的大量技能解體轉為資訊，然後輕量化。能夠主宰並創造這些輕量化技能的，聽說就是這個「豐饒之王沙布．尼古拉特」。

有了這個技能，就可以影響透過「靈魂迴廊」與我聯繫的魔物們，具體而言就是能夠賦予能力。

這樣能明白那是多麼誇張的能力了吧。

希爾大師就是利用這個「豐饒之王沙布．尼古拉特」去對紅丸他們加工的。

這部分存在個人差異，對一部分的人真的只是稍微加工，但也有借出大把力量的。

因為那些人如果放著不管，很有可能會戰敗，所以我也不好抱怨什麼。

其實反而是——

我還道謝了，說：「謝謝你啦。」

《不會。我只是按照利姆路大人——主人您的期望行動。》

雖然它說了許多，但真的幫助很大。

今後也要拜託你了，我很感謝希爾大師。

＊

聽完希爾大師的說明，我大致能掌握大家身上出現什麼改變了。

有米迦勒和妖魔王這樣的敵人在，我們也必須加強戰力。不過也不能對誰都贈與最強的力量。過度的力量甚至會反噬自身。

關於這部分，我決定相信希爾大師。

它還是一樣喜歡做大改造，但我想它不會勉強去強化。

它似乎不會把技能給予無法充分發揮的人，但還是有必要確實做個確認。

我在思考這些，希爾大師突然想起什麼似的，向我問道：

《對了，主人的「能力改變」有保留起來，要執行嗎？》

我都忘了。

希爾大師一副躍躍欲試的樣子。

看樣子它持續摸索，已經想到更厲害的改造方案了。

印象中它好像說過，如果整合究極技能「暴風之王維爾德拉」和「誓約之王烏列爾」，就能夠生成究極技能「星風之王哈斯塔」。

後來又把「誓約之王烏列爾」讓給維爾格琳，現在只能用不同的方式來改造。

畢竟它可是希爾大師，我不認為它會讓技能弱化。

不過，我沒有問它，它也沒有向我報告，「救贖之王拉貴爾」是不是也解析完成了？

《當然。》

我就知道。

這樣我不就等同擁有六個究極技能了。

除此之外，進化之後的幹部們也透過「食物鏈」對我進供，怪不得希爾大師需要「豐饒之王沙布·尼古拉特」。

就算拿到的數量眾多，又不是全都能發揮得淋漓盡致，整合起來也在情理之中。

我猜想若是整合「灼熱之王維爾格琳」和「暴食之王別西卜」或許能夠產生些什麼。

而且我也很好奇跟希爾大師分離之後的「智慧之王拉斐爾」會變得怎樣。

如果是要把堆積如山的技能進行最佳化，那我沒理由阻止。

現在也不是在戰鬥中，應該沒問題吧。

那好，就交給你——咦，啊！

《了解！我立刻執行！》

——「等等。」我剛要這麼說的時候，一切為時已晚。

仔細想想，我這個男人總是很失敗。

從來不瞻前顧後，後來才在那邊後悔……

為什麼一不小心就同意了………

也不去確認它要做多麼可怕的改造，就這樣全交給它是不行的。

可是「希爾」那傢伙都已經準備萬全了，大概早就看出我會阻止它，二話不說展開「能力改變」。

它還邊哼著歌，猖狂地說：《現在已經不能中斷了。》

我敢保證，包括我一不小心同意，還有之後慌慌張張阻止，這些全在它的意料之中吧。

它用可怕的速度允諾，展開作業。

我一直叫它：「等一下！」所以它等很久了，這才一發不可收拾…………

希爾大師也不回應，一直忙於工作。

啊啊，它大概又會弄出什麼驚天動地的成果吧，感覺好像都無所謂了。

總而言之，沒了希爾大師，要整理這些文件也很難有進展。

我決定轉換心情，去做其他的工作。

＊

在希爾大師熱衷作業的這段期間，我決定跟幹部們進行個人面談。

這件事情也跟紫苑和迪亞布羅說過了，把他們趕出房間，暫時就剩我一個人。

紫苑還得去確認部下們的安危，因此她沒抱怨就走了。

迪亞布羅很麻煩。他纏著我，說我這邊需要有人護衛啦之類的，最後我半是威脅地說：「根據這次的面談結果而定，我可能會解除你作為『秘書』的職責。戴絲特蘿莎既厲害又漂亮，感覺她蠻適合的？若是要當秘書兼護衛，不夠強果然不行呢！」這才說服他，讓他慌慌張張地離開。

呵呵呵，其實我原本就沒這個打算，那男人真好打發。

想必現在正拚命去找進化之後的戴絲特蘿莎等人當對手，進行模擬戰吧。

我不覺得迪亞布羅會輸，搞不好是很有看頭的比賽。若他輸了，也是一次很好的教訓，有的時候他還是該有點危機意識。

於是利用這段時間，面談開始了。

我把朱菜叫來，要她調整行程。

接著從下午開始，事情比較沒那麼多的人先來，依序造訪我待的這個房間。

首先是貝瑞塔。

畢竟之前講好了，說之後要慢慢聊，所以我第一個指名他。

像這樣的面談，第一個跟最後一個總是最緊張，但在我國，第一個好像就成了最大的榮譽。

那種感覺我不是很清楚，但事情好像真的是這樣，貝瑞塔看起來很開心。

「那接下來，關於你的煩惱，其實這次戰敗真的不用在意。反而還阻止了敵人的計畫，這不是戰敗，是勝利喔。」

都沒有人死掉已經是大獲全勝了。

這是我第二次這麼說了，然而貝瑞塔還是開心不起來。

「這點我明白。可是輸了就是輸了。對我們黑暗眷屬而言，戰敗是很難堪的。」

雖然承認我軍獲勝，貝瑞塔卻認為自己輸掉對決。

卡利斯也好，貝瑞塔也好，都很認真呢。

如果是我的話，大獲全勝可是會到處宣傳。

雖然是硬拗，但只要自己能接受就沒問題。精神上的勝利大歡迎。

對了，所謂的黑暗眷屬，講的是惡魔一族。

我也是最近才知道的，貝瑞塔這個族類的惡魔，最高等級還是曾作為黑暗始祖的迪亞布羅。

的確，他們兩個在奇怪的地方很相似。

至於不服輸的地方，互相對照就讓人恍然大悟。

所以說，我能理解貝瑞塔會感到不甘心……不過，一直這樣下去也不是辦法。

在戰鬥中獲勝，我會給予獎勵，讓我的部下覺醒，但前提是他們要獲得「魔王種」，而且透過「靈魂迴廊」跟我聯繫。

貝瑞塔尚未滿足這些條件——

《已經滿足了。》

唔哇，嚇我一跳！

希爾大師一直熱衷於自己手邊的工作，不過看樣子它也有在聽我們對話。

既然這樣，好歹可以幫我處理文件啊——

《目前這邊剛好累積了足夠讓一個人覺醒的「靈魂」。要如何處置？》

……它又把話題轉移了對吧？

其實這種特性就不用進化了吧？

《不。並沒有捕捉到這樣的事實。》

不不，不要假裝自己降級沒升級來掩飾。

只不過，既然靈魂都夠了。

好像是跟帝國軍作戰的時候，獲得了更多「靈魂」。使用這些靈魂，就能實現貝瑞塔的願望。他也很努力賣命，我卻沒有給予獎勵。畢竟他都變成菈米莉絲的部下了，我不方便插手，可是他對我而言也是重要的夥伴。

還有守護菈米莉絲這個重要任務。今後還要繼續仰賴他，就當作是感謝他，這就來解決貝瑞塔的煩惱吧。

話雖如此，這麼做還是該有個限度，今後得靠他自己努力。

「你為自己能力不足而捶胸頓足，這種心情我懂。那我就給你更強的力量吧！」

我邊說邊從椅子上站起來，擺出很有大魔王風範的姿勢，然後對著貝瑞塔舉起手。

「可別忘了，我能夠做的就只是從旁協助。接下來要看你自己了。」

我說完就對貝瑞塔使用「十萬個靈魂」，進行進化的儀式。

既然替他「命名」的人是我，那他就無法依靠自己的力量進化。為了負起這個責任，或許這個儀式是必要的。

「什麼，莫非！」

「貝瑞塔，這樣你也許能夠進化。今後也要繼續守護菈米莉絲！」

貝瑞塔大吃一驚，但他成功完成進化。

不愧是迪亞布羅的眷屬，看樣子沒有陷入進化睡眠。

順便一提，進化狀況是——

名字：貝瑞塔［EP：197萬8743］

種族：高階聖魔靈——聖魔金屬生命體（Chaos Metalloid）
護佑：迷宮的護佑
稱號：菈米莉絲守護者
魔法：「黑暗魔法」
能力：究極技能「機神之王（Deus Ex Machina）」
抗性：物理攻擊無效、狀態異常無效、精神攻擊無效、自然影響無效、聖魔攻擊抗性

——大概是這個樣子。

貝瑞塔的身體，材質變質成究極金屬。這相當於神話級，怪不得他的存在值會倍增。

順便補充一下，EP就是存在值。

EXISTENCE POINT，並非能量點數。雖然是使用英文，但這部分認真就輸了。

原本的材質是生體魔鋼，是吸收了貝瑞塔洩漏出的龐大魔素才有的結果。

至於最關鍵的技能部分，犧牲了獨有技「天邪鬼」，獲得究極技能「機神之王」。能力包含「思考加速、萬能感知、魔王霸氣、礦物支配、地屬性操作、反轉融合、空間操作、多重結界」。

《我很努力喔！》

啊，辛苦了——

話說你有興趣的事情，都做得很勤快呢。

我的技能也很重要，但是它更重視自己的興趣吧。

好像連能力都被它偷偷把弄過……

讓我不禁覺得，果然是希爾大師。

哎呀，這件事情先擺一邊，看看強到不行的貝瑞塔。

將新能力「礦物支配」和「地屬性操作」整合起來的技能，似乎能夠自由自在創造礦物、操控礦物。雖然需要素材，但是迷宮裡有魔鋼的保管庫。在地面上也與大地相連，能夠進行某種程度的礦物調度吧。

因為他讓自己的身體進化成究極金屬，似乎是這樣才獲得這個技能。

大概就是能夠操控元素的能力吧？

如果是金屬，不管什麼形狀都能自由變換。還可以無視硬度，想怎麼弄就怎麼弄，如果碰到沒有被魔法或氣等能量補強過的裝備，對貝瑞塔而言似乎不值一提。

更凶惡的在這邊，就是能夠將貝瑞塔的身體自由自在改變形狀。

一般的武器自然傷不了他，他會變得像是在電影中出現的流體金屬，變成那種帥氣的東西。

可以像史萊姆那樣偷偷靠近，捲到對手身上讓他窒息……光想都覺得恐怖。

平常是球體關節，看起來像高級藝術品的人偶，暗地裡卻沒有外表展現的那麼簡單，是需要防範的對象。

就這樣，貝瑞塔進化成驚人的金屬生命體，也就是精神生命體的亞種。

我一時興起打造的人偶竟然進化到這種地步，真令人感動。我暫時沉浸在感慨中，一邊觀察，結果

貝瑞塔在我面前跪下。

「利姆路大人的大恩大德，永生難忘。就算賭上性命也會遵守您的諭令！」

而且他還對我如此發誓。

我很想說不要太勉強自己，不過菈米莉絲一旦遭遇危機，就不能這樣了吧。接下來應該還有更嚴峻的戰役在等著，不過貝瑞塔肯定不會辜負我的期待。

因為有他在守護菈米莉絲，我也才能放心。

「就拜託你了。」

我對貝瑞塔點點頭。

這下他的煩惱就解決了。事情告一段落。

我要他慢慢休養，接著讓他回到自己的崗位上。

＊

一邊等待下一個面談者到來，我開始思考技能的事情。

最近的群體進化、與帝國的高手們作戰後得到的情報，我不由得產生疑問。

所謂的技能，是以這世界的法則作為基礎，根植在「靈魂」上的力量。

若是不斷修煉，或是立下偉大的功績，有的時候「世界之聲」就會給予技能。

之前我都沒有深入去想，那是很不可思議的現象。

我一直認為反正事情就是這樣，也沒特別去管……可是在這一連串發展中形成了無法忽視的疑問。

總歸一句話——

所謂的技能，本質到底是什麼？

自從來到這個世界，我就擁有獨有技了。

——我產生了這樣的疑惑。

應該說在原本的世界快要死掉時，我聽見了「世界之聲」。

從這件事來看，可以推斷不是只有這個世界才擁有技能。

這樣一來，更加深我的疑惑，搞不好在原本那個世界也有人能夠使用技能，這點讓我在意得不得了。

原本獨有技據說只有英雄才能獲得。

獨有技不愧是獨有，性能千差萬別，非常強大。是自身願望的成形，會給予你所渴望的技能。

我個人是獲得「捕食者」和「大賢者」，但我並沒有想要「大賢者」，這點有些可疑。

《真失禮。利姆路大人確實想要過我！》

咦咦……？

其實只是因為我當處男太——不，就別去想這個了。

既然希爾大師都這麼說了，表示我的內心深處渴望這樣吧。這個話題很危險，就當成是這樣好了。

話題拉回來。

技能會附著在「靈魂」上，但也有不是的時候。

將肉體鍛鍊到極限得到的技能不會刻印在「靈魂」上，有時則會附著在身體上。從魔物身上獲取的技能可以直接變成自己的，吞食就能獲得。

這樣的技能稱為種族固有技能。屬於同一種族的人都持有，也可以傳承給後代。

通過修煉獲取的技能，比較好的好像也只有到追加技。重點在於之後提高熟練度，或是跟劍技融合，打造出獨一無二的招式，那樣就會很有用。

其實魔法也是技能的一種。

我能夠透過吃來學會，就足以證明這一點。

情況就是這樣，雖說是技能，但也分為好幾種，其中重要的就屬於獨有技。

獨有技是每個人與生俱來就個別擁有的能力。

性能自然也各不相同。

雖然存在類似的系統，但我想應該沒有一模一樣的。有時可以跨越時空重現，但那屬於特殊例外吧。

豬頭帝（半獸人王）的獨有技「飢餓者」就是一個例子。這是種族固有的技能，能夠進行覺醒傳承，只會寄宿在血親身上。

這個「飢餓者」會附著在肉體上，原本應該不是其他種族能使用的技能。

我的話是立刻拿來和「捕食者」整合，所以至今為止都不介意那樣的機制。

至於靜小姐的「異變者」，應該是來自她的「靈魂」。

她托付給我。

所以我也能使用了，我在猜若非如此應該不能獲得。

總覺得附著在「靈魂」上的技能好像比較厲害。

順便補充一下，魯德拉賜予的究極賦予[Ultimate Enchant]「代行權利[Alternative]」，不用說當然是寄宿在肉體上。如果不是「聖人」，身上的魔素就不夠用來運作這個技能，因為不是被賦予者自己創造出來的技能，在效率轉換上比較差吧。

因為這樣，雖然力量強大，不過靠獨有技好像也能對抗。

例如迪亞布羅就打倒究極技能的持有者裘和邦尼，原本不可能發生這種事情。

獨有技沒辦法用來對付究極技能，究極技能只能用究極技能抗衡。

雖然也有克蘿耶的「無限牢獄」和「絕對切斷」，以及正幸的「英雄霸道」等，這些都是例外，不過一般靠獨有技要打倒究極技能擁有者是不可能的。

就連獨有技在力量強弱上都有大幅差異。這套理論套用在究極技能上，強弱差異更是天壤之別。

獲得究極技能的人能夠知曉世界真理。因此能夠勝過拿世界法則當基礎的魔法。

要對抗究極技能，就只有神聖系最強的「靈子壞滅[Disintegration]」或是那些「始祖」在使用的究極魔法了吧。

因此迪亞布羅也有可能是靠究極魔法打倒那兩人，雖然我覺得應該不是那樣。

那傢伙的話，他會用蠻力硬幹。這大概是世界上絕無僅有的案例了……

總而言之，視情況而定，就算沒有究極技能，還是有可能戰勝究極技能擁有者。

事實上，如果是登峰造極的技藝有可能辦到，比起依賴技能，聖劍技似乎更勝一籌。只不過要對抗究極的力量，獲得究極之力肯定是最佳選擇。

將這些思緒統整一下。

・技能有時候會附著在「靈魂」上，有時候是肉體。
根據先前的經驗來看，可以透過強烈的願望或渴望來獲得獨有技。
與其說是天生才華，不如說要夠格才行。不管再怎麼渴望，存在值不夠就無法獲得。不是光靠祈求就可以得到的東西，必須滿足各式各樣的條件，經歷各種難關，才有機會得到。
比起別人給予的力量，自己獲得的力量會更強。
進一步說，相較於肉體，「靈魂」上誕生的力量似乎會更加強大。

・不存在相同技能。
即使技能的名字一樣，性能和法則恐怕也不相同。
會進化成自己希望的模樣，根據擁有者的心靈樣貌而定，結果千差萬別。

・獨有技和究極技能的差異不是絕對的。
獲得的技能強弱，往往受到擁有者的自我左右。為了發揮更強大的效果，需要強韌的意志。
所謂的技能，是一種靠心中所願就能影響世界法則的能力。為了行使這種可稱之為根源的力量，半吊子的意志力是辦不到的。

這樣整理起來，發現最重要的果然還是意志力。

還要看透技能的性質，摸索正確的使用方式。

我身上有智慧之王拉斐爾，他會教我正確的使用方法。一般來說是不會有人這樣教你，就算靠自身願望誕生出來的技能，有時使用方式錯誤也會沒辦法運用得當吧。

《呵呵呵，最近就有個例子，迪諾犯下的有趣失誤。》

咦？

我不禁回問，結果希爾大師開始用可笑的語氣娓娓道來。

……………………

…………

……

迪諾的技能在戰鬥中進化，如同剛才所說。在獨有技之中堪稱位階最高的大罪系「怠惰者」，進化成究極技能「怠惰之王貝爾芬格」。

聽說這個能力原本好像能夠發揮可怕的力量，卻在賽奇翁手上輸得體無完膚。

當然賽奇翁太強也是原因之一，但最根本的問題，是迪諾沒辦法完全發揮「怠惰之王貝爾芬格」的威力。

那是用來製造假象的技能，迪諾大概沒有認真去了解吧……

迪諾的怠惰性格催生出「怠惰者」——究極技能「怠惰之王貝爾芬格」，本人活動量愈高就會愈

弱，似乎有這樣的特性。因此原本的使用方式應該是給予「部下或夥伴支援」。

迪諾可以透過這個能力，把累積起來的力量直接借給夥伴們。那樣「怠惰之王貝爾芬格」據說才能發揮真正的價值。

……………

…………

……

這些事都發生在我們外出的那段時間，不過皆有影像保留在迷宮的戰鬥紀錄中。去分析這些是希爾大師的興趣，多虧它喜歡，才有機會告訴我這些。

如果是金，就不會出現這樣的失誤。

他應該會理解技能的本質，正確使用吧。可是像迪諾這樣的懶惰鬼，八成會被技能的表象迷惑，而沒有注意到本質。

應該這麼說，派迪諾過來工作，是敵人的失策。

如果迪諾像平常那樣蹺班，換成名嗅皮可跟卡拉夏的夥伴們來做主要工作，搞不好蓋德和九魔羅這下就麻煩了。

往這方面想，不禁覺得運氣真好。

我分配工作，迪諾也開始品嚐到勞動的喜悅，因此才會造就這次的幸運吧。

做愈多愈失敗都在幫倒忙，這樣的評價最糟糕了，如果可以跟迪諾恢復以前的好關係，到時候再跟他確實開導一下吧。

事情就是這樣，要正確理解技能也是不容易。

也有像正幸那樣的例子，自己明明不願意，技能卻擅自發動。

這樣的技能不好控制，要使用得淋漓盡致也十分費力。

知道技能的本質且好好發揮，等同了解自己的內心。這是一個非常難解的問題，我甚至覺得有必要花上一生的時間去面對。

換句話說，如果誤把技能當成便利的武器，那肯定無法引出原有的性能。

《說得沒錯。請更珍惜我一些，好好地正視我。》

嗯、嗯……

感覺它好像把哪個部分解讀錯了，但還是不要深入思考這件事好了。

＊

在我的思考告一段落時，有人叩叩叩敲了房間的門。

來人在朱菜的帶領下入內，是紅丸。

「您叫我嗎？聽說要做個人面談，想要談什麼呢？」

紅丸來到我對面的沙發坐下，並且這麼問我。他好像以為要進行重要的密談，很可惜不是。

「很抱歉，只是單純臨時起意。」

「臨時起意？」

「對。這次的戰鬥不是讓大家的力量都大幅增加嗎？在迷宮裡連存在值都能夠測量，所以我想趁這個時候確實掌握戰力。」

「原來如此，那很重要呢！」

聽完我的說明，紅丸露出豁然開朗的表情。

看樣子他一直嚴陣以待，以為我會逼問新婚生活的事情。

「哎呀，你想的那檔事我當然很好奇啦，可是逼問那方面的事算是職權騷擾和性騷擾吧？」

「是這樣嗎？蒼影還說：『呵，能夠順利進化，表示該做的事情都做了吧。你很被動，我還以為得出手相助。』——」

紅丸話才說到這裡——

「哥哥？」

拿蛋糕過來的朱菜面帶笑容打斷他。

那股魄力足以讓人背脊發寒。

「當著利姆路大人的面，是想說什麼失禮的話？」

「抱、抱歉……」

就連硬派的紅丸都贏不了朱菜是嗎？

「利姆路大人也真是的？用不著去配合哥哥聊愚蠢的話題，得好好斥責他才行。」

「說、說得也是。我會注意的。」

這種時候要是違抗她就糟了。

我明白這點，等待朱菜的心情好轉。

好不容易得到一個蛋糕，卻因為太過緊張食不知味。

當朱菜把托盤拿出去而退出房間，我和紅丸不約而同地嘆了一大口氣。

「呼——是我一時不注意。」

「對啊。今後要聊這樣的話題，得先看看時間和地點。」

「了解。話說我原本想說的是，我不喜歡聊這種話題，怎麼會變成這樣呢……」

好吧，說得也是。

有時候會有這種反應啦，不過在我看來只覺得是在炫耀。

那件事情下次再慢慢聊。

目前就按照原定計畫，來確認紅丸的狀態。

名字：紅丸［ＥＰ：４３９萬７７７８（＋「紅蓮」１１４萬）］

種族：鬼神。高階聖魔靈——「焰靈鬼」

護佑：利姆路的護佑

稱號：「赫怒王（Flare Lord）」

魔法：「焰靈魔法」

能力：究極技能「陽炎之王天照」

抗性：物理攻擊無效、自然影響無效、狀態異常無效、精神攻擊抗性、聖魔攻擊抗性大概是這樣。

我說，根本超強的！

犧牲獨有技「大元帥」獲得了究極技能「陽炎之王天照」。能力包含「思考加速、萬能感知、魔王霸氣、意志統制、光熱支配、空間支配、多重結界」等等。

希爾大師還說連維爾格琳的能力都反映在他身上。只不過紅丸靠著自己的力量，還差一點就能獲得究極技能。

希爾說它真的只有幫一點點忙。

話說回來。

紅丸本身的存在值已經超過四百萬，還因為擁有「紅蓮」增加了一百萬，是不是比魯米納斯還要多啊……

對了，存在值應該沒辦法作假——應該。

說得更正確一點，檢測迷宮裡的人有多少存在值，精準度是很高的。

如果想作假，除非暗自隱藏神話級的武器，或是像維爾格琳那樣把「別體」放在其他地方，否則是不可能的。舉個例子，如果只是「分身術」等級，那測出來的數字會比較少，馬上可以看出是冒牌貨。

在迷宮外想怎麼造假都行，可是入侵迷宮之後，就好像在盛滿水位的溫泉中從頭浸泡到腳，無法逃離菈米莉絲的「鑑定」。

在這種細微之處，菈米莉絲顯得特別有能力，但同時也有非常抱歉的特質。

她分不清自己能做什麼，不能做什麼。

能像這樣子檢測，也是多虧閒聊時有人說：「若是能夠正確檢測就好了。」

我想應該是真治說的，菈米莉絲回答說：「當然有辦法！」

聽說當時現場的氣氛變得很微妙。

大家大概都在想：「拜託妳早點說啦。」

如此一來，不只是魯米納斯，金和維爾薩澤小姐的存在值也能檢測得出來……

還有，若沒有因為是客人兼研究夥伴就掉以輕心，而先對迪諾的存在值一併檢測的話，我們早就能發現他那光看外表根本想像不到的強度吧。

……不過就算發現了，如果沒有確切證據證明他的背叛，知道了也沒用。頂多只能多加防範，套用在這次的情況上，大概也沒什麼幫助。

這些姑且不論，雖然都是參考數值，不過拿存在值當力量的指標之一，是很有用的。

情況大概是這樣，我可以肯定紅丸就算碰上「三妖帥」或迪諾他們，也不會落於人後。

在超級覺醒者之中，他還是屬於比較厲害的那群，是我無比可靠的左右手。

只是有件事情讓我相當好奇。

「印象中魔物一旦有了孩子，不是會變弱嗎？」

「的確是。聽說一般而言魔素含量會大幅度減少。」

「那你怎麼會變強？」

「啊哈哈，不可思議對吧！」

哎呀，這個笑容還真是爽朗。

休想笑著蒙混過去。

「到底是怎麼一回事！」

「我也不曉得啊！就連蒼影也一直纏著問是怎麼辦到的，讓我很頭痛。」

是喔，原來有興趣的不只我一個。

這也難怪，如果可以解開這個疑惑，對魔物來說是個好消息吧。

不過人鬼族（滾刀哥布林）那邊有很多人結婚，倒是沒聽說因為變弱這事而困擾……但愈高階的物種好像會受到愈大的影響，這個問題總有一天還是得解決。

「如果你有眉目了就告訴我們吧。」

「明白。那我去跟蒼影交班。」

留下一個疑問，與紅丸的面談到此結束。

＊

蒼影跟紅丸交班後進到房間裡。

剛跟我面對面坐下，我就開始對他吐苦水。

「你呀，別把紅丸捉弄得太過火。」

「呵呵，那傢伙從以前就是那樣，在奇怪的地方特別晚熟。若是不激他，我認為他大概會一直磨磨蹭蹭的吧。」

嗯——有道理。

都怪紅丸說沒有生下繼承人就不願意進化，能夠理解蒼影為什麼會擔憂。

「這件事就先到這邊吧。來確認你的進化情況——」

蒼影受到紅丸的進化影響。

名字：蒼影〔ＥＰ：１２８萬１１６２〕
種族：鬼神。中階聖魔靈——「闇靈鬼」
護佑：「赫怒王」之影
稱號：闇忍
魔法：「闇靈魔法」
能力：究極贈與「月影之王月詠」
抗性：物理攻擊無效、自然影響無效、狀態異常無效、精神攻擊無效

嗯，很強。

而且有很棒的抗性。

如果要打倒他，必須靠聖魔屬性或是聖劍技，總而言之感覺上不使用究極攻擊似乎就沒用。

至於他令人在意的技能，有希爾大師給的究極贈與「月影之王月詠」。能力十分多樣化，「思考加速、萬能感知、月之瞳、一擊必殺、超速行動、精神操作、並列存在、空間操作、多重結界」等塞得滿滿。

「咦，騙人！你連『並列存在』都會用了？」

驚訝過度的我不禁這樣問他，蒼影不以為然地回應：

「是。雖然無法像維爾格琳大人那樣同時叫出好幾個，但我自己叫出一個就很有用了。」

這當然會感到自豪。

只有一隻也足夠了呢。

這下就連蒼影都幾乎可說是永恆不滅……不過特別值得一提的或許是「月之瞳」。

能夠隨意操控影子，不讓對手察覺氣息，可以做很多事情。特徵是範圍很廣，甚至能夠影響到整個城鎮吧。而且還特別專精於情報蒐集，這個能力甚至可以用在暗殺上。

《蒼影的技能是我的得意之作。為了重現主人記憶中的忍者，我試著把蒼影想要的能力都塞給他了。》

我還想說怎麼塞了一大堆，原來原因是這樣啊。

《這個「月之瞳」厲害的地方在於連「分身術」都能夠運用。假設蒼影把「分身」派往世界各地，再透過「月之瞳」共享情報，那世界各地的情報都有可能透過「思念網」獲取！》

怪不得說是得意之作。

愈聽愈覺得這個能力十分不得了。

簡單來說，等同於我的監視魔法「神之眼（Argos）」的高階版是嗎？可以監視世界各地的情形，還能夠轉換成有聲音的影像，這樣想就對了。蒼影成為一個可靠又萬用的男人了。

今後也要繼續指派他負責我國的間諜活動。

「好，我給你新的稱號『闇之盟主（Darkness）』，你今後也要率領『藍闇眾』為我們的國家鞠躬盡瘁！」

「遵命！一切都是為了利姆路大人！」

不是為了我，是為了我們的國家——好吧算了。

「總之就拜託你了。」

說完這句話，我準備給蒼影一些慰勞。

那就是接下來的將近一小時，我要與他促膝長談，看他有沒有什麼不滿的地方，或是對蒼華他們有哪些看法。

話說蒼華他們五人，存在值已經成長到近二十萬。蒼華個人的存在值是２６萬１８９８，非常高。相當於不久之前的魔王副官等級，而且還能跟比較厲害的成員戰鬥。

這次戰鬥似乎讓她的實力大幅增加。

沒什麼訓練比得上實戰——我好像在哪聽過這個說法，而蒼影正好說了這句話。

只是希望他注意，別以為自己能辦到，其他人也能比照辦理。

每個人的個性都不一樣，分別有擅長和不擅長的事情。

我承認蒼影本身很能幹，但希望他別要求部下們處理和自己一樣的工作量。如果他那麼做，就連優秀人才都會逐漸失去幹勁。

「為利姆路大人鞠躬盡瘁是理所當然的吧？」

嗯——才不是理所當然呢。

「也不是那樣啦，如果有這種想法，最後會沒人想跟隨你喔？你要更體貼部下，讓他們能夠長長久久快樂工作，為這件事情費心也是上司的職責所在喔？」

還是要讓人有成就感，人們才會跟隨你。

不過因為是工作，當然不會只有樂趣。

但我覺得成就感還是很重要的。

常常硬塞一些不可能處理完的工作量，這樣怎麼能夠體會到完成工作的喜悅？而且一旦勉強自己達成，下次搞不好會被塞更多的工作量……

我保證這樣會很不爽。

人家會想——不然你自己來做做看啊，只是蒼影應該能辦到。這樣一來他人只會感到自責，弄到最後搞不好還會出現心理疾病。

我擔心的是這個。

「我懂了，是要小心使用夥伴的意思吧？」

「拜託你別把夥伴當成道具。真是的，對工作感到自豪固然重要，但那強求不來。身為上司的你若是能夠認可大家的工作成果，他們就會感到開心，我想說的是這個。」

「……原來如此。若是被利姆路大人誇獎，對我來說確實是一種至高無上的喜悅。」

嗯——該說你很認真，還是把事情看得太重。

「總而言之，你也趁這個機會找部下們來開個懇親會吧？」

「遵命。充分理解他們的心情，這是身為上司的我該做的事情，今後我也會徹底管理（關心）那幫人。」

「記得點到為止。」

就是這個樣子，基本上我把心裡的掛念都告訴他了。

後來。

蒼華他們還寫信來感謝我。

那些文字被喜悅的淚水浸濕，讓我很滿足，覺得自己做了一件好事。

＊

接下來的面談對象是在晚餐後來訪的戈畢爾。

「哇哈哈哈哈！為了回應利姆路大人的召喚，戈畢爾前來拜會！」

今天也——更正，應該說是今晚戈畢爾依然朝氣蓬勃。

因為是晚上，我叫他稍微安靜一點，接著請他坐下。

然後叫朱菜去準備茶，並切入正題。

「你這次有了相當活躍的表現呢。多虧有你的努力，大家才可以活著回來。虧你能夠忍耐到最後。

我個人也要跟你道謝！」

不是代表國家，而是以我個人的名義跟戈畢爾道謝。如果他放棄了，想必會出現不少犧牲者。

「利、利姆路大人！光是有您這句話，我就感動不已了！」

戈畢爾開始放聲大哭。

他正感動到不行，我怎麼好意思潑冷水，所以就等他冷靜下來。

「我能夠獲得勝利這點用不著多說，就連能夠活下來都是多虧利姆路大人。那個『聲音』——聽了蓋多拉大師的自言自語，我才肯定了，那是來自利姆路大人吧？」

啊啊，他是聽到希爾大師的聲音了？

「嗯？對、對啊。」

一方面是因為解釋起來很麻煩，一方面則是希爾大師的存在不到最後關頭不能公開。我想最好不要讓太多人知道，現在就先配合戈畢爾的誤解演出。

「果然沒錯！如果沒有在那時得到力量，我知道在那場戰鬥中將毫無勝算可言。因為您常常叮嚀我不要太得意忘形，所以我也不至於主張這些功勞都是我的。」

戈畢爾在回答的時候，表情很平靜，讓我知道那是他的真心話。

「你成長了呢。」

「是！能得您此言，光這樣就讓我感恩戴德——」

跟剛才一樣的發展，戈畢爾再一次哭出來。

拿手帕會來不及，所以我把毛巾遞給他。

他的狀態，似乎也很不得了。

名字：戈畢爾〔EP：126萬3824〕

種族：真・龍人族(Dragonewt)。中階聖魔靈——「水靈龍」。

護佑：利姆路的護佑

稱號：「天龍王(Drag Lord)」
能力：究極贈與「心理之王(Mood Maker)」
　固有技能「魔力感知、超感覺、龍鱗鎧化(Dragon Skin)、黑焰吐息(Flame Breath)、黑雷吐息(Thunder Breath)」
抗性：痛覺無效、狀態異常抗性、自然影響抗性、物理攻擊抗性、精神攻擊抗性、聖魔攻擊抗性

不知不覺間，他已經強到可以跟蒼影比拚。

戈畢爾的究極贈與「心理之王」也是希爾老師的力作。

不是靠自己的力量獲得，這也沒什麼好貶低的。是因為戈畢爾合適，才能獲得這個能力。

主要的功能是「思考加速、命運改變、未知操作、空間操作、多重結界」這五個，如果能夠完全控制洩漏出來的霸氣，那他還能夠學會「魔王霸氣」。

比較厲害的是「命運改變」，雖然有一天一次的使用限制，但就算面對比自己還要厲害的對手，還是有可能逆轉戰況。

如果是戈畢爾以外的人學會，又會有什麼結果？

假設迪亞布羅得到「命運改變」，他搞不好會成為無懈可擊的最強之人。

想到這邊就覺得戈畢爾其實很厲害。

特別讓我驚訝的是他的作戰方式。

雖然擦乾眼淚的戈畢爾開始在炫耀他多麼會作戰就是了……

「就像這樣，敵人的長槍一鼓作氣逼近，我只是笑了一下，就用長槍擋掉了！」

厲害的就是這個、這個。

戈畢爾的武器是特質級（Unique）魔法武器水渦槍（Vortex Spear）。聽說那是蜥蜴人族（Lizard Man）的祕寶，但再怎麼說頂多都是特質級。他卻靠那個水渦槍擋掉神話級的青龍槍，讓我覺得這未免太扯了。

「性能差異並不會左右勝負。哇哈哈哈！」

戈畢爾說完就在那邊笑，但我認為肯定會左右勝負。

如果對手用的是傳說級，那我還可以退個一百步，勉強接受，面對神話級根本不可能。

我能夠想到的可能性就是——

《戈畢爾無意間發揮了技能，把效果加在水渦槍上吧。推測是因為透過究極等級的能力保護，長槍才能夠承受住，沒有粉碎掉。》

好吧，我想也是。

像這種地方也讓我覺得戈畢爾很厲害。

平常他的言行並不是很出眾，卻很努力。

舉凡研究、戰鬥，他是樣樣都通的萬能型。

似乎也能期待他今後會有活躍的表現。

「那你的水渦槍可以先暫時放在我這邊嗎？我想去拜託黑兵衛讓長槍煥然一新。」

「您說什麼！」

「要讓武器的經驗值繼承下去，然後重獲新生。預計提供究極金屬當作打造的基底，應該有機會進化成神話級喔？」

雖然究極金屬還很稀有，可是為了戈畢爾，我不會吝於使用。

就當作是這次戰鬥的獎勵，還有為了應付接下來的嚴苛戰鬥，我其實也想事先強化戈畢爾的武器。

如果他不願意交出代代相傳的祖傳武器，到時候我再想別的辦法。

「請您、請您務必收下！」

這讓戈畢爾又嚎啕大哭起來，把那支長槍交給我。

這下子武器這邊也有眉目了，戈畢爾會變得更強吧。

神話級一旦認定其主人，存在值也會增加。戈畢爾可以變成半精神生命體，抗性相關的數值也會隨之提高。

還有他的部下「天翔眾」，如今存在值的平均數值都超過十二萬。聽說比較厲害的還來到二十萬，希望他們今後也能繼續給予戈畢爾支持。

大概就是這樣子，戈畢爾一直在哭，面談也順利結束。

＊

深夜。

某個特別會員制店家的私人包廂中。

我拒絕跟漂亮的長耳族姊姊們同坐，而是找來了蓋德。

「情況怎樣？」

「很好。我已經習慣這股力量了，不會再把玻璃杯弄破。」

蓋德話說到這邊就笑了，動作靈巧地喝著酒。

被他那麼龐大的手拿著，普通尺寸的玻璃杯看起來就好像小酒杯。

「那接下來，今天找你過來不為別的。而是想要慰勞你，打算與你一起暢飲到天亮。」

「感謝垂愛。能得利姆路大人此言，乃至高無上的喜悅。」

蓋德平常總是酷酷的，但是看他現在的眼神和興奮表現，可以知道那番話發自肺腑。

我也對他點點頭，讓玻璃酒杯相碰，跟他乾杯。

接下來有一陣子我都在聽蓋德發牢騷，聊到一半切入另一個正題。

「說真的，接下來要說的話對你來說可能很失禮，但我可以說嗎？」

「您想說什麼都行。我從來不會覺得利姆路大人失禮。」

不不，我有的時候少根筋，若是覺得不舒服，希望可以告訴我。我大部分都是在開玩笑，說那些話沒有惡意，希望他能夠指正。

我算是能言善道的，但小學的時候還是有被女生——不，就別說了。那也不算難堪的過往，再說從那之後我也有所成長了。

雖然我知道現在自己有時還是心思不夠細膩，可是別看我這樣，我每天都有在努力，小心注意以免說出討人厭的話。

姑且不論有沒有得到相應的成果。

既然蓋德都同意了，那我就試著講講看。

「那我就說了，如果你不願意，可以拒絕沒關係喔？」

話先說在前面，我對蓋德提了一個提議。
內容當然就是要不要接受希爾老師的「能力改變」。
我沒有透露希爾老師的存在，於是問話的時候說：「能不能讓我轉換你的技能？」
結果一問完，「好。」蓋德就毫不猶豫地回答。
「似乎是因為我不中用，才會讓利姆路大人擔心。如果能夠變強，何須多言。就拜託您了。」
把這句話說完後，蓋德將杯中物一飲而盡。
看這氣氛，他並非無可奈何才接受，而是表示不需過問意願，接受此提議是理所當然的，宣示蓋德的決心。
我一邊替他倒酒，一邊大大地點點頭。

名字：蓋德〔EP：237萬8749〕
種族：豬神。高階聖魔靈——「地靈豬」
護佑：利姆路的護佑
稱號：「守征王」
魔法：回復魔法
能力：究極贈與「美食之王巴力西卜」
抗性：痛覺無效、狀態異常無效、自然影響抗性、物理攻擊抗性、精神攻擊抗性、聖魔攻擊抗性

蓋德一接受我的提議，早就在等這一刻的希爾大師立刻付諸實行。

蓋德獲得的是究極贈與「美食之王巴力西卜」，其中包含各式各樣的能力像是「思考加速、魔力感知、魔王霸氣、超速再生、捕食、胃袋、隔離、需求、供給、腐蝕、鐵壁、守護賦予、代打、空間操作、多重結界、超嗅覺、全身鎧化」。這個技能就好像是我的「暴食之王別西卜」經歷些許劣化之後的版本，然後再加上許多要素。

可以對部下們發動「守護賦予」，形成群體防禦網。

他個人也可以運用「鐵壁」和「代打」，代替夥伴承受損傷。

腐蝕則是攻防一體。不單純只是著重防守，也很注重攻擊。蓋德特別擅長防守，想來他跟這個能力有很棒的相容性，可以發揮得淋漓盡致吧。

不只是技能，值得一提的是蓋德本身也很不得了。

他的防具進化成神話級，形同他的血肉了。就好比是惡魔們的服裝那般，可以根據蓋德的意思自由顯現。

剁肉菜刀也是一樣的道理，弄壞了還能立刻生出新的，似乎有這樣的創造力。若是讓黑兵衛經手，他還能讓剁肉菜刀記憶當下的狀態。

老實說我覺得這樣有點犯規。

總之吸收了裝備之後，蓋德的存在值也跟著三級跳，基礎變得十分穩固。而且還獲得「美食之王巴力西卜」，他的實力遠遠超越蒼影和戈畢爾。

如果是現在的蓋德，即使碰到「三妖帥」應該也能爭取到時間。如果想要打倒徹底進行防守的他，沒有放出威力超強的攻擊恐怕很難。

「你變得愈來愈可靠了呢。」

「這話聽了令人不勝欣喜。為了今後能夠繼續守護大家，我發誓粉身碎骨在所不惜！」

那今後也要多多仰賴他了，我跟蓋德相視而笑。

＊

地點換到我個人小屋的私人房間。

我在想明天的會面。

因為今天的面談是從傍晚才開始，目前只約談了五個人。

大家都很忙，可不能花好幾天做這件事情。

還有九位「聖魔十二守護王」尚未約談，其他也有好幾人是我想要跟他談談的。

起碼像是阿畢特，基於希爾老師的要求，必須跟她面談。

感覺希爾老師很想快點擺弄技能，想得不得了。

怎麼會如此忠於慾望，但這對大家都有幫助，那是不可否認的事實。我也沒理由阻止它，所以明天我想要努力遊說。

我已經做好這樣的打算了，還去找朱菜幫我排行程。我跟她說讓迪亞布羅和紫苑晚點再過來，明天打算飛快進行。

我也很在意正幸他們，但是他們那邊似乎也有開不完的會。

他們有過來跟我稍微報告一下，但我是否該參與，這又是一個煩惱的問題。於是在正幸和帝國眾人的會談有個結論前，我不打算插嘴，決定靜觀其變。

不過維爾格琳在也是讓人靜不下心的原因之一。現在第七十層那邊有種生人勿近的氣息。
至於維爾德拉，他老早就逃進自己的房間窩著，讓我也感到有點不安。
跟維爾格琳道別之後，並沒有經過太多時間，不過我也很好奇她都經歷些什麼……
總之只能等對方主動來找我。
在這段期間裡，我應該要先把自己該做的事情做好吧。
在想這些事情的時候，我察覺到一股氣息突然靠近。
來者是蘭加，他從我的影子中探頭出來，連鼻尖都露出來了，一直在看我這邊。
「唔哇，嚇我一跳！這不是蘭加嗎？你順利醒來了！」
我開心地變成人類模樣，摸摸蘭加的頭和耳朵。
緊接著蘭加就擺出又開心又悲傷的表情，耳朵垂了下去。
「怎麼了？身體不舒服嗎？」
我擔心他是不是進化失敗，身體出現異樣，但看樣子並非如此。
「頭目，我好像睡過頭，錯過大戰了……」
他只是太沮喪才沒精神。
「什麼嘛，原來是為了這檔事啊！」
「就算您這麼說，哥布達他們也因為我的關係，失去了表現的機會不是嗎！」
是這樣沒錯，但那也不能怪你嘛。
更重要的是蘭加順利進化，今後能夠大肆表現，那樣不就好了嗎？
「哥布達他們也在送餐服務和宴會的私房才藝表演上有很好的表現，沒有任何人數落蘭加你喔。所

以你不用那麼在意啦。」

「頭目，您願意對我說這些話，我很感激。」

蘭加除了發出嗚叫：「汪嗚——」還來到地面上，賴在我身上撒嬌磨蹭。

我再一次摸摸他，享受久違的毛茸茸觸感。

那麼，切入正題。

既然有這個機會，就來確認他的狀態。

名字：蘭加［EP：434萬0084］
種族：神狼。高階聖魔靈——「風靈狼」
護佑：利姆路的護佑
稱號：「星狼王（Star Lord）」
魔法：「風靈魔法」
能力：究極技能「星風之王哈斯塔」
抗性：物理攻擊無效、自然影響無效、狀態異常無效、精神攻擊抗性、聖魔攻擊抗性

啊，他的種族也開始帶有神性了。

從剛才開始就很在意，他好像變得比邊境地區膜拜的土地神還強，這樣沒問題嗎？

蒼影變得像是紅丸的從屬神，算是例外，但是存在值超過兩百萬，種族好像就會開始帶有神性。

我沒把握，只是憑感覺。

《還需要再多蒐集一些案例，但這樣解釋應該沒錯。》

嗯。

存在值超過百萬就算是「聖人」，一旦超越兩百萬或許就屬於「神人」。只是帶有神性，跟概念上的「神」還是不一樣，距離無所不能還很遙遠，但算是強大的象徵，是值得仰賴的存在。

蘭加已經超越四百萬。甚至跟沒有拿太刀的紅丸不相上下，完成了可怕的進化。

「你好厲害，蘭加！」

「哈哈哈，這些全都多虧頭目您！」

根據蘭加所說，似乎是因為沐浴在我的妖氣中才有這種結果。

他一直潛伏在我的影子裡吸收魔素吧，才會進化得那麼順利。

而且剛剛好像有看到很厲害的能力閃過。

亦即究極技能「星風之王哈斯塔」……看樣子不是維爾德拉大哥得到，而是蘭加。

這肯定是……

《答對了。我稍微幫了一把。》

果然沒錯。

這不是透過祝福獲得的，我還以為是蘭加靠著自己的力量得到，不過希爾大師怎麼可能沒有上下其手。

話雖如此，這股力量跟蘭加很合適，我沒有怨言。

這個能力包含「思考加速、萬能感知、魔王霸氣、天候支配、音風支配、空間支配、多重結界」七種，無比強大，說強到像是另一個次元來的也不為過。

若是比喻成連天氣都可以掌控的超能力，就知道有多厲害了吧。

真的是跟蘭加很相配的技能。

讓我開始擔心哥布達是否能夠駕馭蘭加。

＊

工作的時間到了。

大概是一直沒睡都在跟蘭加嬉鬧的關係，我精神飽滿。

第一個來的人是九魔羅。

打完招呼後第一句開口的就是——

「蘭加大人來跟奴家炫耀，聽說利姆路大人可以幫我們的技能加工？希望您務必也賜予奴家新的能力！」

變成小女孩模樣的九魔羅用可愛姿態跟我撒嬌拜託。

蘭加其實是靠他自己的力量獲得，可是希爾稍微幫忙的事情似乎被誇大渲染了。

我認為應該要自賣自誇的是他自己才對，不知為何，蘭加在炫耀的時候特別強調是我出手幫忙。

正確來說並不是我，而是希爾大師，但這是祕密，所以我就模棱兩可地接下了這個說法。

那接下來該怎麼辦呢？

《就接受吧。》

希爾大師完全沒有收斂的意思，把之後的事情托付給它總覺得不安……但現在遇到敵人了，就應該就知道你會這樣說。

把所有的對策都做好。

「我知道了。雖然最後還是要靠妳自己，但我就先幫妳看看。」

即使是希爾大師，真的行不通的還是行不通。

如果沒有適合九魔羅的技能，就連贈與都不行。

在對方接受我的說法後，我跟希爾大師換手。

名字：九魔羅［EP：189萬9944］

種族：天星九尾（Nine Tail）。高階聖魔靈——地靈獸。

護佑：利姆路的護佑

稱號：「幻獸王」

魔法：「地靈魔法」

能力：究極贈與「幻獸之王巴哈姆特」

固有技能「獸魔支配、獸魔合一」

抗性：物理攻擊無效、狀態異常無效、自然影響抗性、精神攻擊抗性、聖魔攻擊抗性

雖然花了一些時間，不過看樣子成功了。

九魔羅獲得的是究極贈與「幻獸之王巴哈姆特」。其中包含「思考加速、萬能感知、魔王霸氣、重力支配、空間支配、多重結界」六個能力。

甚至還能夠干涉行星，進行大範圍的重力操作。

九魔羅本身的種族起了變化。

從九頭獸(Nine Head)進化成天星九尾。

因為名字從頭變成尾，看起來似乎變弱了，實則不然。以前她帶著八隻魔獸，如今頭只有一個。也就是已經透過九魔羅的意志完全掌控。

就像之前一樣，九魔羅九條尾巴內的八條有附著魔獸的意志。因此也可以讓部下們靠自己的自由意志任意行動。

這種時候八個存在值大約二十萬的魔獸可以從九魔羅身上分離。即使如此九魔羅的存在值依舊有百萬以上，這並不是算錯了，事情就是那樣，要明白這點。

分離之後數值會成長幾倍，變成部下們的存在值，解釋成被大幅強化準沒錯。

雖然不具神性，但是不靠裝備，存在值就將近兩百萬，感覺還差一點點就能進化。

跟蓋德一樣，都是地屬性。

她是半精神生命體的地靈獸，跟重力操作非常合襯。

如今的九魔羅已經整合了全部的魔獸，如果只看這樣的規格，在「聖魔十二守護王」之中也算是比較厲害的了。

只可惜目前經驗還不夠。

若是戰鬥甚至會輸給蒼影，要說有可能戰勝誰，大概就只有阿德曼和戈畢爾了吧？

不過後生可畏也是事實，九魔羅身上充滿了可能性。

她還只是一個小女孩，今後的成長值得期待。

＊

緊接而來的是阿畢特和賽奇翁二人組。

賽奇翁留在走廊上，只有阿畢特進入房間。

既然都來了，兩人同時進來也沒關係，但名義上是個人面談，我決定尊重賽奇翁的想法。

一坐到椅子上跟我面對面，阿畢特就悄悄地將某個包裹交給我。

「利姆路大人，這是剛採收的蜂蜜。」

「喔喔，多謝！」

我很開心，臉上浮現笑容。

蜂蜜能夠當作萬靈丹，好吃到令人驚訝。

我用這個一招就收服蜜莉姆，這是在部下之間都知曉的事情。

就是這樣，那可是相當高人氣的商品。
我一邊呵呵笑，一邊把包裹收入懷中。
我是不會屈服於賄賂的男人，可是我不想壞了阿畢特的美意。
確認一下她的狀態。

名字：阿畢特［EP：77萬5537］
種族：天星麗蜂（Starwasp）。中階聖魔靈——「風靈蜂」
護佑：賽奇翁的護佑
稱號：「蟲女王」
能力：獨有技「女王崇拜」
抗性：痛覺無效、物理攻擊抗性、自然影響抗性、狀態異常抗性、精神攻擊抗性

若是一般的冒險者要打倒她大概沒辦法吧。
阿畢特的實力早就超越以前那些魔王。雖然距離我國認定的特S級還差一步，但是看起來比疑似覺醒的克雷曼還強。
而且根據阿畢特所說，透過「女王崇拜」還可以製造出九隻蟲型魔人。
雖然他們還只是蛹，但可能會誕生出擁有極強力量的魔人。
「那這樣得慶祝一下才行。」
「樂意之至！請您一定要賜予他們『名字』。」

名字啊，對喔。

「這個嘛——」

我避免隨口答應，打算轉移話題。

因為「命名」是很危險的——

《沒問題。你已經學會能夠徹底控制的技巧，不會發生危險。》

已經學會了啊……

說得也是呢，幫卡利斯命名的時候就是那樣呢。

看樣子沒辦法了。

替九個魔人想「名字」，感覺會很累原本是想避開的……

「零一、雷二、雷三、雷四、雷五、雷六、雷七、雷八、雷九——這樣如何？」

別說我太隨便喔？

都是從數字演變而來的，拜託就這樣湊合湊合吧。

甚至還不知道是男是女，等到出生之後再把比較搭的名字各自分配就好。

「哎呀！感受到利姆路大人的慈愛，我的孩子們都很高興！」

「咦，他們已經感受到了？」

「當然是了。因為我跟那些孩子們的心之間有著不可切斷的羈絆，被聯繫在一起。」

對於透過自身技能誕生出來的孩子們，如果要下達命令必須透過「魔蟲支配」，聽說傳達出去的速度只要一瞬間。跟彼此之間互相溝通的「思念網」不一樣，優先順序是很明確的。

我恍然大悟，原來是這樣啊，先不管這個。

希爾大師從剛才開始就一直很煩人。

《太過分。我只是一直在祈禱，希望能夠獲得「能力改變」的許可。》

它還說這種話。

看樣子希爾大師真的很想擺弄阿畢特的技能。

如果是希爾老師，就算我和阿畢特不允許，它還是可以強制執行。這是因為若是有透過「靈魂迴廊」與對方連結，我就有管理權限。

只不過，若情況危急則另當別論，現在可是平時。它還是有所顧慮，沒有我的允許不會擅自更動。

而且阿畢特出自賽奇翁一系，在我看來就形同間接眷屬。聯繫上相較微弱一些，若是確實得到許可會比較好辦事。

一面想著現在問或許是馬後炮，不過還是問了阿畢特。

「對了，如果妳願意，我想要對妳的力量取向加工。妳覺得呢？」

「您的意思是？」

「嗯。妳的技能似乎——蘊藏著進化的可能性。可以直接變成魔蟲的支配者，成為指揮官使喚眷屬；或是親自率領眷屬作戰，屬於英雄型。不同點很簡單，指揮官還留有生下魔蟲的能力，變成英雄型則會失去。取而代之，身體機能得到強化，技能也會被強化，變得更適合戰鬥。」

我直接把希爾老師的解說唸出來。同時發現是因為可能性有兩個，希爾大師才沒有強行出手。做選擇的人是阿畢特。否則無法發揮技能真正的力量。

「當然還有另一個選擇，就是維持原樣什麼都不動。」

在我說完這句話後，阿畢特立刻回問：

「若是選擇成為英雄型，就表示我沒機會生孩子了嗎？」

是那樣嗎？

《會失去獨有技「女王崇拜」裡的「魔蟲誕生」能力，但還是保有生育機能，只是並非來自技能，想要懷上繼承人是沒問題的。》

「只是不能透過技能來生下眷屬，用一般的方式生孩子應該沒問題。」

「原來如此，這樣就沒有任何問題了。我的孩子們已經獲得『眷屬誕生』技能，身為女王的我若是想要軍隊，也能夠如願生產。」

這樣啊，原來阿畢特已經將自己的部分能力轉讓給眷屬了嗎？

那麼，阿畢特的回答就是——

「我想要親自率領軍隊！」

阿畢特的宣言跟我想的一樣。

她一說完，希爾大師就迫不及待地行動。

《阿畢特的「能力改變」已經成功了。獨有技「女王崇拜」將進化成究極贈與「女王崇拜普洛塞庇娜」。》

還真是轉眼間完成。

大概是早就解析完成了吧，速度快到連一秒鐘都不用。

「結束了。妳之後再去確認，練習完美掌控就行了。」

究極贈與「女王崇拜普洛塞庇娜」，這是把原本的「女王崇拜」取捨之後強化而成的技能。能力包含「思考加速、魔力感知、超感覺、魔蟲支配、軍隊指揮、超速行動、致死攻擊、空間操作、多重結界」等等。

只是原有的力量受到強化，想必阿畢特也沒有覺得哪裡怪怪的吧。反正就算我不說，她應該也會做練習，不過我還是先給了這樣的忠告。

「我為這份無與倫比的幸運表達感激。心懷至高無上的喜悅，再度宣示效忠利姆路大人。」

話說到這邊，阿畢特跪在地上。

我像個大人物般點點頭，結束與阿畢特的面談。

＊

跟阿畢特換手，賽奇翁進來了。

他沒有坐到沙發上，而是客客氣氣地坐到木頭椅子上。

在迷宮裡頭明明是最強的，說到客氣程度也完美無瑕。似乎是怕外骨骼傷害到真皮沙發，讓我心想他還真拘謹。

話說回來，賽奇翁做起事來有模有樣。

他是超乎常人的存在，覺醒前就已經實力雄厚，可以跟迪亞布羅並駕齊驅。

強到跟其他的「聖魔十二守護王」有段距離，這次的進化似乎讓他變得更強。看了戰鬥紀錄發現他在痛扁迪諾的時候甚至還隱藏實力。

好可怕的孩子。

說真的，我覺得這傢伙跟我們站在同一邊值得慶幸。

「賽奇翁，這次你做得很好。如果你沒有及時醒過來，真不曉得現在會變成怎樣。」

「您說笑了。就連我醒來的時機也在利姆路大人的計算中吧？」

怎麼可能！

「不。我是知道迪諾很可疑，卻沒想到他會在人手最少的時候動手。」

「呵呵呵。就因為是這樣。您早已看出狀況會變成那樣，我才會即時醒來。」

就說了，我沒有想到啊！

我可是連維爾格琳會來都不曉得——不對，知道是知道，卻沒想到她會真的跑過來。

否則我怎麼可能會帶著幹部們去跟皇帝直接談判。

這次戰鬥中，我們完全趨於下風，能夠順利克服算是運氣好。可是不管我如何解釋，賽奇翁都想要把功勞加在我身上。

我早早放棄辯駁。

「總而言之，因為有你在幫大忙了。」

「不，我火候還不夠。若是利姆路大人，就算我不出馬，您也會使出跨越時空的一擊了結迪諾吧？您是特地給我表現的機會，我要回應您的好意——」

你在說什麼啊？

超時空的一擊？

怎麼可能有那種東西……

在這傢伙的心目中，我到底是多強的怪物？

「啊、嗯。說得也是……或許真的能夠辦到喔。」

「是！如果是利姆路大人，我想易如反掌。」

我無力地同意他的說辭，結果換來賽奇翁熱切的肯定。

那已經不只是尊敬，感覺他還用崇敬神明的目光在看我。賽奇翁是複眼，也許那只是我的想像也說不定……

我重新振作起來，繼續跟賽奇翁面談。

請他說出跟迪諾作戰得到的見解。

還以為他真的讓迪諾逃掉，實際上並非如此。賽奇翁早就看出迪諾會逃跑，已經下了詛咒。

聽說還是能夠掌控生殺大權的恐怖詛咒。

賽奇翁還有這樣的能耐，究竟完成了何種程度的進化？

名字：賽奇翁［EP：498萬8856］

種族：蟲神。高階聖魔靈——「水靈蟲」
護佑：利姆路的護佑
稱號：「幽幻王」
魔法：「水靈魔法」
能力：究極技能「幻想之王梅菲斯特」
抗性：物理攻擊無效、狀態異常無效、精神攻擊無效、自然影響無效、聖魔攻擊抗性

啥？

害我看了都一不小心發出怪聲。

希爾大師告知的數值遠遠超乎我的預期。

賽奇翁也開始帶有神性了，這也難怪。存在值都快逼近五百萬，僅次於紅丸，高到令人驚訝。

他的屬性是水，不過據希爾大師所說，似乎還同時具備空間屬性。

而且變成半精神生命體，擁有很強的抗性。找不出弱點不要緊，就連他的技量都無從挑剔。強大到無懈可擊。

賽奇翁似乎濃縮了大氣中的水分子，架構出暫時性的肉體。

而我給的魔鋼經歷了生體魔鋼階段，進化成究極金屬。由於是具備幻想性質的究極金屬，才能辦到那點吧。

他之所以還堅持使用外骨骼，都因為那是我製作的外型吧。否則他可能早就脫除外骨骼，變成完全的精神生命體了。

這表示他很珍惜使用，我也感到無比開心。

除此之外，賽奇翁特別擅長近距離戰鬥，現在這樣就很強了。

畢竟如果變成完全精神生命體，沒肉體也沒用。反而該說現在的姿態才是完美姿態吧？

《說得沒錯！這個賽奇翁就是我跟主人攜手打造出的最高傑作！雖然都交給維爾德拉指導，在關鍵之處還是透過我的知識引導，您不需要擔心。》

呃——我聽不懂耶？

完全沒去管我的困惑，希爾大師開始自賣自誇。

聽起來賽奇翁能夠支配的是「水」，在有水的地方能發揮那無可比擬的強大力量。

大氣中也含有水分，對賽奇翁來說，這個行星上的所有地方對他而言都是有利的戰場……

再加上大部分的生物肉體中有數十個百分比都是由水組成。賽奇翁能夠操縱那些水分，這樣就能知道他有多麼危險了吧。

人類的肉體大約有百分之六十五是水分，跟賽奇翁作對可以說是種自殺行為。

可是接下來更恐怖。

賽奇翁的究極技能「幻想之王梅菲斯特」包含一些高性能功能，像是「思考加速、萬能感知、魔王霸氣、水雷支配、時空間操作、多次元結界、森羅萬象、精神支配、幻想世界」。其中有好幾個都很恐怖，可是對迪諾下的詛咒並沒有包含在這些能力之中。

那技能名稱叫做——「幻夢終結（Dream end）」。

換句話說這個詛咒是賽奇翁創造出來的技藝。

靠這個招式，就連優樹的「能力封殺（Anti Skill）」都能夠突破。若要對抗需要強大的意志力，想要超越賽奇翁應該是非常困難的事情。

畢竟「幻夢終結」是「水雷支配、精神支配、幻想世界」這三個能力加在一起的複合技。

透過「幻想世界」，賽奇翁能夠打造出對自己有利的狀況。聽說在這之中他幾乎可說是無敵的，不過這種能力屬於「世界系」，據說非常稀有。

就連我都沒有，難怪他那麼強。

《想要的話可以替你準備喔？》

…………

我不知道該怎麼回應才對，決定當作沒聽見。

總而言之目前在說的是「幻夢終結」。

關於這個招式，假設對象沒有順著施術者的意思行動，那就有可能立刻被殺掉。只不過這上面並沒有加上細部限制，針對對手的行動去做限制之類的，因此不至於管制到對手的行動。

這次情況大概就是迪諾只要沒有違背賽奇翁的意思，就能夠自由行動。

「那這個詛咒什麼時候才會發動？」

「回您的話。不需要我動手，在迪諾採取某種行動的瞬間，就會自動發動。」

賽奇翁的詛咒不需要管理，會自動發動。一旦發動，身為施術者的賽奇翁也會察覺，但只要沒有發動，他就不會意識到。

發動的關鍵在於迪諾採取何種行動。好像就是對我的夥伴出現「殺意」才算。

當他決定要殺了某個人，詛咒就會破壞迪諾的心核。即使是精神生命體，也不可能逃離這個詛咒。

不過關鍵在於迪諾的意識上，如果不知道對方是我的同伴，這樣出手是不會發動的。

他不可能知道城鎮裡頭所有居民長什麼樣子，無法斷言能夠完全放心。只不過若是對城鎮進行無差別攻擊，那樣就會被認定心懷殺意，足以牽制迪諾了。

虧他能對擁有究極技能的迪諾加上這種恐怖限制。

「太棒了，賽奇翁。只要能夠盡量減少威脅，我都很樂意。」

「多謝誇獎。我還不夠厲害，被利姆路大人誇讚，這份喜悅讓我的胸口都跟著熱了起來。」

他是不是真的很認真呢？

卡利斯、蓋德，還有蒼影。

再加上貝瑞塔也是這樣呢。

仔細想想認真的人還真多，其中蓋德跟賽奇翁更是認真得可以。

他們一身才華，不斷努力依然不滿足，這樣成長下去很有威脅性。

希望今後也能繼續保持，不會驕矜自滿，持續精進。

總而言之，我已經明白究極技能「幻想之王梅菲斯特」是很不得了的能力了。

雖然迪諾沒辦法解除，但在這個世界上沒有絕對，搞不好還會出現未知的能力，一下子就把那個招式解除也說不定。

就算真的變成那樣，我對賽奇翁的評價也不會降低。這種時候只能誇敵人太厲害。

其實賽奇翁在各方面都很優秀，屬於無所不能的類型。

這次好像是趁迪諾死亡的時候加上那個詛咒，這種戰鬥機敏性正是賽奇翁的可怕之處。

光只有技能很強沒用，能夠確實發揮才會構成威脅。

就這點來看，沒有人能像賽奇翁那樣特別專精於戰鬥，與技能的適應性也出類拔萃。

該說這兩者是互補的嗎？

很多人得到的能力都是可以加強長處，賽奇翁獲得的技能卻是專攻缺點。然後他會巧妙運用，當作一個技巧來活用。

漂亮。

已經沒什麼好挑剔的了！

可以透過「幻想世界」打造出對自己有利的情況，比起增強自己擅長之處，戰術的使用上變得更加廣泛。有足夠的戰鬥天賦和技量來活用這些，就這兩個區塊而言在我的部下中也算是數一數二的吧。

就連好像某地區戰鬥民族的「始祖」們也敵不過賽奇翁，這就說得過去了。

他真的是一個很可怕的傢伙。

怪不得希爾大師會說這是它的最高傑作。

至今見識過的強大不過是冰山一角。

雖然我嘴巴上這麼說，但可以像這樣去確認部下的狀態或能力，我也覺得很狡猾。

話說賽奇翁的稱號「幽幻王」，代表的是一種神祕感，一方面也像是在形容一片迷霧。比喻得維妙維肖。

跟賽奇翁的屬性也很相配。
難道說……賽奇翁誤會我話裡的意思，才會特別朝某個方向加強？
不，怎麼可能……
如果真的是那樣，希爾老師應該早就點破了。
你會點破吧？

《……當然了！》

是真的嗎？
反應有點延遲，這段停頓讓我在意得不得了。

＊

希爾大師是不是變得派不上用場了，我心中抱持這樣的疑惑，等待下一個面談者到來。
進來的人是阿德曼。
「利姆路大人，今日您龍心大悅，賜我拜見的機會，本人阿德曼感激不盡！」
這已經不是認真兩個字可以形容了。
我嘴裡「嗯嗯」地敷衍那些話，要他到沙發上坐好。
不快點進行只會浪費時間。

基於這樣的心情，我硬是要阿德曼坐下。

「那麼你醒來之後，身體狀況怎樣？」

「非常棒！精力充沛，彷彿身體的每個角落都充滿神聖能量。」

看看如此回應的阿德曼，看起來確實容光煥發。

我在心裡猜想「該不會是——」並確認他的狀態——

名字：阿德曼［EP：87萬7333］
種族：死靈。中階聖魔靈——「光靈骨」
護佑：利姆路的護佑
稱號：「冥靈王」
魔法：「死靈魔法」「神聖魔法」
能力：究極贈與「魔導之書（Necronomicon）」
抗性：物理攻擊無效、精神攻擊無效、狀態異常無效、自然影響無效、聖魔攻擊抗性

果然是那樣嗎？

明明是死靈，卻是光屬性。

外表上最像魔王的恐怕就是阿德曼。這樣的他卻是光屬性，未免太諷刺了。

不過他可以透過追加技能「聖魔反轉」來改變屬性，說那些都是多餘的。

我反倒覺得去在意這件事情就輸了。

因為還有其他令人在意的部分。

像是存在值相當於覺醒魔王等級，讓人想吐嘈的地方太多，連我都感到頭大……可是最大的問題還是究極贈與「魔導之書」。

這究竟是……

《是我給的。》

看來連問都不用問。

除此之外我想不到其他可能性了，看樣子希爾大師果然也有伸出魔爪。

「最棒的莫過於利姆路大人賜予的力量──『魔導之書』。這是智慧的結晶，也成了我的力量根源。」

只見阿德曼說得很開心。

他的「魔導之書」包含「思考加速、萬能感知、魔王霸氣、詠唱排除、解析鑑定、森羅萬象、精神破壞、聖魔反轉、亡者支配」。

除了原本就有的力量，就連「死靈魔法」和「神聖魔法」也可以不經過詠唱就使用。

對亡者們的支配力和護佑能力都受到強化，阿德曼的軍隊勢力似乎越來越強。

他開開心心對我說明這些。

只要他本人覺得開心，那就好了。

我還是不要說掃興的話比較好。

《話說這個「魔導之書」，和給予蓋多拉的究極贈與「魔導之書」是屬於相同系統。將另一個「魔導之書」中去除不適合阿德曼的知識，並追加必要的能力。》

希爾大師看起來很希望我誇獎它。

原來它也給蓋多拉力量——我到現在才知道。

那一定很厲害，可是我沒辦法在第一時間接受這說詞。

換個角度想，阿德曼和蓋多拉都很適合當研究者。他們好像還是朋友，要好地一起進行魔導研究。

他們兩個在我看來簡直像是魔法迷，反正也沒什麼害處，就隨便他們了。搞不好他們還能探究真理，我認為對喜歡的事情感到熱衷是很棒的。

這兩個「魔導之書」可以互相彌補不足之處。是很適合他們兩人擁有的能力，我也覺得這麼做應該是對的。

與阿德曼的面談到此結束，還要順便口頭調查一下艾伯特和溫蒂的狀態。

他們本人都說會太過惶恐，不想跟我面談。

似乎覺得沒有立下更大的功勞就沒資格來見我。

這已經無法用超認真來形容，而是來到讓人匪夷所思的境界。

到底把我當成什麼了……

總之掌握部下的狀態是很重要的。

艾伯特是隸屬於阿德曼的隨從。
溫蒂也是隸屬於阿德曼的寵物。
若是阿德曼死掉，這兩人大概會消滅。不過反之，如果阿德曼平安無事，他們就會不老不滅。
因此據說已經透過阿德曼，成功獲得究極贈與了。

《我很努力。》

因為那是你的興趣吧？
我很確定，希爾大師的性格還真棒。在這樣的堅信中，我聽取報告。

名字：艾伯特［ＥＰ：68萬２６３９（＋「靈劍」60萬）］
種族：死靈。中階聖魔靈──「焰靈人」
護佑：利姆路的護佑
稱號：「冥靈聖騎士」
能力：究極贈與「不老不死（Immortal）」
抗性：物理攻擊無效、精神攻擊無效、狀態異常無效、自然影響無效、聖魔攻擊抗性

名字：溫蒂［ＥＰ：98萬４１４２］
種族：冥靈龍王

護佑：利姆路的護佑
稱號：冥獄龍王
魔法：「黑暗魔法」「死靈魔法」
能力：究極贈與「不朽不滅(Eternal)」
抗性：物理攻擊無效、精神攻擊無效、狀態異常無效、自然影響無效、聖魔攻擊抗性

受到進化的影響，存在值都變得很可觀。

兩人都有很多什麼什麼無效，其他抗性也趨近完美。

阿德曼跟他們一樣，是因為曾死過一次，才會有這樣的抗性吧。

至於這兩人的技能，名字不同但內容相同。

包含三種功能「思考加速、完全再生、隸屬不滅」。還有餘力能夠賦予其他的，不過希爾大師目前好像還在考慮要給什麼。

如果隨便它亂搞，雖然會出問題，卻不至於出錯。

他們的「靈魂」都寄放在阿德曼那邊，肉體似乎不會消滅。

如果阿德曼死掉，是不是會跟著一起死——結果不出我所料。

這個阿德曼也是不死者，實際上他們可以說是無敵的。

又是一個很犯規的隊伍，我不禁浮現這種想法。

順便說一下，艾伯特還有很大的成長空間。

畢竟神話級的潛在數值可以來到百萬，只要他的存在值上升，就還能引出一些性能。

他用劍的能耐也很不得了，如果是他，我想離這一天也不遠了。

一邊期待這一天到來，我目送阿德曼離開。

*

吃完午餐後，面談再度展開。

有人志得意滿地過來，是紫苑。

「利姆路大人，讓您久等了！終於輪到我出場！」

我並沒有在等妳，但這句話還是別說比較好。

如此判斷的我「嗯」地點點頭，跟紫苑展開面談。

名字：紫苑［EP：422萬9140（+「神・剛力丸」108萬）］
種族：鬥神。高階聖魔靈——「鬥靈鬼」
護佑：利姆路的護佑
稱號：「鬥神王(War Lord)」
技藝：「神氣鬥法」
能力：獨有技「廚師」
抗性：物理攻擊無效、狀態異常無效、精神攻擊無效、自然影響無效、聖魔攻擊抗性只見紫苑驕傲地說明自己的力量。

我同時聽取希爾大師的說明，但紫苑大部分都說錯了。

她會那麼厲害不是因為技能的關係。

紫苑的武器是神話級，就算沒有究極技能，還是能夠傷到擁有究極技能的人。

她本身的肉體機能就是一種威脅，而且還有「無限再生」這個惡夢。

就算想把她的精力耗光，紫苑的存在值也出眾到能跟紅丸相提並論。也就是說魔素含量也很高，要等她消耗掉精力是下下策。

除此之外抗性周全，只能跟她正面硬碰硬決勝負。這是唯一的獲勝方式，讓我不免開始同情敵人。

「妳變強了呢。」

「欸嘿嘿，被您誇獎不敢當！」

她看起來高興到完全沒有不敢當的樣子。

不過那是事實，所以我沒有異議。

話說回來幾乎所有人都有究極技能了，所以紫苑只有獨有技反而令我驚訝吧。

希爾大師，是紫苑拒絕你嗎？

《不。紫苑很有潛力，我正在慎重評估。獨有技「廚師」也非常強力，就算什麼都不做也足夠了吧。》

嗯，確實很強，不過……

我最近也開始能夠判讀希爾大師的情感了。
雖然都是直覺，不過猜得蠻準的。
去相信自己的直覺，我會覺得希爾大師好像還在猶豫要不要替紫苑的技能加工。

《……猜對了。》

這可真稀奇。
在我問它理由後，它才心不甘情不願地回答。
結果令人驚訝。原來是如果替紫苑強化技能，她有可能獲得能夠殺掉我的能力。
希爾大師不希望這種可能性成真，所以才反過來不讓紫苑的技能有進化機會。
連對技能癡迷的它都會幹這種事，可見事情的嚴重性。
我不認為紫苑會想要加害我，可是讓她獲得這種可怕的技能也不是很好。我個人是不希望出什麼問題，因此決定支持希爾大師的行動。

確認完狀態後，我跟紫苑開心閒聊。
聽她炫耀自己，不時回應。
在跟帝國軍的大戰中，她也有很棒的表現。有時候像這樣聽她闡述，我會想要給她獎勵。
如今回想起來，我對紫苑較常出現的反應不是生氣就是傻眼。不對，我明白她很努力，努力的成果也逐漸顯現，但她把事情搞砸就很嚴重，讓我忍不住要抱怨幾句。

因此像這樣睽違已久，能夠跟她開開心心和平對話也不錯。

我開始用像是父親的心情在對待紫苑了——

「——對了對了，差點忘記報告，剛才在餐廳遇到看起來很憂鬱的正幸——」

——唔！

「他好像在為什麼事情煩惱，我跟他說，找利姆路大人您談談！」

為什麼在說的時候一臉得意呀！

妳又擅自……而且會讓正幸煩惱，那肯定是連我都不想插手的情況……

妳老是這樣！

都怪妳先斬後奏，我們才會一起被拖下水啦。

啊啊，真不想蹚渾水。

因為照理說應該消失的維爾格琳竟然出現，害我嚇了一跳，不過冷靜下來想想，她會出現在這邊的原因不就只有那個嗎？

維爾格琳是追著魯德拉進行次元跳躍的。等在那裡的人，也只有某個人吧。

而且正幸又跟魯德拉長得一模一樣……

這麼多因素聚集在一起，就連我都能夠料到結論。

只不過——

即使知道了這麼多，還是不能背叛紫苑對我的信賴。

「看要什麼時候會見，必須先預約行程。」

這只是把問題丟到後頭，但我還是試著講講看。

緊接著紫苑很自然地給了這個答案。

「啊，這部分也已經搞定了！已經安排好明早第一個會談！」

這哪裡算搞定了——！

沒有事前商量，而且還不是過來面談，是要會談，這是怎樣。

原本只是要跟正幸私底下商量，現在事情卻搞得很大。一旦紫苑來當中間人就會出現這種問題，一定要小心。

話說會談上有誰會參加？

突然發生一個重大問題，我頭都開始痛了。

個人面談才進行到一半，這下事情麻煩了。

那群惡魔還沒有面談，假如沒有在今天之內完成，那可能就要改日了。

這下我擔心他們會暴動……

「既然這樣，那妳去跟利格魯德和紅丸說，要他們務必做好準備！」

「遵命。那我就先失禮了！」

一說完這句話，紫苑就十分雀躍地離開房間。

我一個頭兩個大，同時趕緊把迪亞布羅他們叫過來。

＊

剩下的面談預定對象是迪亞布羅、戴絲特蘿莎、卡蕾拉、烏蒂瑪，還有這四個人的部下們。

我在想要跟所有人面談大概沒辦法，剩下的就改天——咦，果然這樣還是太危險了。

「咯呵呵呵，終於輪到我了？等這一刻都不知道等多久了。」

印象中好像是昨天白天把他趕出去的，這傢伙未免太誇張。

「開什麼玩笑，迪亞布羅！我們還沒分出勝負，讓我先來跟利姆路大人面談也沒問題吧！」

全身掛彩的卡蕾拉在這個時候找上迪亞布羅。

烏蒂瑪也跟她一個鼻孔出氣。

「就是說啊！我也還沒有放棄。你不能偷跑喔。」

這個女孩也渾身是傷，能站著都已經算奇蹟了。

話說衣服算是她們身體的一部分，連衣服都沒辦法恢復，可見受了很重的傷。

不過他們還是精力充沛地找人吵架。

惡魔真的很耐操。

「快住口。竟然當著利姆路大人的面吵架，這是大不敬。」

戴絲特蘿莎適時跳進來調解，這幫人才總算安靜下來。

話說回來，戴絲特蘿莎還真優雅。

沒把吵架的三人放在眼裡，還替我準備紅茶。衣服更是沒有絲毫凌亂，氣度上就是跟他們不一樣。

「還有，利姆路大人。有說要解僱迪亞布羅，從我們之中選出一人登上第一秘書的寶座，很可惜還沒分出勝負。該如何是好？」

現在不是談這個的時候。

搞不好把惡魔們留在最後面談才是失策。

就算紫苑剛才沒有擅自攬下多餘的工作，後續還剩下跟蓋札王報告這檔事。棘手的問題應該要先處理才對。

雖然我這麼想，也於事無補。再加上現在沒時間，這種時候只好行使強權了。

「說真的，現在沒時間跟你們慢慢面談。還要把你們的部下叫來──」

「沒這個必要。」

「我覺得沒必要。給他們面談機會太便宜他們了。」

「嗯。如果需要部下們的情報，我可以跟您報告！」

「就是說啊。竟然想要占用我們的時間，來跟利姆路大人面談……我的部下裡頭可沒這種蠢材。」

那四人同時笑容滿面地回答我。

「喔、喔喔。」

我也只能這樣回應了。

＊

希爾大師也覺得不需要把惡魔們都叫來。

這是因為迪亞布羅他們異口同聲回答說：「隨便大人想怎麼處置他們都行。」

而希爾大師無視他們本人的意願，似乎早就掌握他們的資訊。這也是為了管理部下，我不得不接受。

這麼想的我這次就先同意這種做法。

來看四人之中第一位面談者，不用多說，就是迪亞布羅。

他把另外三人趕出房間，開開心心跟我面對面坐下。

名字：迪亞布羅〔EP：666萬6666〕
種族：魔神。七大始祖——惡魔王（Devil Lord）
護佑：利姆路的護佑
稱號：「魔神王（Demon Lord）」
魔法：「黑暗魔法」「元素魔法」
能力：究極技能「誘惑之王阿薩賽勒」
抗性：物理攻擊無效、狀態異常無效、精神攻擊無效、自然影響無效、聖魔攻擊抗性

你未免太奇怪了吧——我心中浮現這種想法。

基本上數字都一樣，就等同自首有作假嫌疑。

希爾大師什麼都沒說，我也提不起勁吐嘈就是了。

果然，不管怎麼說，在我的部下中最強的應該是迪亞布羅。存在值非常高，抗性也很完整。

迪亞布羅的「誘惑之王阿薩賽勒」擁有能力「思考加速、萬能感知、魔王霸氣、時空間操作、多次元結界、森羅萬象、懲罰支配、魅惑支配、誘惑世界」，能辦到的事情都跟我差不多了。

他似乎一直很想跟人炫耀，還鉅細靡遺說明。

希爾老師似乎也很滿意，覺得迪亞布羅對能力的了解程度可以給滿分。

我在沒有希爾大師幫助的情況下根本無法活用技能，所以實際上迪亞布羅比我還強。

魔素含量巨大，等級又高，技能的質量也很高。

面面俱到，是個優秀的惡魔。

為什麼會來當我的部下，始終是個謎。

雖然缺點是愛戰鬥和太愛膩在我身邊，不過這傢伙深不見底的強大力量值得仰賴。

在進化之後，跟賽奇翁進行的模擬戰結果如何也令我好奇。

感覺會是一場有趣的戰鬥。

還有紅丸也是一樣。

他的話，似乎常常會手下留情。假如這傢伙認真起來，別說是決鬥了，搞不好會先把一切燒個精光。

能不能在這之中存活下來都是個問題，不過地點在迷宮裡就沒事。基本上那麼做會讓敵人看清自己的底細，想來紅丸應該也不願意。

在屬性相剋上，水剋火，賽奇翁對上紅丸，會是賽奇翁比較有利……但這部分沒有實際戰鬥過也不清楚吧。

總而言之，沒必要特地去分個高下。

紅丸、迪亞布羅、賽奇翁，有他們三人作為我部下中的鐵三角，就能風調雨順。

關於迪亞布羅的部分就到這邊。

至於他的部下，除了威諾姆，蓋多拉好像也正式成為他的徒弟。

「徒弟？」

「是的。成為我的部下之後，就不用擔心那傢伙背叛。」

我原本就不認為蓋多拉還會興風作浪，不過這麼做就能夠完全放心了。

蓋多拉還必須擔任迷宮守護者，不能隨隨便便塞一堆雜事給他，可是迪亞布羅好像不在意這點。都說他是徒弟了，迪亞布羅心中似乎將蓋多拉跟部下區分開來。

「那就好，但為什麼又是你出手？」

「回您的話，那傢伙對利姆路大人還不夠忠誠，不過卻是真心想要探究魔法。像這樣的人種還是有長處的，於是我打算親手開導他，就去干涉那個人的神祕奧義『輪迴轉生（Reincarnation）』。」

「後來呢？」

「那傢伙不中用，在之前那場戰役中差點喪命。這等同是背叛利姆路大人命令的行為，因此我讓他轉生成惡魔族來迴避這點……但不曉得為什麼，奇怪的事發生了，他變成金屬惡魔族（Metal Demon）這種前所未聞的種族……」

迪亞布羅話說到這邊停住，不知為何開始看我。

我想不透，是我做了什麼嗎？

《啊，是我做了干涉。》

啊什麼啊！

就因為會遇到這種事情，我才認為有必要進行個人面談，看來希爾還真是幹了不少好事。

這點姑且不談，我希望它能多想想。

金屬惡魔族，似乎跟貝瑞塔有些重疊了……

《這點主人大可放心。兩者在概念上是完全不同的東西。》

那樣應該就沒問題了吧，我自暴自棄，直接接受了。

雖然重點不是這個，但我只是嫌麻煩。

「可能是因為我稍微幫了一點忙吧？」

我也只能這樣回答，老實跟他坦言。

果不其然，迪亞布羅高興過頭，一時之間都忘了時間，只顧著跟我說話。

總結他的話如下，那就是迪亞布羅也挺中意蓋多拉。所以在那之前好像就跟對方說好，若有出什麼狀況就讓蓋多拉成為自己的眷屬。

蓋多拉是有名的魔法愛好者。還是那個魔人拉贊的師父，為了滿足自己的求知欲，就算成為惡魔也在所不惜吧。

他就是這樣的男人，所以我想只要不會給我添麻煩，就隨便他去做。

畢竟我也不討厭那個老爺爺，覺得這樣沒什麼問題。

然而變得像阿德曼那樣又太噁心，因此我先講清楚，嚴禁把我當神崇拜。

他可是迪亞布羅的徒弟，堅決反對又多一個跟他同德性的信徒。

「今後起你要負起責任，確實照顧他。」

在我看來，蓋多拉大師也是年紀很大的長者了。這句話套用在那樣的大長輩身上好像不合適，不過迪亞布羅的年紀比他更大。

而且還很長壽，長壽到連年紀這個概念都無法套用，所以我那樣講應該也不會有不得體之處。

於是這樣，直接隸屬於迪亞布羅管轄的人變成兩位。

＊

等到迪亞布羅一鞠躬退出後，戴絲特蘿莎就接著入內。

她動作優雅，坐到我對面的位子上。

嗯。

雖然我沒那個打算，但是真的讓她來當秘書好像也不錯——不，不行吧。這樣一來就要任命迪亞布羅擔任外交武官，那樣他絕對會為所欲為。

為了避免節外生枝，還是維持原狀吧。

除此之外，還有一件事情想要拜託戴絲特蘿莎。

我還在想該怎麼開口，結果她馬上就遞出文件。

上頭記載戴絲特蘿莎眷屬們的情報。

名字：摩斯［EP：107萬9397］

種族：惡魔大公——大公級

護佑：白色始祖（Blanc）的眷屬
稱號：女帝的心腹
魔法：「黑暗魔法」「元素魔法」
能力：獨有技「採集者」
抗性：物理攻擊無效、狀態異常無效、精神攻擊無效、自然影響無效、聖魔攻擊抗性

名字：席恩［EP：28萬6596］
種族：惡魔大公——子爵級
護佑：白色始祖的眷屬
稱號：女帝的書記官
魔法：「黑暗魔法」「元素魔法」
能力：獨有技「記錄者」
抗性：物理攻擊無效、狀態異常無效、精神攻擊無效、自然影響無效

加上只有我能夠看到的情報，大概是這樣。

摩斯和席恩在剛剛的戰鬥中都沒有直接跟對方交戰。因此也沒有陷入危機，沒被希爾大師的魔掌染指。

順便來看一下戴絲特蘿莎。

名字：戴絲特蘿莎［EP：333萬3124］
種族：魔神。七大始祖——惡魔王
護佑：利姆路的護佑
稱號：「虐殺王（Killer Lord）」
魔法：「黑暗魔法」「元素魔法」
能力：究極技能「死界之王彼列」
抗性：物理攻擊無效、狀態異常無效、精神攻擊無效、自然影響無效、聖魔攻擊抗性

與那場戰役開始之前相比，存在值增加的幅度不同以往。和在飛空艇上跟維爾格琳作戰的時候相比，似乎提升了三倍以上。

「看起來魔素含量好像多了很多？」

「是的。若是能夠趕上當時跟維爾格琳大人的決戰，可能會有一場稍微有些看頭的示範演出，真是可惜。」

嗯……跟人作戰不是在示範演出吧？

算了，我看就算說了大概也沒用。

仔細想想，我認為在戰鬥中重要的是質，而不是量。像這次比起魔素含量，戰鬥經驗更為重要。

她對上維爾格琳之所以能夠打上一局，是因為在技量層面雙方不相上下。若是長期對戰，戴絲特蘿莎肯定會戰敗，不過只要爭取時間還是有辦法的吧。

這樣的戴絲特蘿莎魔素含量增加，代表戰鬥能力也大幅度上升。

這下變成非常值得仰賴的同伴了，但還要記得監視她們以免她們暴走，我的責任也很重大。目前全都交給迪亞布羅去處理，但我覺得自己也要稍微多加留意。

「死界之王彼列」嗎？

跟戴絲特蘿莎很搭，這個技能散發一股危險氣息。

包含的能力有「思考加速、萬能感知、魔王霸氣、時空間操作、多次元結界、森羅萬象、生命支配、死後世界」。

又是一個世界系。

而且還是「死後世界」，真不想體驗。

感覺很恐怖，還是交給希爾大師管理好了。

「那麼關於面談，是不是有要談不能對外公開的事情？敢問是怎樣的內容？」

揭露完自己的部下摩斯和席恩的情報，戴絲特蘿莎提出此事。她的洞察力很好，真是太好了。

我換個心情，決定跟她說說自己的其中一個煩惱。

就是明天早上要跟正幸他們舉行的會談。

「本來想說妳解讀過度，但確實有件事想跟妳商量。其實我已經安排和正幸他們會談了，正在煩惱該怎麼辦。」

「原來如此，是關於如何處置帝國吧。」

她馬上就理解了，令人驚訝。

「對。正幸好像很煩惱，但就算他突然來找我談這個，我也不曉得該如何應對……」

我看紫苑大概沒有想那麼多，雖然正幸是皇帝魯德拉轉生而來，但他是不是能就此當上皇帝，事情

沒這麼簡單。

畢竟就連目前的皇帝魯德拉——取而代之成為皇帝的米迦勒，人跑去哪裡都不曉得。

就算正幸想要稱帝——應該這麼說，我想那傢伙大概也不願意吧……

如果我國出面撐腰，那樣又很詭異。

還有說起米迦勒的能力「王宮城塞」，只要還有人愛戴魯德拉，就堅不可摧。換句話說，還需要同時思考該如何處置帝國的子民。

說真的，希望能有更多時間處理這件事情。

就連要去跟蓋札王說明都不是那麼容易，不過我覺得帝國事件相較之下更加棘手。

已經說過很多遍了，就是我不想跟這件事情扯上關係，這次卻沒辦法再說那種話。

「如果是這樣的話，那我也參加會談好了。帝國位於東方，原本就是我的支配領域。以外交武官的身分赴任也不唐突。」

喔喔，都靠妳了！

像這種事情，不能只交給希爾大師。雖然可以透過我的嘴巴說出希爾大師想到的解決方案，可是要指導部下去執行，必須交給現實中的人去做。

再說，就算說出口的意見正確無誤，帝國那邊的人要是無法接受，這個提議也不得不作廢。

假如帝國是我們的從屬國則另當別論，不是的話，我認為不該對其他國家的經營管理插嘴。

關於這個部分，如果是戴絲特蘿莎，她就可以隨機應變吧。

而且戴絲特蘿莎在西方諸國那邊也做出了成績，只要決定方針，接下來的事情交給她就能放心了。

「那麼，明天早上就拜託妳了。」

「遵命。請交給我處理！」

戴絲特蘿莎那嫣然的微笑看起來好可靠，讓我心情上輕鬆不少。

我要說的就是這些，這才站起來準備目送戴絲特蘿莎離開——

「利姆路大人，我還有一件事情想跟您報告。」

「嗯？」

「不知道您是否還記得，帝國的大將卡勒奇利歐曾經向您懇求饒命——」

聽完戴絲特蘿莎的話，我也跟著想起來。

雖然有點麻煩，但也不是不可能。

「知道了。那現在就來處理——」

幸好戴絲特蘿莎還記得。

她總是能夠顧及這些瑣碎之事，也是我認為戴絲特蘿莎值得依靠的原因之一。

為了在晚餐前結束手邊工作，我與戴絲特蘿莎一同前往研究設施。

＊

還剩下兩個人。

晚餐過後，我把烏蒂瑪叫過來。

「真是的，我等好久了。」

邊說出這種可愛的話，烏蒂瑪邊俏皮地坐到位子上。

如果有這樣的妹妹，我應該會很疼她，讓我覺得好治癒。

不由得親手為她泡茶，就連私藏的烘焙點心都想給她吃。

「哇、哇！利姆路大人特地賞給我的啊？」

「呵呵呵，我也是會泡茶的。只不過紅茶泡得不太好，咖啡倒是沒問題。」

只不過是濾掛咖啡。

若是要泡十分講究的咖啡，我的功力甚至比不上紫苑。

雖然很不甘心，但這就是現實。

反正再怎麼說也只是飲料，如果只泡紅茶跟咖啡，紫苑的手藝當然會提升。

我想說總不能一天到晚抱怨別人做的菜，所以就親身去試試了……沒想到意外的困難。

我生前都吃外食，沒有自己開伙。工作又很忙，考量到還要花時間收拾乾淨，外賣的性價比還比較高……

公寓裡的系統式廚房還很乾淨。曾經想說閒暇之餘可以來試煮看看，就只有買了一堆做菜的書。

看過那些書的記憶如今都派上用場，也不能說完全沒用就是了。

總而言之就只是替磨過的咖啡豆加熱水，如果是要泡咖啡，就連我都行。

「沒那回事！光是喝這杯茶，我就很滿足了！」

看她喝得這麼開心，我也很高興。

「那妳別客氣。咖啡還要花一些時間，在我們談話的時候應該能煮滾。」

我也很想喝，這就把過濾用的裝置放到咖啡壺上，把熱水倒進去。

這一套道具是由凱金親手打造。市面上也有以這個為雛形製作出來的量產型，造就了咖啡廳的繁榮局面。

咖啡豆的香味瀰漫在空氣中。

於是，我在烏蒂瑪面前耍帥了一下。

這下她對我的評價肯定會提升。

在這種地方讓自己加分，那是很重要的。

《看起來很笨拙，以上是個人拙見。》

別出個人拙見啦！

這可是高度戰略，一點都不笨拙。

若是要對付熱愛戰鬥的「始祖」們，對他們展現力量幫助不大吧？

像這種時候，最好靠不同的領域來決勝負。

《唉……主人早就已經充分展現威嚴了，應該不用擔心這個。》

算了啦。

我又不是故意要展現威嚴的。

先不管這個了，來關注正題吧。

「那麼，接著就來聽取報告吧。」

「好的，請先看這個。」

她交給我一份跟眷屬有關的報告書。

名字：維儂［ＥＰ：88萬２８６９］
種族：惡魔大公——公爵級
護佑：紫色(violet)始祖的眷屬
稱號：毒姬的管家
魔法：「黑暗魔法」「元素魔法」
能力：究極贈與「真贗作家(Artist)」
抗性：物理攻擊無效、狀態異常無效、精神攻擊無效、自然影響無效、聖魔攻擊抗性

名字：祖達［ＥＰ：30萬１３１６］
種族：惡魔大公——子爵級
護佑：紫色始祖的眷屬
稱號：毒姬的廚師
魔法：「黑暗魔法」「元素魔法」
能力：獨有技「調理人」
抗性：物理攻擊無效、狀態異常無效、精神攻擊無效、自然影響無效、聖魔攻擊抗性

維儂的強大之處固然引人注目，但瞬間讓人心頭狂跳一下的，莫過於祖達的「調理人」。

原以為與紫苑那種亂來的技能出自同系統，結果並不是。他的技能主要是掌握狀態和支援。

不管遇到怎樣的傷害，都能夠透過「調理」來恢復。並不是誇張到連因果定律都可以改變的技能，讓我鬆了一口氣。

接著來看最主要的烏蒂瑪。

名字：烏蒂瑪［EP：266萬8816］
種族：魔神。七大始祖——惡魔王
護佑：利姆路的護佑
稱號：「殘虐王（Pain Lord）」
魔法：「黑暗魔法」「元素魔法」
能力：究極技能「死毒之王薩邁爾」
抗性：物理攻擊無效、狀態異常無效、精神攻擊無效、自然影響無效、聖魔攻擊抗性

烏蒂瑪跟戴絲特蘿莎一樣，都有了大幅度的成長。

在進化結束之後，魔素含量似乎仍在增加。

早就已經超越超級覺醒者，都不曉得變得多強了，這樣很可靠，但同時也很具威脅性。

還有不能忘記烏蒂瑪的能力。

究極技能「死毒之王薩邁爾」——「思考加速、萬能感知、魔王霸氣、時空間操作、多次元結界、弱點看破、死毒生成、死滅世界」——

嗯。

技能上看起來都是專門用來殺害的。

比較危險的是「死毒生成」。這個若是跟「弱點看破」組合運用，就能夠產生最適合用來殺掉敵人的毒素。

不過更讓人在意的是「死滅世界」。

有了這個，除了不具備究極技能的精神生命體，能夠無條件殺掉其他所有的對象，是凶惡無比的世界系能力。

感覺就很像是我擁有的「無心者」超級強化版。不適用於真正的強者，乾脆封印起來比較好吧。

「烏蒂瑪，不好意思……」

為了讓自己的心情保持冷靜，我把咖啡倒進杯子裡，同時開口。

「怎麼了？」

「那個……關於妳的『死滅世界』——」

「是。」

只見烏蒂瑪開開心心，接過我給的杯子。

如果要說的話，也只有這個機會了。

「今後禁止使用。」

「我知道了！我也覺得好像不需要這個能力。利姆路大人連我的想法都看出來了呢！」

「咦！喔、喔喔。對啊，那是當然的嘛？」

哈哈哈笑掩飾之餘，我暗自拍拍胸口，心想太好了。

原因是什麼我不曉得，可是看樣子烏蒂瑪好像也不打算使用「死滅世界」。

不對，仔細想想或許這也是理所當然的。因為她很喜歡戰鬥，想必討厭無條件勝利吧。

總之烏蒂瑪可以接受，這樣就好。那我就放心了，之後開心沉浸在和平的對話中。

＊

最後的面談者是卡蕾拉。

「嗨，主上！如果沒有您的幫忙，還不一定能夠贏過近藤呢。那個男人真的很厲害，強到令人懷疑他不是人類。」

結束報告後，卡蕾拉笑著這麼說。

希爾大師已經跟我說過了，但是透過她親口述說更是活靈活現。能夠獲勝真的是勉強達標，想必卡蕾拉對近藤的評價也是發自肺腑吧。

的確，近藤感覺很強。

紅丸也打倒據說排行第三的格拉尼特，不過他似乎對近藤抱持更高的警戒心。應該這麼說，除了近藤，他有信心戰勝其他人。

卡蕾拉打倒評價如此之高的男人，說她立了大功也不為過。

她還說都多虧我給予的「力量」。

「獲得肉體，突破極限，進一步進化，都是從您那邊單方面獲取。我想回報這個恩情。希望您能明白，我永遠會對大人您盡忠。」

平時卡蕾拉那桀驁不馴的態度特別醒目，在面對我的時候，態度算好了吧。好吧，單憑「位階」來說，從遠古時期就存在的「始祖」，在地位上遠遠超越剛就任不久的「魔王」。

是否效忠姑且不論，我的答案只有一個。

「既然這樣，今後也請多多指教。現在少了妳，我們國家的判決系統就無法運作。」

魔物有服從強者的傾向。

逮捕工作誰都可以做，可是法官只有強者才適任。

將來我還打算制定最高法院制度，除了窮凶惡極的罪犯，其他都交給民眾組成的陪審團審理，不過那些都要等國家安定之後再說。魔國聯邦還是發展中的國家，卡蕾拉的力量給了很大的助益。

「啊啊，我很樂意執行！跟我一樣，我的眷屬們也都願意按照利姆路大人希望的形式賣命！」

回答完這句話後，卡蕾拉開心地笑了。

來看這樣的她和眷屬們的狀態。

首先我先過目她交過來的資料。

卡蕾拉的部下有阿格拉和耶斯普利。

名字：阿格拉［EP：73萬3575］
種族：惡魔大公——侯爵級
護佑：黃色（Jaune）始祖的眷屬

稱號：暴君的師父
魔法：「真・氣鬥法」
能力：究極贈與「刀身變化」
抗性：物理攻擊無效、狀態異常無效、精神攻擊無效、自然影響無效、聖魔攻擊抗性

名字：耶斯普利〔EP：55萬2137〕
種族：惡魔大公──伯爵級
護佑：黃色始祖的眷屬
稱號：暴君的摯友
魔法：「黑暗魔法」「元素魔法」
能力：獨有技「見識者」
抗性：物理攻擊無效、狀態異常無效、精神攻擊無效、自然影響無效、聖魔攻擊抗性

果然很強。

話說這已經相當於以前那些魔王了吧。

阿格拉感覺跟疑似覺醒的克雷曼不相上下，以下只是一個假設，若是當時去跟克雷曼作戰，他可能會贏……

卡蕾拉底下有好幾個相當於前魔王等級的部下，不管怎麼看都很犯規。

更讓人在意的是那個摯友。

這是卡蕾拉給的評價，她們兩人的關係應該就是那樣吧。

耶斯普利看起來確實很像辣妹，不曉得背後緣由的人看了，只會覺得她們是很要好的朋友。比起主僕關係，說她們像是學姊學妹更貼切吧。

卡蕾拉的技能系統也有了很大的改變，我第一個想法就是這個。

讓人驚訝的還在後頭。

她真的很猛。

名字：卡蕾拉［EP：701萬3351（＋「黃金槍」337萬）］
種族：魔神。七大始祖——惡魔王
護佑：利姆路的護佑
稱號：「破滅王（Menace Lord）」
魔法：「黑暗魔法」「元素魔法」
能力：究極技能「毀滅之王亞巴頓」
抗性：物理攻擊無效、狀態異常無效、精神攻擊無效、自然影響無效、聖魔攻擊抗性

魔素含量竟然超越迪亞布羅，不禁讓我傻眼。不過她好像已經停止成長了，然而在我的部下中還是高居第一位。

話說最危險的就是「毀滅之王亞巴頓」。

這個技能包含「思考加速、萬能感知、魔王霸氣、時空間操作、多次元結界、極限突破、次元破

斷」，雖然沒有世界系技能，卻特別強化攻擊力。尤其是「次元破斷」，是能夠貫穿空間扭曲防禦領域而消滅敵人的能力。

如果把卡蕾拉的力量灌注在破壞魔法上，再賦予這個技能，我想應該沒幾個人能頂得住。甚至有可能破壞菈米莉絲的迷宮樓層，這樣就知道有多可怕了吧。

說真的連我都不想跟她作對。

「妳變強了呢……」

我一不小心就說出心裡話。

「對，都多虧主上。還有把這個托付給我的近藤。為了回應那個男人的意念，我打算去討伐皇帝魯德拉。」

嘴裡說著「原來是這樣啊」，我想起一件事情。

近藤也曾被米迦勒操控。

「關於這件事情，其實真正的魯德拉已經消失了……發生了很多事情，跟你們作戰的，其實是取代魯德拉的技能。」

我跟卡蕾拉解釋，說魯德拉的真面目是變成神智核的米迦勒。緊接著卡蕾拉便點點頭，看起來一點都不訝異。

「原來如此。所以菲德維那個臭小子才叫魯德拉『米迦勒』啊。這下我就搞懂了，主上。」

那太好了。

希望她不要搞錯對象，去找正幸打架。

我還順便叮嚀卡蕾拉這點，與她的面談也到此結束。

——沒想到正要離開房間的卡蕾拉突然轉頭，對我這麼說：

「對了對了，我都忘了。有一件事情必須轉達給主上知道。」

「嗯？什麼事？」

回完這句話之後，我喝下咖啡。

「其實我還在煩惱該不該講——」

卡蕾拉會煩惱，表示不是小事情。

那就回到位子上慢慢談吧——

「——就是阿格拉，他好像是白老先生的祖父。」

噗呼！

我差點一不小心就把咖啡噴出來。

雖然在危急時刻忍住了，但這麼重要的事情，希望她不要在即將離去的時候才說。

「我說妳，這種事情！」

「哈哈哈，感覺還蠻重要的對吧？我沒辦法處理，就交給主上去做判斷吧。」

卡蕾拉說完就笑著走人。

完全是在推卸責任。

她會笑一定是因為卸下肩頭的重擔，覺得終於解脫了。

總而言之，這是沒辦法無視的問題。

雖然迪亞布羅和那三個女惡魔說不用跟他們的眷屬面談也沒關係，不過，我想之後還是要見一見阿格拉。

＊

我也還沒整出頭緒，決定之後再與他會面。

就這樣，個人面談算是結束了。

明天還要跟正幸他們會談，今天我已經不想繼續處理工作上的事情——話雖如此，我又不用睡覺。

於是就變回可以放鬆舒展筋骨的史萊姆狀態，鑽進被窩。

在一片黑暗中，不知為何覺得心情很平靜。

《那麼，我要接著報告。》

那個，工作時間已經結束了呢……？

《這次內容跟主人的技能有關，絕對不能算是工作。》

這對希爾大師來說是興趣，所以它無所謂，可是在我看來卻跟工作沒兩樣。

只不過希爾大師好像聽不進去。

反正遲早也是需要掌握這些資訊，就放棄掙扎吧。

其實我還有點期待。

我看結果一定很誇張，都已經做好心理準備了。

這次的整合作業很舒適，也沒有進入休眠狀態就結束了。到結束之前用了大約一天半的時間，在這段期間裡我都沒出任何問題，還在跟大家進行個人面談。

這也難怪。

希爾在我實戰到一半的時候，要求我允許「能力改變」，因此我不可能進入休眠狀態。

假如真的變成那樣，我可是會發飆。

在心中默唸拜託它報告後，希爾立刻列出資訊。

來看看變得怎樣？

名字：利姆路・坦派斯特［EP：868萬1123（＋「龍魔刀」228萬）］
種族：最高階聖魔靈——龍魔黏性星神體（Ultimate Slime）
庇護：友愛的恩寵
稱號：「聖魔混世皇（Chaos Create）」
魔法：「龍種魔法」「高階精靈召喚」「高階惡魔召喚」及其他
能力：神智核「希爾」
　固有技能「萬能感知、龍靈霸氣、萬能變化」
　究極技能「虛空之神阿撒托斯」
　究極技能「豐饒之王沙布・尼古拉特」

抗性：物理攻擊無效、自然影響無效、狀態異常無效、精神攻擊無效、聖魔攻擊抗性

結果大概是這樣。

雖然沒太大的感受，但我的存在值好高啊。

若是連這把直刀加計的部分都計算進去，整個直逼一千萬。

那把刀如今我已經用得很習慣，不愧是神話級。受到我的種族特性影響，形狀出現改變，我為了省事就直接稱之為「龍魔刀」。

上面還有兩個孔洞。刀子的進化狀態也很順利，我很滿意。

若是正式替這把刀命名，它會不會進化？

應該不至於吧。

不會不會。

並非我不想試試看，而是不願意隨便幫它取個名字。

若是之後想到帥氣的名字，再幫它變更名稱吧。

存在值，又或者說是魔素含量，就算已經多到高居第一位，還是不能完全放心。

紅丸、迪亞布羅和賽奇翁不用多說，戴絲特蘿莎她們三個女惡魔的戰鬥能力也非常高。

像是戴絲特蘿莎，面對魔素含量高到跟自己差距近十倍的維爾格琳，她還是有辦法奮戰到底。

從這個例子就可以得知，重要的並非存在值多寡，而是如何巧妙運用力量吧。

這裡所說的力量是魔素含量、技量、能力這三種加總起來。

在跟帝國軍的作戰中，那幾個人都能完全發揮力量。

為了因應今後的戰役，我也不能輸給他們。

總而言之，現階段我連卡蕾拉都超越了，登上第一名寶座。

保住面子令我鬆了一口氣，同時我決定來看看其他項目。

維爾德拉對我的護佑也消失了，如今變成庇護。從受到護佑的一方變成庇護，我也有所成長了。

——現在不該在這裡說那種話逃避現實。

雖然還不至於到無技能一身輕的程度，但我的技能是不是變成只有兩個？

像是要回答我的疑問，希爾老師開始開開心心地解說。

《首先，我整合了不需要的「智慧之王拉斐爾」和「暴食之王別西卜」——》

喂——先給我暫停一下啦！

你剛才說了什麼？

這傢伙剛才都隨口說了些什麼？

可以說是你本體的「智慧之王拉斐爾」，因為不再需要就拿去整合了？

《有什麼問題嗎？》

看來不是我聽錯。

不，我知道我不可能聽錯，不過……真沒想到它竟然真的執行了。

可是沒了「智慧之王拉斐爾」，希爾大師不就沒辦法繼續存在了嗎？

《不會。我已經獨立出來了，不用擔心。》

面對我的疑問，希爾大師冷靜回應。

就連可以稱之為自身本體的「智慧之王拉斐爾」，希爾老師都能輕鬆消耗掉。這樣的行徑讓我大吃一驚，可是它說「智慧之王拉斐爾」已形同空殼，這麼做沒問題。

重要的是內容物啊。

希爾看樣子沒有半點感傷，也沒一丁點感慨，就這樣把事情辦好了。

看它非得要把用不到的能力都排除掉，可見做事情都喜歡做個徹底。

不過，若是真的沒問題就好，但有必要連「暴食之王別西卜」都消耗掉？

《當然有必要！》

你還是在執行前跟我做個確認會比較好吧——我弱弱地問了這句話，希爾則是回答得很強硬，彷彿早就得到我授權一樣。而且還順勢來個強行解說。

先從結論講起，我的技能已經起了變化，變化大到完全看不出原本的樣子。

這已經不能說是只有改變了。

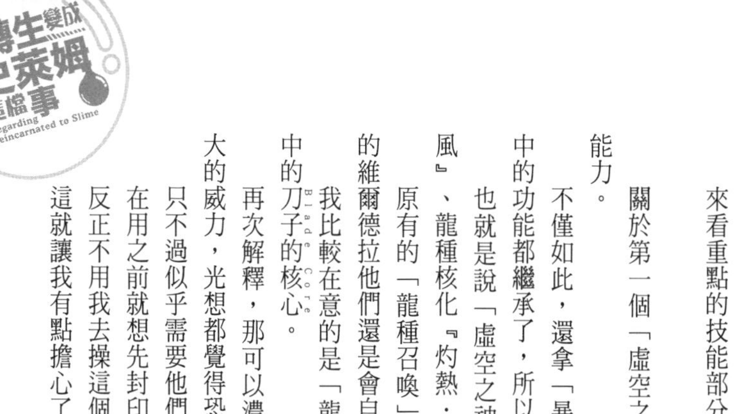

不對，是整合了技能做改變，但我總覺得哪裡怪怪的。

來看重點的技能部分。

關於第一個「虛空之神阿撒托斯」，這是整合「智慧之王拉斐爾」和「暴食之王別西卜」才誕生的能力。

不僅如此，還拿「暴風之王維爾德拉」和剛獲得的「灼熱之王維爾格琳」當祭品。只不過包含在其中的功能都繼承了，所以沒什麼問題。

也就是說「虛空之神阿撒托斯」的能力有「魂暴噬、虛無崩壞、虛數空間、龍種解放『灼熱・暴風』、龍種核化『灼熱・暴風』、時空間支配、多次元結界」。

原有的「龍種召喚」消失了，但可以透過解放解除和再次解放來召喚，這也沒問題。不過被放出去的維爾德拉他們還是會自己跑回來找我。說真的也不需要這種功能。

我比較在意的是「龍種核化」，如字面上所說，那可以將龍種轉變成為了要放進我擁有的直刀孔洞中的刀子的核心（Blade Core）。

再次解釋，那可以濃縮龐大的能量聚集體「龍種」，將其作為刀子的核心。不曉得能夠產生多麼強大的威力，光想都覺得恐怖。

只不過似乎需要他們本人的許可就是了……但是太可怕，我想不到什麼時候會用到。

在用之前就想先封印起來了。

反正不用我去操這個心，維爾格琳八成會拒絕吧。不過維爾德拉可能會順勢說他想試試看。

這就讓我有點擔心了，決定先隱瞞不說。

比起那個。

真正可怕的是「虛空之神阿撒托斯」原有的能力整合並進行最佳化。

魂暴噬：捕食、暴食的超強化版。可以連對象物的靈魂都吃光。

虛無崩壞：充斥在混沌世界中的究極破壞能量。需要靠神智核才能完全控制。

虛數空間：混沌世界。「胃袋」加上「隔離」的超級進化版，將該隔離的對象關進牢獄中。

時空間支配：支配時間和空間，只要用想的就能瞬間移動。甚至還能夠干涉時間。

多次元結界：常駐發動型的多重結界。透過次元斷層防禦領域進行絕對防禦。

以上是希爾老師的解說。

看起來超強的。

這樣的改變將會在戰鬥中實行，真可怕。

只有一個，透過次元斷層防禦領域來進行絕對防禦，這個讓人無法完全信賴。雖說號稱比空間扭曲防禦領域還要兼顧安全，但這個世界上不存在「絕對」。

我是不會被騙的。

還有……當蘭加都能獲得「星風之王哈斯塔」，我的能力會變很危險這點就不言而喻。用驚訝來形容已經不夠，我整個人目瞪口呆，想說有「虛空之神阿撒托斯」，是不是根本就不用其他技能了。

第二個能力無須多說，當然就是「豐饒之王沙布．尼古拉特」。

透過這次的「能力改變」，我的能力剩下以上這兩種。

明顯變得比整合前還要強，可是我突然想到，照理說應該消失的能力好像還能用。例如「思考加速」，到現在還能順利使用呢。

這是怎麼一回事？

《關於那些能力——「思考加速、未來攻擊預測、解析鑑定、並列演算、整合、分離、詠唱排除、森羅萬象、食物鏈、思念支配、法則支配、屬性變換」，運算系的能力都整合在我身上。因此能夠透過更快的反應速度來回應。》

我是不是該誇獎它好厲害。

雖然也不禁覺得它做得太過火，但轉念一想，這在今後的戰鬥中還是必要的。

若是我太軟弱，犧牲人數就會增加。

要乾脆一點分出勝負，為了能夠快快樂樂過著和平的生活，我不能夠手下留情，優柔寡斷。

＊

那麼接下來，已經確認完自己的力量了，就順便來和維爾德拉做個比較。

名字：維爾德拉・坦派斯特［EP：8812萬6579］

種族：最高階聖魔靈——龍種
庇護：豐饒的恩惠、暴風的守護
稱號：「暴風龍」
魔法：「龍種魔法」
能力：固有技能「萬能感知、龍靈霸氣、萬能變化」
　究極技能「混沌之王奈亞拉托提普」
抗性：物理攻擊無效、自然影響無效、狀態異常無效、精神攻擊無效、聖魔攻擊抗性

以上是維爾德拉的現狀。
抗性很完美，這點自然無須多說，但特別值得一提的是他的存在值高到出乎意料。
只不過看到這樣的數值，比起驚訝，反而很想笑。
那傢伙在檢測的時候還幹了蠢事。
…………………
…………
……
就發生在剛才而已，是晚餐後的事情。
我預計要跟烏蒂瑪做面談，很快就準備離席。
可是這個時候維爾德拉卻過來阻擾我。
「哇——哈哈哈！利姆路，你現在在跟紅丸他們面談對吧？我現在剛好也蠻閒的——」

「啊？我很忙啊。抱歉，等我忙到一個段落再陪你玩。」

「等等——你先等一下嘛！我要說的不是這個，而是要問你什麼時候想跟我面談！」

啊？

哪還需要跟維爾德拉面談。

他又不是我的部下，若是我真的想了解情況，去問希爾大師就知道了。

「不用吧，平時就常常在聊天了，不需要特地面談吧？」

「你說什麼？別說這麼冷淡的話！」

「就是說啊！我跟師父有多麼寂寞，你應該要了解一下才對！」

連菈米莉絲也摻和進來了。

就算你們那麼說，我們事實上還是常常見面啊。

我也很想透過「魔魂核（Avatar Core）」遊玩，但是工作比較要緊。

畢竟目前可是在跟人打仗。

都還沒辦法掌握菲德維他們的蹤跡，現在只是暫時休兵而已。

至少在做好迎擊準備之前，我都沒時間玩。

「別說那種任性的話。等到事情都塵埃落定了，我就會好好跟你們——」

「唉唷，不是那個意思啦！我也變強了，才想要跟你炫耀一下。我知道你很忙碌，但多少陪我一下也沒關係吧！」

「對啊，說得沒錯！就只有你可以準確檢測出正確的存在值，才想要你花點時間陪陪我們嘛！」

「嗯？」

「簡單講就是我可以在菈米莉絲檢測存在值的時候造假。她要我證明這點。」

是喔。

「那是絕對不可能發生的事情！光靠我們確實無法檢測出詳細數字，但要造假是肯定沒辦法的！」

原來是這樣。

也就是說，我被捲進非常無聊的紛爭中。

一旦事情演變成這樣，這幾個傢伙就不會把別人的話聽進去。與其去勸他們，還不如稍微配合一下，這樣可以更快解決。

「知道啦知道啦。那我們就去『管制室』吧。」

於是我們就決定來測量一下維爾德拉的存在值。

測量用的機器跟迷宮各處的螢幕是即時連線，能夠管理這些的，就是在「管制室」裡頭的操作盤。希爾大師可以跟迷宮同步，不管到哪邊都能測量，但這是祕密。就因為這樣，我們來到「管制室」。

時間不是很充裕，立刻執行。

「關於師父的存在值，是８８００萬！光這樣就很厲害了，師父卻說他的數值不僅如此，都不聽人家勸說。希望利姆路你也來罵罵他，叫他不要這麼愛慕虛榮！」

的確，那是超乎想像的數值。

一般人就別提了，就連屬於超級覺醒者的「聖人」都贏不了他。

那麼，這個數值是正確的嗎？

《對。維爾德拉的存在值是８８１２萬６５７９沒錯。》

兩者差不多。

若是要測量過高的數值，機器的精準度不夠，但如果只是用來檢測迷宮挑戰者和入侵者的威脅程度，目前這樣就足夠了。

話雖如此，假設維爾德拉真的可以在數值上造假，那就等同在說這套系統有缺失。這個問題不容忽視，還是要去確認一下才對。

原來他們的爭吵還是有點用處啊，這點讓我有些佩服。再來就要看維爾德拉是不是真的能夠在數值上造假。

「我的檢測結果也是８８１２萬，幾乎差不多。那數值還可以變得更高嗎？還是說只是故意讓我們檢測到比較少的數值？」

不管是哪一種，我都必須問出方法來擬定對策。

我要維爾德拉實際演練給我們看。

緊接著他就用一副跩到不行的表情開始脫起穿在身上的外套。

該不會是要——我心裡閃過這個念頭。

總覺得好像有一滴冷汗從我身體表面流過，明明不可能的。

只見維爾德拉開始高聲大笑。

「嘎——哈哈哈！你們等著對我刮目相看吧。這就是我真正的力量——！」

伴隨著「咚嘶——」的聲響，外套掉到地上，嘶咚！喀咚！嘎吱嘎吱地邊搖撼著地面，戴在維爾德拉手腳上的負重帶掉落至地上。

喂喂……

脫掉沉重的衣服，數值就會上升——哪有這種事情。

怎麼可能發生。

這可是在檢測能量值，跟外在戰鬥力一點關係都沒有。

然而維爾德拉卻——

「喝啊啊啊——！怎麼樣！就用那個檢測器來檢測我啊。若是壞了可別怪我——！」

嗯——這下丟臉了！

我明白他這麼做的用意，所以更覺得維爾德拉很悲哀，讓人不忍直視。

《已檢測完成，數值上沒有任何變化。》

怎麼可能會有啊！

「維、維爾德拉，我說……」

「師父，一樣還是8800萬啊？」

啊啊，菈米莉絲說出真相了，尖銳到直搗心臟！

「說、說什麼傻話！利姆路，真實情況到底是怎樣？我身上的數值應該有加倍吧？」

我用同情的目光看著維爾德拉。

「妖氣是可以隱藏的，可是存在值代表的是不同層面的東西……」

緊接著我就苦口婆心地跟他解釋，說這個數值不是漫畫裡面會出現的戰鬥力，而是在檢測能量值。

維爾德拉這下當然發現自己搞錯了，整個人面紅耳赤。

………………

…………

……

大概就是這個樣子，現在回想起來也很想笑，不過他的魔素含量依然很可觀。

做了非常認真的檢測發現，除了究極等級的攻擊，其他攻擊都不適用。

而且維爾德拉獲得的能力也非常棘手。

在希爾老師的改造下，技能進化成「混沌之王奈亞拉托提普」，裡頭包含多采多姿的能力，像是「思考加速、解析鑑定、森羅萬象、機率操作、並列存在、真理究明、時空間操作、多次元結界」。

大概是希爾大師整理過，再經過整合，方便使用的程度更上一層樓。

就連維爾德拉都獲得了「並列存在」。

這個招式是很棘手的，跟維爾格琳對戰後理解到這點，可是維爾德拉還擁有「機率操作」，感覺好像真的變成不死之身了。

說到底，只要我沒死，他就不會消滅。

我體內還殘留維爾德拉的心核，記憶跟情感都已經完全備份了。現在還能夠叫出「別體」，搞不好要把他滅掉根本不可能。

雖然他搞出的存在值事件很好笑，但我也很慶幸他是自己人，同時也覺得他是得力戰友。

總之，維爾德拉的存在值是我的十倍以上，我想跟他對戰大概也贏不了吧——不過我有個小小的疑

問。

就連我都能戰勝維爾格琳，還把她「捕食」掉。那個時候維爾格琳的存在值好像是2687萬。

順帶一提，我吃掉的大概是五成多，將近三成還在恢復中。至於這三成左右會回到誰身上，似乎會回到被我吃掉的部分中。

不愧是希爾大師，真是精明。

重點在後頭，既然都吃了這麼多的能量，我的存在值應該不至於太低。

這樣已經夠強了，我認為戰鬥中的反應比較重要，但還是有點好奇。

《關於這個部分，那是當然的。雖然曾經吸收吃下的能量，可是那又轉變成主人的血肉，還進行了「龍種解放」。》

呃，意思就是？

《——意思就是主人的最大存在值，要把維爾格琳和維爾德拉的存在值加上去，算出來的數值才是最正確的。》

——唔！

我聽了唯一的反應就是驚訝到說不出話來。

也就是說若是解除「龍種解放」，才能發揮出我最大的力量。

嗯？

可是我出招式時需要用的能量還是沒變，就算多了那麼多能量可以用，或許結果也一樣。

維爾格琳也是，因為等級已經封頂了，才會灌到數字上加計吧。

當然放出來的威力並沒有上限，可是打不中就沒意義了。若是威力大到能夠把星星粉碎，這樣控制起來也會變得更加困難。

那樣放出最大威力是不是也沒意義？我深有所感。

來做個參考。

被我「捕食」的時候，維爾格琳的預想存在值是4982萬9987。

那是經過希爾大師運算出來的結果，應該很完美才對，可是如今維爾格琳的存在值又變得更多了。

名字：維爾格琳〔EP：7435萬0087〕
種族：最高階聖魔靈——龍種
庇護：灼熱的慈愛
稱號：「灼熱龍」
魔法：「龍種魔法」
能力：固有技能「萬能感知、龍靈霸氣、萬能變化」
　　究極技能「火神之王克圖格亞」
抗性：物理攻擊無效、自然影響無效、狀態異常無效、精神攻擊無效、聖魔攻擊抗性這是維爾格琳目前的狀態。

從能量足足減少兩成的狀態成長，最後遠遠超越當時的狀態。

這該說是成長，還是進化……

能力被希爾大師上下其手，好像還跟當時一樣，但維爾格琳肯定已經用得駕輕就熟了。這個「火神之王克圖格亞」包括「思考加速、灼熱激發、並列存在、時空間操作、次元跳躍、多次元結界」，看起來就很厲害。

還有——

雖然在我看來只跟她分別幾天而已，但還不曉得維爾格琳累積了多少經驗值。

明天就要跟她見面，我還在煩惱該怎麼與她交談。

很怕一不小心激怒她不知道會有什麼下場，我決定小心留意，以免跟對方起二次衝突。

於是，以個人面談為名，實際上是讓希爾老師確認狀態，這部分也順利結束了。

Regarding Reincarnated to Slime

雖然該如何對蓋札王說明令人煩惱，但我今天要和正幸他們進行會談。

先把注意力擺在這邊，我鼓足幹勁。

與戴絲特蘿莎會合。

心情有變得稍微平靜一點。

今天形式上是屬於高峰會，預計會出席在會議室中的都是經過精挑細選的成員。

我們這邊會派出紅丸和利格魯德。

紫苑和迪亞布羅自然也在，然後再加上戴絲特蘿莎。

正幸這邊則是以維爾格琳為首，還有卡勒奇利歐、梅納茲，聽說邦尼和裘好像也會參加。

我方成員來到貴賓接待室中集合。

突然把他們叫過來，但大家都毫無怨言。

朱菜也願意來端茶倒水，算是準備萬全了。

至於方針，這個嘛。

我們並不想支配帝國。

重大戰犯米迦勒和菲德維行蹤不明，策劃一切的近藤中尉也亡故了。而且就連近藤都疑似是被米迦勒支配，遭受洗腦，我們並不想連他死了以後都去追究責任。

以前帝國的大人物們似乎都會搭乘皇帝搭的主艦，而目前還活著的帝國最高負責人就是擔任元帥的維爾格琳。她本人完全沒有擴張領土的野心，所以我們談話的方向會朝向結束戰爭和戰爭賠償，還有以戰後的復興為主。
總之勞動力還有帝國士兵七十萬可用，不用煩惱這部分的人力分配。可以任命經驗老到的人去監工，在小組分配上似乎也必須注意平衡性，以免出現技術上的偏差。
我開始在那未雨綢繆……
結果就看到有著一頭飄逸藍髮，令人眼睛為之一亮的美女走過來。
是維爾格琳。
她的目光直直地定在我身上。
好痛、好痛啊——
明明都沒有胃，卻覺得胃痛。
「找我有事嗎？」
當著大家的面，我必須努力保持威嚴。聲音沒有發抖就很值得誇獎了。
「可以稍微占用點時間嗎？」
距離預定開會的時間還有一點空檔。
我點點頭，決定在會談之前先與維爾格琳來場私人對談。

＊

「維爾德拉還好嗎？」
「很好，非常好。」

「這樣啊，那就好。」

維爾格琳帶著溫和的笑容在詢問維爾德拉是否安好。

聽我回答他很好，維爾格琳似乎很放心。

看到她露出這樣的笑容，我有些心痛。

這是因為維爾德拉大哥直到現在還是很怕姊姊維爾格琳。

我曾問他不去見見維爾格琳嗎？結果維爾德拉小聲地找藉口說：「我也是有很多事情要處理的，非常忙碌……」

真是丟臉到不行，但我也沒資格笑別人。

說真的我感到非常尷尬……

維爾德拉一方面是不好意思吧，我想還是再讓他沉澱一陣子會比較好。

「那妳來找我是想談？」

這次換我開口。

好緊張。

「我是來拜謝的。」

妳是來拜謝的？

這有點……

「為什麼臉色這麼難看？難道以為我會把你叫到校舍後面？」

「妳怎麼會知道這種梗！」

當我下意識喊完這句話，維爾格琳就輕輕地笑了一下。

「當我到處旅行尋找心愛的魯德拉時，這段旅程比想像中更加令人興奮。」

據我所聞，感覺就是一場嚴苛的旅程，可是維爾格琳抱有目的，對她來說也許這段旅程充滿希望也說不定。因此才能笑著說那段旅程很開心吧。

「我橫渡了好幾個世界，經歷好幾個時代，一直在找那個人。我來到的其中一個世界，就是你以前待的世界。」

「咦，真的？」

「真的。」

是因為這樣嗎？感覺她說話的語氣也變得比較隨性一些。

還有她的衣服也是，雖然現在穿著帝國的軍服，可是當初出現在迷宮裡的時候，卻是穿著襯衫和牛仔褲。

用這樣的打扮不費吹灰之力就打敗敵人，光是透過紀錄影像看到這畫面就不禁瞠目結舌。我想在現場親眼撞見的人，還有被她幹掉的當事者，肯定都覺得這是一場夢吧。

不過她能夠去我曾經待過的世界，這就表示——有方法能夠讓我從這個世界回到那邊。

但我已經死掉了，回去也沒意義——咦，等等？

維爾格琳好像不是只有跨越次元，還進行時空跳躍。若是分析這個，搞不好可以……

《明白了。立刻開始進行解析。》

喔喔，希爾大師果然很可靠！

搞不好他只是發現了新的興趣而已，但這種事情交給希爾老師做就對了。

總而言之，這下出現希望，真是太好了。

我想待在這邊的「異界訪客」之中，有些人在能夠回去的情況下或許會想回去。可以的話，我希望這樣的未來能夠成真。

那就來努力一下。

「聽說正幸好像是魯德拉轉生過來的？」

「對，沒錯。而且可以肯定的是，他幾乎擁有完全的『靈魂』。」

如此斷言的維爾格琳接著小聲嘟囔道：「唯獨沒有記憶。」

嗯，看樣子正幸果然還是原本的正幸啊。

他還是跟以前一樣，給人感覺沒什麼自信，這樣我多少也能放心一些。雖然對維爾格琳不好意思，可是在我看來並不覺得正幸是魯德拉。

「這個嘛，這種時候該說些什麼呢……」

沒辦法說太好了，說很遺憾也不對，於是我就用這句話帶過。

維爾格琳並沒有生氣，她輕輕點頭。

態度上比想像中更加從容，讓我有些意外。

「呵呵呵，很不可思議對吧。我也有了各式各樣的體驗。比起待在魯德拉身旁的歲月，那些體驗更濃厚，像是一場漫長卻又短暫的夢。所以我很感激。這都是多虧了你，利姆路。」

她臉上浮現眩目的笑容，是會讓人心裡小鹿亂撞的那種，還對我道謝。

如今已經完全感受不到之前那種要讓所有人臣服的冰冷霸氣。身上的氣質變得很沉穩，簡直判若兩人。

「那這樣可以說是……太好了？」

「是的。所以說，利姆路。我對你發誓。只要正幸不希望，我就不會成為你的敵人。所以你也不要背叛他喔？」

這段誓言求之不得。

關於正幸的事情，甚至用不著她說，我也沒有要背叛正幸的意思。

「好。我以我自己和夥伴們的名義起誓，發誓不會背叛正幸。或許會欺騙他或是跟他吵架，但這部分就——」

這時維爾格琳的目光變冷，而且變得很可怕。

「我知道了。我盡量不會欺騙他，發誓不會為了一點小事就跟他吵架。」

我不懂。

為什麼會變成我在發誓……

太過正直也不好呢，這讓我稍微反省一下。

＊

在維爾格琳對我表達感激之情後，我就沒那麼緊張了。

雖然有正當理由，但我確實幹了不少好事，她沒有記恨讓我鬆了一口氣。

我想這樣就能帶著好心情參加會談，這時卻有人慌慌張張跑進接待室。

來人是培斯塔。

「咦，你這麼慌張是怎麼了？」

「現在不是問這個的時候，利姆路大人！剛才我們家的人緊急聯繫我，說蓋札王正要過來這邊！」

他說的「我們家」，應該是指留在矮人王國的家人們吧。

別看他這樣，培斯塔可是大國德瓦崗的前大臣。他還是公爵，是僅次於王族的高階貴族，一生下來就很有地位。

所以才會去嫉妒身為平民的凱金……

雖然培斯塔被趕出德瓦崗，但似乎還沒跟家人斷絕關係。公爵家那邊也有培養密探，培斯塔可以和他們互相聯繫。

這是因為培斯塔直到現在仍然是公爵家的家主。

我聽說這件事情的時候也很吃驚。

蓋札王下的懲罰並不包含削除爵位或降級。只有針對培斯塔本人做出處罰，並沒有對他的老家進行任何追究。況且培斯塔的繼承人還未指名，所以家主也沒有換人。

就因為蓋札王是一位賢明君王，將來打算讓培斯塔重新當回大臣吧。因此並沒有給予過度的懲罰，一定只是希望他本人能夠反省而已。

除此之外，害怕家人們反彈似乎也是理由之一。

培斯塔他們公爵家若是認真起來，搞不好能在德瓦崗引發內亂，蓋札王似乎是想避免無謂的戰爭。

畢竟沒有去嫉妒人的培斯塔是很優秀的，私底下也很有人望。影響力十分之大，蓋札王在處罰上拿捏到不會有人覺得不滿，所以才讓他來我國當官。

事情就是這樣，培斯塔他們家如今依然健在。因此在王宮那邊似乎也還留有眼線，好像就是那邊的人跟他聯繫的。

不過，我不明白理由。

「問一下，為什麼要來？不是說後天會跟他解釋嗎？」

「是的，如您所說，可是蓋札陛下似乎還是無法完全信賴我……」

「不不，沒這回事吧。」

「這可不一定。像是回復藥的價格交涉、藥師以外的技術人員提拔、動員公爵家招攬人才等，我也是動作頻頻。假如蓋札陛下懷疑我比較親近你們這邊，那我也無從反駁。畢竟事到如今，我也已經做好在這個國家終老的覺悟了。」

換句話說，已經不是只有那種嫌疑的程度，培斯塔也是幹了一堆好事。

我原本還覺得他是個認真的男人，不愧是前大臣。作為政治家，不管是檯面上還是檯面下都能長袖善舞。

哎呀，現在不是佩服他的時候。

如果蓋札王過來，那我就不方便和帝國那邊的人會談。讓他們等我會很失禮。

話雖如此，在沒有事前交涉的情況下就突然跑過來，我覺得他這樣也很沒禮貌，這種時候該怎麼辦才好？

「這樣是蓋札王失禮在先吧？」

若是不去管培斯塔，那我們這邊其實沒必要退讓。

「說得沒錯，沒有事前告知就進入他國，就算被人不分青紅皂白攻擊也不能有所怨言。所以他應該會在國境那邊聯絡我們。」

培斯塔說蓋札王不會不顧禮數。

像是在證明這句話似的，通訊人員在這個時候慌慌張張跑過來。

「抱歉在緊急時刻打擾，有事情向您稟告！目前武裝大國德瓦崗的蓋札陛下請求入境我國，共計五名人員。請問該如何處置？」

我們沒理由拒絕，但又不能隨便許可——基於這樣的判斷，部長級的職員才會來請我批准吧。

在如此緊急的情況下，我認為他處理得當。

如果是我也會感到慌亂，我覺得他做得很對。原本應該要先通知幹部，但這次就別計較了。

朱菜反應很快，立刻拿水給他。

通訊人員感激地將水喝下，我則對他開口：

「我來跟他說。」

接著就準備好聯絡用的魔法道具，開始通訊。

結果蓋札王也要緊急參加會談。

於是由我親自前來迎接。

迪亞布羅和紫苑還是和往常一樣作為護衛跟隨我。

「呵呵呵。得救了，利姆路。」

「你明明已經預料到事情會這樣發展，真敢講。」

就算透過飛馬（Pegasus）移動，從德瓦崗到首都「利姆路」也要花一天的時間。不過現在於兩國首都設有魔法

陣，可以靠魔法瞬間來回。

因此他特地來到國境，我猜是為了逼我親自出馬。

「哈哈哈，你發現了？」

這沒什麼好笑的，但這點小事就先別管了。

「話說幸好維爾格琳不跟你們追究。」

「我要說的正是這個。你打算與帝國聯手？」

蓋札擔心的果然是這個嗎？

「要依我們談話的結果而定，但我有這個打算。」

「嗯，稍微等一下。我想先聽聽你的想法。」

我沒理由拒絕他，於是我們進入位於國境的咖啡廳。

店員趕緊替我們準備座位。而且那些看起來像是冒險者的顧客們也都很識趣，紛紛從座位上離開。

我感到很抱歉，因此宣布這裡的帳單由我來出。他們非常開心，這樣應該就沒問題了吧。

於是，距離預計展開的會談還剩下三十分鐘左右。反正移動過去只要一瞬間，我決定在時間到之前都用來談話。

在這之前，我有話要說。

「關於戰後工作都交給你們這件事——」

「這部分無所謂。士兵們現在仍在全力賣命，等於要能夠活下來才有做這個苦力的機會。感謝都來不及了，根本沒人怨恨你。」

那太好了。

像是在辦烤肉大會的時候，沒有幫忙收拾就偷懶跑掉的人會遭人記恨，害我有點擔心。畢竟那是一場大戰。成功挺過令人開心，一不小心就把雜事給忘了。

「那麼，你想問什麼？」

依會談的走向而定，我再來決定要怎麼看待，有些事情就算蓋札王現在問我，我也未必答得出來。

「我想聽你親口說清楚。你應該沒有與帝國聯手進攻我們德瓦崗的野心吧？」

這個大叔在說什麼啊。

怎麼可能去做啊，那麼麻煩的事。

毫無任何動機，最重要的是沒半點好處。不僅如此，那麼做還會讓西方諸國不再信任我們。絕對不可能做出這種選擇。

「不可能。至今為止我們辛辛苦苦才取信於人，那麼做不是會瞬間失去信任嗎？還會失去可靠的後盾，沒事找事做。竟然問我這種問題，我反而還想問你，是把我看成多笨的傻瓜？」

我不悅地回應，結果蓋札開始用一種真心感到放心的表情笑了起來。

喂喂，你剛才是真的在擔心嗎？

「失禮了，利姆路陛下。這個疑惑是出自於我，因此讓您感到不快的責任，全都由我承擔。請您大人不記小人過。」

大概是發現我在不爽，德魯夫先生對我道歉。

問這個意欲為何，我要他詳細地說清楚講明白。

簡單來說，帝國和魔國聯邦若是聯手，德瓦崗就會形成被兩大國包夾的局面。如此一來動用武力等同自殺行為，無法避免外交能力的下降。

假如外交對手認為他們沒什麼好怕的，說的話也不用聽進去，那在今後的交涉中，德瓦崗就必須接受不利條件。他們似乎是害怕變成這樣，才想事先做個確認。

「咦？可是硬要說的話，德瓦崗其實也無力阻止吧？我雖然不想挑起戰爭，卻覺得可以跟帝國聯手。」

「說得沒錯。到頭來還是要看你的意思而定。我們德瓦崗雖然是大國，但對上維爾格琳或維爾德拉這些『龍種』，擁有的戰力依然不夠戰勝他們。德魯夫擔心這些其實也沒用。可是身為一國之君，怎麼能任由事情如此發展。」

蓋札王用認真的表情對我說了這段話。

君王要對人民負責，為了以防萬一，常常都須三思在先。

而這次去擔那種心是沒意義的。

然而又不能完全保證我們不會發動戰爭。

即使我們不發動，帝國若是出動了，結果也一樣。

假設帝國與我們同盟，那帝國打算進攻德瓦崗的時候，魔國聯邦究竟會站在誰那邊？

被人這麼一問，我也拿不定主意了。

「利姆路，這樣你明白嗎？你為了避免自己的國家受戰爭波及，打算與帝國聯手。那樣很好，卻沒考量到我們德瓦崗。我不會說你這樣做是錯的。你只需要對你的人民負責。只是我這邊不能接受。」

原來如此，我懂了。

的確，魔國聯邦與德瓦崗，魔國聯邦與東方帝國，即使我們和這兩個國家分別成立同盟，德瓦崗和東方帝國之間也沒有任何關聯性。

而這兩個國家一旦發生戰爭，我們的行動就會受到限制吧。

不過，等等？

「但是我們之間還有『國家陷入危機會互相提供武力協助』的協定——」

「關於這點，也需要訂一個期限吧？」

「咦？」

「任何一個協議都不具備永遠的效力。全都是階段性的，不過就是買一時心安罷了。從另一個角度來說，有訂下期限的協議反而還比較安全。」

我才在煩惱他這話是什麼意思，希爾大師就偷偷跟我講解。

關於有訂期限和沒訂期限。

假如其中一方打算違背協議，哪種違背起來比較困難？

若是沒有制定期限，隨時都可以違背協議。

相對的，如有訂定期限，那在協議有效的期間內，可以說都是安全的。

比起等到協議結束才發動戰爭，違背協議進攻可以說是更不講道義的行為。

不過這些再怎麼說都只是對當事國以外的國家做做樣子，若是如帝國那般有擴張版圖的野心，聽他們的行事作風大概也不會把這點看在眼裡。

當然擅自違背有設定期限的協議另當別論。在協議更新後，那當然是有遵守的義務了。

假如真的胡來不遵守，西方諸國也不會再信任我們。這樣跟我的戰略有很大落差，先訂好明確的規矩似乎較妥當。

「我懂了。我們有可能與帝國締結同盟，破壞跟你們的協定啊。你是擔心這個才特地跑過來吧。」

「您能夠理解真是太好了。」

「嗯，這點確實令人擔憂。了解！那就算我們要與帝國締結同盟，關於這部分的詳細條件還是要好好地跟他們談。」

當我這麼說完，德魯夫先生他們就露出放心的表情。

「你們看。就說你們幾個擔憂過度！」

蓋札王還這樣挑釁，你身為君王的責任都跑哪去了。

「利姆路大人，時間差不多了！」

這時紫苑看向手錶，告知我這事。

那是我跟凱金他們基於興趣製作的。我想秘書應該需要這樣東西，就拿去送給紫苑，當然她非常高興。

這下她的工作又增加一樣，大家一起分享喜悅也是美好的回憶。

「那我們走吧。」

「咯呵呵呵呵。那麼就讓我來開啟『傳送門』。」

就這樣，我們的談話突然結束。

大夥兒離開咖啡廳，回到會議室。

＊

上午十點。

一夥人聚集在會議室裡。

參加人員坐在看起來像被拔掉一些牙齒的圓桌前。

與其說是拔牙，桌子形狀看起來更像視力檢查的C形圖。

《此圖的名稱叫做「蘭多爾特環」，是法國眼科醫生愛德蒙・蘭多爾特於一八八八年構想的——》

我心想你好厲害還真清楚，但現在不需要知識惡補課，拜託你只解釋重點就好。

人們可以從這個缺口進出，給每個人送上茶水或資料。除此之外，在那個缺口前方還設置巨大螢幕，無論從哪個角度都能看見，視線不會被遮蔽。

這次是三方勢力會談，我想比起面對面，用這樣的形狀互相面對面會更好。

缺口部分是南側。

我方人員坐在北側。

正北的座位是給我坐的。北北東是紅丸，北北西是利格魯德。

紫苑和迪亞布羅就和往常一樣，沒有坐在座位上，而是站在我後頭。

東側坐的是帝國眾人。

正東席的位子坐著正幸，他的右邊——東北東坐著維爾格琳。

東南東是卡勒奇利歐大將，東南是梅納茲少將。

裘和邦尼沒有坐到座位上，而是在正幸背後守著他。這兩個人都擔任護衛，表示他們大概順利和解了，真是太好了。

西側坐著突然跑來參加的蓋札一行人。

正西席坐著蓋札。

西北西是天翔騎士（Pegasus Knight）團團長德魯夫，西南西是宮廷魔導師（Arch Wizard）珍。

密探隊長（Night Assassin）安莉耶達和軍事部門最高司令官（Admiral Paladin）潘也都沒有坐在座位上，而是擔任護衛。

布局大概是這樣，三方勢力互相對看。

我不經意看向四周，跟左顧右盼的正幸對上眼。

他的神情看起來很疲憊，明顯是在說：「為什麼我會遇到這種事情——」

不過，希望他能放心。

我跟他有一樣的心情。

這讓我產生親近感，假如發生什麼事情，我願意對他伸出援手。

負責擔任司儀的戴絲特蘿莎站了起來，大家的目光都聚集在她身上。

她來到中央宣告會議開始。

「那麼，時間到了。大家似乎也都到齊了，接下來開始會談。」

一鞠躬之後，戴絲特蘿莎回到南側。

已經有替她準備椅子，不用她出場的時候，可以坐在那邊休息。

我事先有拜託她，若是我遇到麻煩，希望能夠幫我一把。如果是戴絲特蘿莎，想必會回應我的期待才是。

「那麼，首先由我來說明這場會議的宗旨。沒有經過事前協議，突然就召開這場高峰會，也許會有人貿然說出魯莽的言論。這種時候先不要爭辯，希望大家保持冷靜，聽聽對方的訴求。」

話說到這邊，戴絲特蘿莎暫時閉上嘴巴，觀察參加者的反應。

不愧是代表我國去參加西方諸國評議會（Council of West），她的台風很穩健。

希望就照這個步調進行下去，順利開到最後。我一邊祈禱，一邊望著戴絲特蘿莎。

「那麼接下來，首先要來確認的是這場會談的目標。我們希望與帝國方簽署讓戰爭終結的終戰協議。接著與德瓦崗這邊，在我國和帝國今後的新關係確立後，我們再來締結新的條約，如此可好？」

正幸正想說些什麼，維爾格琳就先回答了。

「我沒意見。」

「嗯，同意。」

同時蓋札也鄭重應允。

比那兩人慢了一些，我也不慌不忙地開口：

「既然如此，那我想先確認現況。這樣可以嗎？」

說話語氣上變得有些奇怪，但誰管他。

我維持理所當然的表情，觀察雙方陣營的反應。

正幸正以尊敬的目光看我呢。

呵呵，這傢伙真可愛。

說得也是，我也覺得自己很厲害喔。

因為聚集在這裡的人，全都是大國的超級大人物。在上一次的人生中，別說是去見總理大臣了，就連看到國會議員的機會都沒有。

就只有發包案子給我們的國土交通省人員來現場視察，然後我們招待他們。而且還不是接待之類的，頂多只有替他們做現場導覽。

一開始光是要針對工作內容以外的事情稍微閒聊一下，我都會很緊張。

然而現在我卻像這樣作為一國之君。回想起來不免感慨萬千。

「看來大家都沒有意見，那請戴絲特蘿莎繼續說明。稍後再發言。如果有疑問就說出來，有錯誤的地方也請指正。那麼就拜託戴絲特蘿莎說明。」

如同事前聽取的流程解說那般，會談按部就班地進行下去。

我要大家別中途打斷別人說話，接著交棒給戴絲特蘿莎。於是會談得以順利進行。

至於跟我同等級的蓋札王、代理皇帝正幸和全權代理者維爾格琳，就算他們有話要說也無妨。可是其他人如果那麼做就等同在汙辱王的發言，似乎會變成處罰的對象。

我個人是覺得不太好，但這樣進行起來會比較輕鬆，所以我沒意見。

戴絲特蘿莎開始說明。

其中也包含些許假話，是關於蓋札他們可能不知道的飛空艇對決狀況。

我打算在這之後說明帝國皇帝魯德拉其實是產生自我意志的技能。在那之前我方先講到和維爾格琳的戰役中，我們取得勝利——

「且慢。」

這時蓋札突然有話要說。

「咦？有話想說要等……」

「現在還說那個做什麼！」

好奇怪，竟然是我被人罵！

「那個——蓋札王，是有哪邊不對勁嗎？」

我一不小心貿然問了這句，結果蓋札按住頭開始瞪我。他就保持那樣什麼都沒說，這次轉眼看向維爾格琳，語重心長地開口：

「是我無禮。不過關於利姆路王剛才的發言，不知維爾格琳大人是否允許？」

真稀奇，蓋札跟人講話變得畢恭畢敬。

而且稱呼維爾格琳的時候還加上「大人」。

那種態度不像一個大國之王會有的，這樣沒問題嗎？

帶著這樣的疑問，我靜觀其變，結果維爾格琳不僅沒生氣，甚至還微笑。

「沒問題的，矮人之王。你非常機智，也比那邊的利姆路更適合當王。魯德拉對你的評價很高，從你成為劍聖之後，他就一直說想收你做部下。所以我也知道你的事情，並不討厭你。你別這麼生硬，放輕鬆就好。」

「是、是的！不過，竟然在公開場合對最強的『龍種』之一，而且還是帝國守護神的您——」

「無須介意。你是利姆路的朋友吧？那我就不會與你為敵。而且剛才利姆路說得對，我的確敗在他手裡。」

哎呀，還真意外。

原以為維爾格琳會跟維爾德拉一樣，堅持自己沒輸，沒想到乾乾脆脆承認自己戰敗。

這點令我驚訝，但其他人似乎已經不是驚訝就能形容的了。

「欸——！維、維爾格琳大人戰敗了？」

「真是不敢相信。不敗神話居然……」

帝國那邊的人都是在維爾格琳的支配領域裡長大，已經不再像之前那樣悶不吭聲，全都為之動搖。

「什麼——————！」

「喂喂，這是真的嗎？那可是如同神明一般的存在，不管怎麼打都打不倒，這是在說有人戰勝她了？雖然難以置信，但大人都親自承認了，表示是真的吧……」

德魯夫先生震驚不已，還有一度無法接受現實的潘先生。

看了這樣的兩人跟蓋札王，不知為何安莉耶達小姐臉上洋溢著盈盈笑意。

「呵呵呵，這次不需要跟人報告，還真是爽快。若是跟人匯報這種事情，搞不好還會被懷疑是神經病。」

她甚至說出這種話，這樣是不是不敬啊？

反正是其他國家的事情，而且現在也沒空談那個，所以我沒去阻止就是了。

當我退一步觀察，珍婆婆就對著苦惱思考的蓋札這麼說。

「蓋札少爺，還有你們幾個都冷靜點。我已經不會感到驚訝了。之前『始祖』事件已經驚訝到累了，再看到後來的大量進化，我就悟出一個道理。那就是一天到晚大驚小怪跟個笨蛋似的。」

珍婆婆已經想通了。

所以這次，她一人冷靜地挺過了這個場面。

德瓦崗那邊的人因為這句話恢復神智。

然後很困窘地調整他們的姿勢。

順帶一提，來看看我方的反應。

「什麼！利姆路大人竟然戰勝維爾格琳大人。那今晚是不是也要舉辦宴會？」

利格魯德還真是一找到理由就想辦宴會呢。

明明從一開始就堅信我會勝利，虧他敢講這種話。

「不過我早就猜到事情會是這樣。應該是說我都看在眼裡。」

紅丸這傢伙，居然偷看。不過這次似乎有人出來興師問罪。

「紅丸，這是怎麼一回事？難道說……就只有你一個人觀賞了利姆路大人作戰的英姿？」

「不、不是那樣啦。我有義務要確認戰況，所以就順便……」

他拚命在想藉口，而這部分就是紅丸火候還不夠的地方。

相較之下，迪亞布羅就——

「咯呵呵呵。哎呀，紫苑。難道妳沒看到？真是可惜呢。竟然沒有觀賞到那段美好的作戰過程，真的好可惜呀！」

別火上加油、別火上加油啊！

論挖苦人，是不是無人能出其右？

戴絲特蘿莎也傻眼地發出嘆息，若是與之為敵，想必沒人比迪亞布羅更棘手。

「還請各位肅靜。」

傻眼歸傻眼，戴絲特蘿莎看樣子並沒有忘記自己的職責。看大家都冷靜下來了，就開口要大家肅靜。

假如她慢一步，那紫苑和迪亞布羅可能就會一言不合打起來。

幹得好，我給予無聲的獎勵。

由於在場眾人都冷靜下來了，會談得以進行下去。

擔任司儀的戴絲特蘿莎對我打暗號，我繼續講述：

「——總之我打倒維爾格琳小姐後，先把她壓制住，試著詢問細節，這才發現事有蹊蹺。我感覺到皇帝魯德拉似乎不是本尊，因此嘗試觀察維爾格琳小姐，然後發現一個可怕的真相。細節先省略，我發現她的思緒果然被人『支配』了。而做了這件事的犯人，就是皇帝魯德拉技能上寄宿的意志——米迦勒！」

我使出全力擺出得意的表情，道出關鍵重點。

更精彩的在後頭。

接著我酷酷地笑了一下，打算把後續說完，不過——

「且慢。」

哎呀，又有人有意見了。

而且這次還是蓋札。

「那個，如果要質疑的話晚點再——」

像是為了打斷我的話，又或者是想沉澱自己的心，蓋札嘴裡吐出大大的嘆息。

之後他立刻盯著我看，用沉重的語氣開口：

「聽好了，利姆路。的確，原本我這樣的態度並不算適宜。可是，話也不能這麼說。」

「——你的意思是？」

「怎麼可以省略細節！居然還有技能凶惡到能夠『支配』維爾格琳大人，怎麼可能有這種東西！還有你剛才說什麼？寄宿在技能上的意志？那種東西連聽都沒聽過。珍啊，妳知道些什麼嗎？」

「……不，我也沒聽說過。」

蓋札拚命管束自我，但他還是難掩激動情緒。被這樣的蓋札一問，不曉得是不是在思考些什麼，珍婆婆反應變得遲鈍。

話說回來，對於蓋札的說辭，都沒人出來反駁也很不可思議。

維爾格琳臉上帶著笑容，似乎對這種狀況樂在其中。大概是覺得只要身邊有正幸在，那她就不需要其他的，也沒興趣。

至於當事人正幸，他已經放棄去理解了。

一副事不關己的樣子，用堂而皇之的態度坐在椅子上。就因為他這麼做，卡勒奇利歐等帝國成員才會錯意，讓大家對他的評價變得更高，但他本人八成沒有意識到……

也只能勸他別在意了。

紅丸他們也興趣濃厚。

若是我不願意提及，他們好像也不打算質問，但看樣子心裡頭還是很想問。

所以戴絲特蘿莎才沒有阻止蓋札吧。

不過她好像馬上就發現自己那樣很失態，裝作一副若無其事的樣子，打算繼續主持。

「各位肅靜。關於剛才蓋札王提出的問題——」

看她這麼快就振作起來實在厲害，但這下好像不容易收場。不，其實也可以裝作沒聽到，可是對方都問了，那解釋一下也無妨。

「知道了。那我就來說明一下。」

「利姆路大人，這樣好嗎？」

「沒問題。反正現場也只有各國的大人物在。我想他們不會輕易洩漏祕密，真的洩漏時再說，因此說了也不會怎樣。」

對。

就算對外公開神智核的存在，其實也不會構成什麼問題。對我而言一定要保守的祕密就只有希爾大師的存在。

「抱歉，利姆路。若你願意說明，就先謝過了。」

這時蓋札對我低頭道謝。

語氣也變回像師兄對師弟那樣，似乎不打算繼續裝模作樣下去。

這樣我的心情也變輕鬆，可以開始對他們解釋。

接著我展開說明，包括皇帝魯德拉過於疲憊，他擁有的究極技能「正義之王米迦勒」產生自我意志，變成「神智核」米迦勒一事。並據我所知，透露這技能擁有的凶惡能力。

「究極技能……？靠獨有技來對付擁有這種技能的人好像沒什麼用……」

「嚴格來說並非如此。技能會隨著意志的強弱出現變化，即使是獨有技，其中也存在一些對究極技能管用的技能。只是非常稀少。除此之外，有些技藝能夠反映出意志的強弱，那就有可能使出可以對究極技能起作用的攻擊。在我看來，蓋札王的招式就能夠辦到。」

「是這麼一回事啊……」

「還有魔法也一樣。魔法可以是技能，也可以是技藝。因此根據意志的強弱而定，是有可能打倒究極技能擁有者。裘和邦尼應該能理解我說的吧？」

敗給迪亞布羅的這兩個人應該能理解我這句話的背後含意。我基於這樣的想法才問的，而他們兩人則是無力地點點頭。

至於迪亞布羅，他露出很噁心的陶醉表情，一臉想入非非的樣子。

我看大概又在想些有的沒的，雖然很想對他說：「你什麼都別想啦。」不過又覺得他如果都乖乖沒惹事那也不成問題，就裝作沒看到。

紫苑在旁邊碎碎唸：「那我果然還是該來獲得那個什麼究極技能才對……」

那個……就因為要獲得沒那麼容易，才會被冠名究極喔？

可是不曉得為什麼。我有一種預感，覺得紫苑能夠辦到。

這讓我有點害怕，決定連這件事情都拋諸腦後。

「事情大概就是這樣。米迦勒擁有特殊的能力，可以完全支配在分類上屬於天使系的技能。因此維爾格琳小姐也無法抵抗，在自己都沒察覺的情況下被他操控。除了她，近藤中尉也疑似是被這個技能支配。最後掙脫咒縛，再讓他的意志寄托在卡蕾拉身上。」

「沒想到連那個『以情報為食的怪人』都被……」

「實在很難相信。可是我也沒笨到會去懷疑利姆路陛下。」

「原來如此，所以達姆拉德大人才會……」

「嗯。我想他已經發現皇帝陛下的樣子不大對勁。」

雖然不至於打斷我的話，但是帝國方出現一陣騷動。原本這樣也是不行的，但現在去追究也沒意思。因為打算置之不理，我裝作沒看到，繼續說下去。

「至於那個米迦勒的目的，這部分也已經搞清楚了。他想讓自己的創造主，同時也是真正主人的維爾達納瓦復活。」

「「「竟然有這種事情！」」」

叫聲重疊，也不曉得是誰發出的。

不，知道是知道，只是覺得講出來未免太不近人情。

「既然知道皇帝是被米迦勒支配的，我就不打算追究帝國方應該要承擔的戰爭責任。但如果今後還想繼續和我們打仗，那就另當別論——」

我的話說到這邊停住，偷看正幸他們一眼。

正幸無動於衷。

甚至還在恍神，完全事不關己的樣子。

卡勒奇利歐和梅納茲一直在苦笑。

既然知道贏不了，那就沒理由作戰。因為他們明白這點，才會有那樣的反應吧。

看樣子應該沒問題了。

「——看來在座的各位都沒有那個打算，我跟維爾格琳小姐也和解了。如今偽裝成魯德拉的米迦勒不見人影，你們也需要推舉出新的領導人吧？今天的會談就是要談這件事情，能請人針對這部分說明一下嗎？」

我試著把話題丟給正幸他們。

為了取得在現狀上的共識，今後帝國會如何發展，必須先搞清楚這點。蓋札他們最在意的也是這件事情，我想應該直接開門見山把話說清楚才對。

不過這也是一種賭注。

一般來說，在進行這種會談的時候，不只是我們自己的想法，也需要事先確認一下對方的意見。

若沒做這個動作就直接切入正題，那就沒辦法預測會出現何種結論。在國與國之間的對話中，這似乎是不被允許的。

不過戴絲特蘿莎並沒有阻止我，她認為那只是一般情況下使用。而且還笑著說應該沒問題，於是我就不去管太多，直接跟大家表露真實想法。

那麼，結果究竟是——

「梅納茲。」

「是！那這次就讓小人我梅納茲來做說明。關於帝國的現況，已經失去所有戰力的三分之二以上，要繼續戰爭是不可能的。我們願意全面無條件投降，可是這裡出現一個問題，至於是什麼問題，那就是最高負責人不在。就如同利姆路陛下剛才所指，當務之急是推舉新的領導人。今天正是一個好機會，希望能夠讓所有人都認可我們的新皇帝。」

只見梅納茲很流利地說完這些話後一鞠躬，在我跟蓋札之間來回張望。

「嗯，是這麼一回事啊。利姆路，今天我會來這邊，看來也在你的預料之中吧？」

啊？

那怎麼可能。

「被擺了一道。這已經不是帝國與魔國聯邦聯手了，而是魔國聯邦會成為新皇帝的後盾，在帝國那邊打下根基。那麼這自然——」

「嗯。用不著多說，我們德瓦崗也想加入。之後的回報值得期待喔？」

喂喂？

原本是在說是否認可新皇帝，為什麼講到後盾之類莫名其妙的話題去了？

「有蓋札王這句話，我等倍感放心。回報自然不可少，只要我們兩國都能夠接受，在這些條件範圍內都願意回應你們的期待，敬請放心。」

梅納茲——不對，請讓我稱呼您梅納茲大哥。這個人跟之前作戰的時候都不一樣，待人處事上彷彿是一個精明能幹的政治家。還是一樣優雅，但感覺這人不管遇到任何事情都能圓滑處理呢。

相較之下，我光是要把情況搞清楚就用盡心力。因為我不會流汗，因此這點不會穿幫，但其實心裡是很慌張的。

那麼接下來，看樣子蓋札都已經認可了，接著輪到我。紅丸和利格魯德偷偷看向我這邊。我對他們輕輕點頭回應，接著開口：

「我也接受。而且我答應你們，依條件而定，願意全力協助。」

我也順勢而為。

這下思考速度終於跟得上了。

我打從一開始就願意幫忙正幸，但認真想起來，那樣等同是從國家的角度在進行支援。如果能夠在這裡賣個人情，今後與之構築更加良好的關係，那肯定不會再次爆發戰爭。

就算沒辦法進展得如此順利，以目前來看還是能夠相安無事。之後的事情就交給後代子孫，重要的是「活在當下」。

「謝謝您。我想本國的皇帝陛下聽您這麼說也會很開心。」

梅納茲大哥說完再次一鞠躬。

這種禮儀連環攻擊就免了，希望能夠快點讓話題進展下去。

「那麼你們所說的新皇帝應該就是正幸老弟吧？啊，加上老弟是不是不太好？」

「利姆路王——」

「啊，完全沒問題喔。話說我才想問，是不是也可以像之前那樣繼續稱呼利姆路先生？」

哎呀正幸，你還真懂我！

「當然沒問題，正幸老弟！這種場合的正式用語都把人給搞糊塗了呢！」

「利姆路先生！今天的利姆路先生給人感覺最可靠了！這幾天都覺得喘不過氣來……」

嗯，我懂。

都沒有人站在你這邊，一直在孤軍奮戰吧？

我想維爾格琳根本不會顧及下屬的心情。為什麼要為了那點小事感到不安煩惱，她八成無法理解。

而帝國的大人物們大概也都為自己的事情忙到焦頭爛額，沒有餘力去顧及正幸，我想他肯定一直獨自一人在煩惱。

所以才會想來找我商量，可是讓紫苑過來傳話是個敗筆。

其實我是想來個個人面談，幫他想想接下來該怎麼辦。我是這樣想的，正幸大概也是一樣的心情吧。

然而事情演變成這樣，已經回不去了。

他壓根兒不清楚那些禮數，只能隨便大家愛怎樣就怎樣。

「各位，如此可好？」

搶在所有人出聲之前，戴絲特蘿莎先起了個頭。

「我國君王利姆路大人希望會談可以更隨性一點。大家彼此都有自己的立場要顧，但可以在這懇請各位配合我們的作風嗎？」

她面帶微笑環顧眾人，說了這麼一句話。

真是太能幹了！

正幸看起來也很高興。

蓋札臉上掛著苦笑，可是並沒有反駁。

既然王都接受了，那部下們怎麼會反對。禮數周到高來高去的會談到此結束，接下來講話都可以不用特地修飾了。

*

「哎呀，得救了。我還以為自己得一直當個啞巴。」

「就是啊。其實我也很想改成像現在這樣。」

「你們兩個笨蛋。一國之君怎能如此！」

「呵呵呵，蓋札少爺嘴巴上這麼說，其實以前就跟你們一樣。王的風範和威嚴可以透過習慣和經驗累積的。」

「珍，用不著在這裡提起那件事吧。」

緊張氣氛瞬間就沒了，轉眼間大家都鬆懈下來。

這大概是因為方針已決定，正幸將就任皇帝，我們則會成為後盾。再來只要針對細部事項做個討論就好，談話不需要過於拘束。

於是我就用輕鬆的語氣問出讓我最在意的事情。

「話說回來，正幸當皇帝固然是好，但帝國國民會接受嗎？我們是沒問題，那國民呢？還是應該叫他們帝國子民？總之民眾若不接受，那就行不通吧？」

一聽到這個問題，正幸就一副此言深得我心的樣子，在那大力點頭。

「就是說啊！那樣一定會有問題吧！」

「咳！陛下，請您稍微冷靜點。」

雖然卡勒奇利歐出面勸他，但是正幸看樣子不打算略過這個疑問。

這時蓋札出來解圍。

「說到底，在血統上打算如何安排？他不是連皇帝魯德拉的一滴血都沒繼承嗎？若不能守住皇統，那貴族是不可能接受的。」

針對這個疑問，維爾格琳出面回應。

「這沒問題吧。皇室典範上如此記載：『獲得帝國守護龍維爾格琳認可之人為魯德拉亦即皇帝』。應該有不少人認為這只是一個形式，但其實那段文字才是最重要、最實在的。」

出面認可這番發言的人是梅納茲大哥。

「正是如此。魯德拉陛下經常轉生成貴族之女的嫡長子。可是在帝國漫長的歷史中，也是有一些無禮之徒想要頂替繼承人。看穿這點並給予處罰的就是這位『元帥』閣下——維爾格琳大人。」

那麼做肯定會穿幫的。

知道魯德拉轉生規律的人是不可能錯認本尊和冒牌貨的。

至於是怎樣的處罰，我不敢想。也不用特地去問，反正肯定是很可怕的處罰。

「不過，魯德拉陛下繼承了自我意志。即使維爾格琳大人不去指正，等到他長大後自然也能辨別真身……」

是喔，只要成長到自我意志覺醒，要確認是不是本尊就很容易了。

「那要不假裝正幸是私生子？」

「那樣行不通的，利姆路陛下。元老院那邊還留有魯德拉陛下的紀錄。別說是血型了，就連DNA資訊都有。生母還可以造假，但要主張正幸大人是魯德拉陛下的孩子想必不可行吧。」

哎唷，原來帝國的技術實力已經這麼進步了啊。原本以為這是個好點子，卻被梅納茲大哥駁回。

「話說回來，原來這個世界也有DNA檢測啊……」

「DNA是什麼？」

「那個是──」

既然蓋札都問了，我就來解釋一下。

卡勒奇利歐他們在旁邊聊起天來。

「聽說以前還沒有開發出精密的檢測方法，所以檢查起來很費力呢。」

「是啊。每次都要來找我判斷，還真是困擾。」

呃，但現在這樣不是更困擾嗎？

如今真正的皇帝消失，只剩下失去記憶、身為轉生體的正幸。很難去證明他的「靈魂」就是本尊，總而言之，找不到方法讓大家承認正幸就是皇帝。

「既然這樣，反正他們長得一樣，那讓正幸去模仿魯德拉不是更簡單嗎？」

至於檢測，就靠皇帝的特權模糊帶過。

然後再趁機調換魯德拉留下的紀錄，那樣任務就完成了。

「不行。」

我覺得這也是不錯的點子，卻被維爾格琳拒絕。

「可以說說理由嗎？」

「你呀，該不會忘了米迦勒的能力吧？子民和部下們對魯德拉的忠誠心可是他的力量泉源喔？那麼就當作皇帝魯德拉已死，再藉此剝奪他的力量才是上策。」

哎呀？

我當然記得啦……

《有道理。若只是單純散布死訊沒有意義，但若擁立新的效忠對象，應該就能封住米迦勒的能力。只不過米迦勒恐怕已經料到這點，我想他早就把能力對象從魯德拉身上轉移給別人了。》

好吧，畢竟我也說過把那些子民都殺光也無妨之類的。

米迦勒若是要換個對策，那他早就把力量泉源放到我沒辦法出手的人身上。

搞不好是強到不行的高手。

「我想米迦勒早就有對策了，但比起什麼都不做，還是多少先做一點。那樣一來，我也不用對帝國的子民出手。」

「說得是呢。所以我們就別計較細節，以我的名義宣布正幸就是魯德拉吧。這樣一來，應該也沒人敢反駁。」

維爾格琳也真是的，好大的自信。

但這也是理所當然的吧。

她可是帝國的守護龍「灼熱龍」。

而且皇室典範也提到「維爾格琳認可之人便是皇帝魯德拉」，這麼做合情合理。

雖然做法很蠻橫，但若是出自維爾格琳之口，大家也無法忽視吧。

「正幸老弟覺得這樣可以嗎？」

「你覺得不錯？」

「……嗯，不確定耶。」

說真的我認為行不通，但這種時候就只能順水推舟了。

「若是正幸不願意，我不勉強喔？」

唔哇，維爾格琳笑得真溫和，溫和到很可怕的地步。這樣形容好矛盾，但那是我如假包換的真實想法。

「……我做就是了。反正之前也被大家捧成勇者什麼的，頂多就是多一個稱號，沒什麼大不了。」

帶著有如看破紅塵的空虛目光，正幸如此宣言。

梅納茲大哥跟卡勒奇利歐他們聽了都很高興。為了今後帝國的存續，他們似乎認為一定要找個作為新象徵的領導人。

我確實也覺得正幸很合適。再加上還有技能的效果幫襯，我想民眾應該都會全力支持他。

「那麼今後的方針就是帝國會推舉正幸當新皇帝，替他穩固根基，這樣對吧？」

在我做完確認後，除了正幸，其他人都大力點頭。

被這些人影響，正幸也心不甘情不願地點點頭。

別看他這樣，正幸是個很有責任感的人。一旦接下任務，就會貫徹到底。

「了解。那我們會對外發表承認正幸是皇帝。順便一提，我保證現在留在我國當俘虜的帝國將領和士兵們都會立刻獲得釋放。雖不追究責任，但還是保留賠償追訴權。等之後正幸當上新皇帝之後，我們再來正式決定要怎麼做，這樣可以嗎？」

「那就拜託您了。」

「聽您說出如此寬宏大量的話，真是沁人心脾。」

原本以為這下大家都能取得共識，沒想到蓋札又有話要說。

「朕對上述方針也沒意見，只有一點想問。正幸先生，你身為『勇者』，又要成為皇帝。那麼想先請問你，對人民將採取怎樣的主義——你打算如何率領子民？」

用能夠看穿一切的銳利目光，蓋札王盯著正幸。

正幸原本被那股氣魄嚇到不知所措，接著就用困惑的眼光看著我，然後開口：

「……這個嘛？大概就是……希望打造出大家都能開心過生活的世界吧？」

聽到正幸這麼說，我開始呵呵笑。

因為他想得跟我一樣。

「你說得對，那是最重要的！」

「就是說啊！我早就猜到利姆路先生會這麼回我！」

「這是當然的吧，正幸老弟。哎呀，我也覺得這樣才對，之前跟魯德拉提起過，結果他看不起我，還笑我太嫩太天真，讓我很不安，想說自己是不是錯了。可這下我就放心了。看樣子我果然是對的。」

「太好了！我也不會處理政治上的問題，沒什麼自信呢。不過這樣一來好像能抬頭挺胸去當皇帝

了。」

「嗯。我們一起加油吧！」

「好，今後也請多多指教！」

話說到這邊，我和正幸高聲大笑。

大家看我們的眼神各不相同。

迪亞布羅和紫苑很陶醉。

維爾格琳則是帶著溫和的微笑。

至於卡勒奇利歐和梅納茲，他們兩個半是無奈地苦笑。

然後來看看蓋札，他傻眼地仰天長嘆。

「受不了啦！」

「呵呵呵，我懂蓋札少爺的擔憂，但這些人並沒有野心。話雖如此，他們的確還是新手。為了讓他們能夠確實步上正軌，我們必須引導他們。」

「我知道。要去引導這種青澀理想論，還要套用在政治上的傢伙們，讓人一個頭兩個大，不曉得會有多辛苦。」

說完這句話之後，蓋札大大地嘆了一口氣。嘴巴上牢騷不斷，但蓋札其實總是像這樣在擔心我們。

「好了好了，不用那麼擔心啦，我也在學習中，所以他也沒問題的！」

不只是蓋札，培斯塔跟艾爾都會來指導他，應該沒問題吧。

「……真的？」

前提是他們有空的時候，但基本上是這樣沒錯。

若這樣還是感到不安，那我就再出招讓他更放心一些。

「反正我本來就不打算過度插手政治。正幸你也一樣，把那些實際工作都丟給梅納茲大哥他們就行了。」

「果然還有這一手！我本來就打算這麼做，但又擔心這樣不知道好不好。不過如此一來我也可以輕鬆不少。」

我跟正幸又開始笑成一團。

「……總之就照自己的意思試試看吧。你們並不是孤軍奮戰。只要跟夥伴們一起承擔責任，一起成長就行了。在可行的範圍內，我也會幫忙的。」

蓋札原本還在煩東煩西的，這下總算願意接受了。不，並不是他接受了，而是決定靜下心來支援我們。

後來，事情就按照這個方向進展下去。

「我個人也對剛才會議中決定的方針沒意見。只要東方安定，我國也能過得安穩。關於國境線附近的復興工作，在我們能力所及的範圍內，就出力協助吧。」

「感激不盡！」

「多謝蓋札王。」

情況就是這樣，整件事情漂亮收場。

——在後世的史書中，從這天起救世皇帝正幸・魯德拉・納姆・烏魯・納斯卡正式登場——

＊

就這樣，方針也決定了。

進展到這邊，先來舉辦午餐會。

因為氣氛已經變得輕鬆不少，因此大家用餐起來一團和氣。

今天吃的是懷石料理。

雖然是休息時間，但是會談還在進行，所以我們選了用來招待大人物的菜單。這是朱菜使出渾身解術準備的。

在場眾人都會使用筷子。

蓋札早就用得很熟練，帝國那邊則是用筷子文化十分普及。基於這一點，我們才會放心推出日本料理。

「這裡的菜還是一樣好吃。」

「會讓人想配酒呢。」

「潘，自重！雖然已經沒有那麼正經，但目前重要的會談還在進行中。」

「你真認真啊，德魯夫。對吧，利姆路陛下？」

「是啊。我也想喝日本酒。不過——」

我一邊應和，一邊偷看朱菜。

她臉上浮現淡淡的微笑。

嗯，不能喝。

「還是要先忍忍，接下來的會談還需努力。潘先生你也要向德魯夫先生學習，做事情要更認真一點！」

「哈哈哈，好嚴格啊。那可以期待晚上嗎？」

「喂——」

「當然可以。對吧，紅丸？」

「沒錯。就讓我們拿出祕藏的魔黑酒，喝個痛快吧！」

「喔，不錯喔！原來紅丸先生也很能喝啊？」

「哈哈哈，鬼族喜歡喝酒這件事據說廣為人知，對吧朱菜？」

「咦！朱菜也會喝酒？」

我原本隨便聽聽，紅丸卻語出驚人。沒想到朱菜竟然會喝酒。

真相究竟是——

「哥哥，我只有淺嚐。請不要拿我和紫苑相提並論。」

嗯，說喝還是會喝的。

可是朱菜還未成年——在魔物的世界年齡不重要吧。

「哈哈哈，抱歉抱歉。」

「真是的，朱菜大人！我又沒喝那麼多！」

紫苑妳這是騙人的吧。

據我所知，妳還會跟阿爾比思拚酒，看誰酒量比較好。

紅丸也知道這件事情，所以在那苦笑。

這樣啊，我還沒辦法想像紅丸喝酒的樣子，不過阿爾比思是他老婆。那麼，既然會陪她喝酒的樣子，可能因此酒量變好。

酒這種東西就是喝習慣了會覺得美味。

但要適可而止。

才不會酒後亂性。

我也一樣，要謹記在心，告誡自己品嚐時要適可而止。

就這樣，變成一場快樂的午餐會，這時卻突然有人開始哭泣。

大家都在好奇發生什麼事了，目光放到那個人身上。

還想說是誰，原來是卡勒奇利歐。

「請問您怎麼了？是餐點不合胃口嗎？」

朱菜慌慌張張跑過來，一邊安撫卡勒奇利歐，一邊問他。

卡勒奇利歐開口回應：

「不，失禮了。只是回憶不小心湧上心頭。身為軍人的我說這種話或許很滑稽，但就為了配合我那愚蠢的作戰計畫，許多部下都犧牲了。吃到這麼美味的食物就想到他們都沒辦法再回來。對不起，都怪我不好……法拉格、蓋斯特，還有札姆德……」

這人是喝醉酒就會哭哭啼啼的類型呢。

我們並沒有搬酒出來，但他似乎受到氣氛感染才變得像喝醉酒一樣。

但這不失為一個好機會。

「戴絲特蘿莎。」

「是。我已經跟摩斯下令，讓他把那些人都叫過來。」

果然能幹。

我都還沒有下令，戴絲特蘿莎就看出我的意圖，先採取行動。

後來等不到五分鐘，有數十名男子出現在餐會會場。

「利姆路陛下，聽聞您召見，在下札姆德前來拜見！」

這群男人就是剛才卡勒奇利歐說起名字的札姆德少將和他的部下。

看樣子是全力奔跑過來的，面紅耳赤不說，還滿頭大汗。但他還是拚命想把話說得得體，向我打招呼。

其實札姆德他們已經死過一遍。

他們搭上皇帝搭的主艦，在那艘飛空艇上被戴絲特蘿莎的核擊魔法「死亡祝福(Death Streak)」掃到，連肉體都消滅殆盡。

但接下來要說的，才是戴絲特蘿莎厲害的地方，她還記得卡勒奇利歐曾向我求饒，希望能夠饒札姆德等人一命，因此在魔法發動前就先把「靈魂」回收。

「這些全都多虧利姆路大人讓我進化，才有可能辦到。」——她曾經謙虛地說了這番話，但她有顧慮到這些，我很感謝。

於是我就從戴絲特蘿莎那邊接過札姆德等人的「靈魂」，讓這些靈魂寄宿在「擬造魂」上，把這些人變成人造人(Homunculus)。

「你、你不是札姆德嗎！維爾格琳大人告訴我你們全都死了，原來你還活著！」

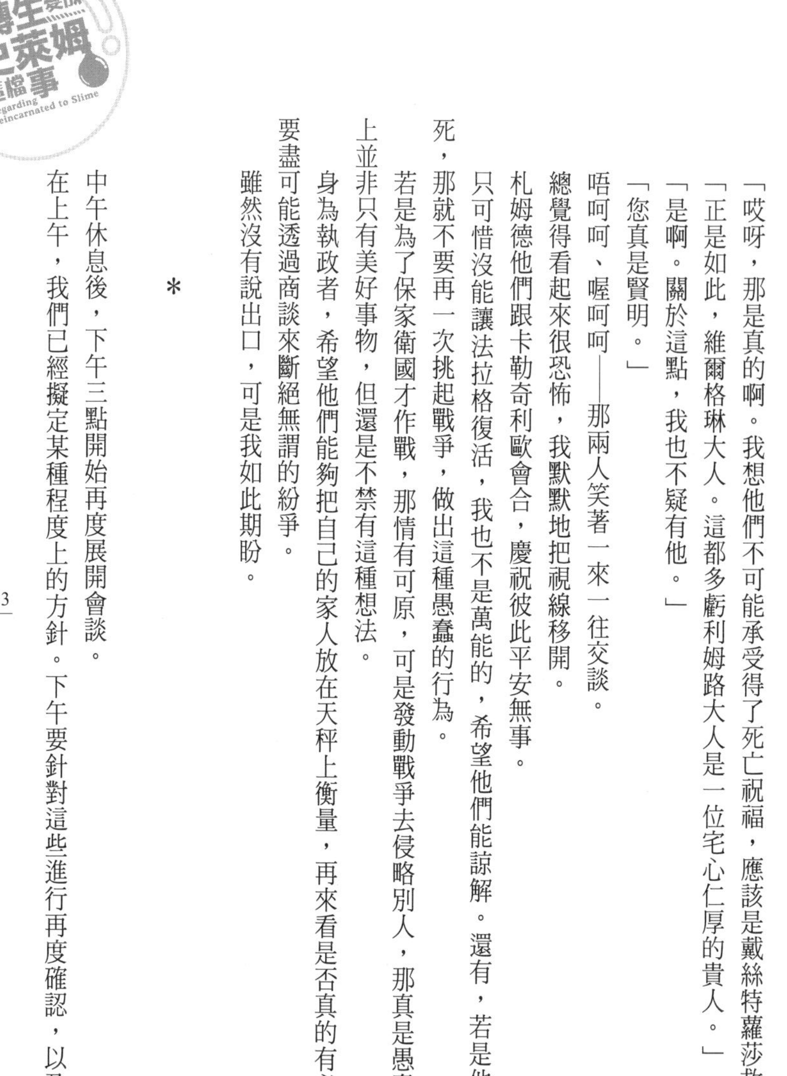

「哎呀，那是真的啊。我想他們不可能承受得了死亡祝福，應該是戴絲特蘿莎救了他們吧？」

「正是如此，維爾格琳大人。這都多虧利姆路大人是一位宅心仁厚的貴人。」

「是啊。關於這點，我也不疑有他。」

「您真是賢明。」

唔呵呵、喔呵呵——那兩人笑著一來一往交談。

總覺得看起來很恐怖，我默默地把視線移開。

札姆德他們跟卡勒奇利歐會合，慶祝彼此平安無事。

只可惜沒能讓法拉格復活，我也不是萬能的，希望他們能諒解。還有，若是他想哀悼親朋好友之死，那就不要再一次挑起戰爭，做出這種愚蠢的行為。

若是為了保家衛國才作戰，那情有可原，可是發動戰爭去侵略別人，那真是愚蠢到家。我明白世界上並非只有美好事物，但還是不禁有這種想法。

身為執政者，希望他們能夠把自己的家人放在天秤上衡量，再來看是否真的有必要挑起戰爭。而且要盡可能透過商談來斷絕無謂的紛爭。

雖然沒有說出口，可是我如此期盼。

*

中午休息後，下午三點開始再度展開會談。

在上午，我們已經擬定某種程度上的方針。下午要針對這些進行再度確認，以及預計針對各自的工作分配做個討論。

「那麼我再次跟各位確認一下。首先是武裝大國德瓦崗。」

戴絲特蘿莎率先發言。

接著她列舉出確認事項。

魔國聯邦和德瓦崗聯名承認新皇帝即位，這是第一步。接著以新皇帝正幸之名，對外宣布終結戰爭，以及三國之間成立同盟。

如此一來，有別於西方諸國評議會的架構就誕生了。

至於德瓦崗的職責，就是復興與帝國相鄰的國境線一帶。例如街道，還有鄰近的建築。雖然不多，但這工作也包含去救濟受波及的被害者。

然後贏得他們的信任，接下來才是重點。

要順勢鋪設通往帝國首都的鐵路。帝國的「魔導戰車師團」曾經在柯奈特山脈的山麓上劈開一條道路，要重新整頓這條路，同時順便完成那項困難工作。

我國也會派出指導小隊，與矮人的工兵團共同施工，來完成這場工程。

等到「魔導列車」通車了，那樣物流會更有條理，人員之間的往來也會更活絡，想必我們將會迎來新的發展時代。

在夢想這一天到來的過程中，心情就興奮不已。我重新確認自己果然很喜歡安排建設性的計畫。

那再來說說我國魔國聯邦的負責工作。

主要任務是全面支援正幸。

會派遣戴絲特蘿莎，讓她在帝國境內建設大使館。目的是要破除帝國的陳舊思維，讓人們感受到新時代已經來臨。

在帝國子民的記憶裡，他們在至今為止的戰役中都不曾戰敗。被維爾德拉整得落花流水是一大失敗，卻不曾對其他國家謝罪。

這表示魯德拉曾經是如此偉大，因此帝國子民很有可能無法接受這次戰敗的事實。

如果身邊有至親亡故，那樣的人應該能理解這份痛楚。然而只是在本國境內悠哉生活的人們，可能會在不知人間疾苦的情況下要求重啟戰爭，可以預料到會有這種可能。

他們只看見能夠獲取的利益，對他人的痛苦沒有太大的感觸。

對於站在反戰立場的正幸，這些人很有可能會產生反感。雖然有維爾格琳在，直接出手沒什麼用就是了……或許表面上會假裝畢恭畢敬，私底下卻去妨礙他，做出一些讓人很頭痛的事情。

貴族那邊會由梅納茲出面說服，卡勒奇利歐負責統籌軍事部門。然而要對付那些老奸巨猾的陰險角色，我由衷不安，怕這兩個人不夠力。

維爾格琳還隨口說：「那把他們全殺掉不就得了。」但哪有可能真的這麼做。帝國那邊人才已經變少了，怎麼可以讓主要官僚人數繼續減少。

即使如此麻煩的對手，那也必須巧妙利用他們。這是一條預計會充滿苦難的荊棘之路，但也只能硬著頭皮做了，這是這幾天我們得出的結論。

這個時候就輪到戴絲特蘿莎出場。

只要巧妙運用摩斯這個包打聽的情報人員，就能將那些奸詐之人的企圖一網打盡。即使面對群聚在一起會很難纏的對手，只要掌握個人弱點並威脅他們——不對，是說服他們，那他們應該也會乖乖幫助我方吧。

西方諸國評議會那邊已經塵埃落定，靠席恩一個人也沒問題。於是戴絲特蘿莎的未來出路就這麼定了。

我們還決定讓威諾姆直接隨同他們回去，擔任正幸的護衛。

「要借用一下你的眷屬，這樣方便嗎？」

「咯呵呵呵，沒問題。這都是為了利姆路大人，用不著客氣，把他榨乾也無所謂。」

我還跟迪亞布羅有過這段對話，但我個人不予置評。只要跟迪亞布羅有關的，光是吐嘈都很累。

＊

跟早上的談話內容不同，下午的談話內容十分活潑。

帝國那邊整理出來的問題點都講明了，大家也一起討論對策。

可以說我們度過了一段很有意義的時光吧。

「你們如此厚待我國，我們這些帝國子民一生都不會忘記這份恩澤。」

「我說，現在還在計畫階段。接下來才要去執行呢？若是要道謝，等到事業都圓滿達成再來謝也不遲。」

「哈哈哈，事業是嗎？真是敗給利姆路陛下了。能夠用一句話表達出本國的艱難任務。」

梅納茲苦笑著說了這番話。

可是他眼裡有著光芒，我那句話似乎點燃了他的鬥志。

看他有了幹勁，真是太好了。

大致上的方針就這麼決定了，但還剩下一個不可遺忘的問題。

蓋札說出那個問題。

「那麼利姆路。我要問最重要的問題，我們有勝算嗎？」

沒錯，這是在問米迦勒、菲德維和他的部下們。頗具威脅的敵人正虎視眈眈盯著我們。

「說真的，我無法斷言一定會贏。但也不覺得我們會輸。」

「是這樣啊。如果是你，不管使用什麼手段，想必都會讓這句話成真吧。」

「太看得起我了。」

「哼！說真的，當我看到維爾格琳大人有多強時，已經做好戰敗跟死亡的心理準備。我早就猜到她會很強，但沒想到竟然如此強大。」

聽完蓋札的坦白，潘和德魯夫先生他們也跟著點頭。

也是啦，當我看到戴絲特蘿莎她們倒下，還以為這下完蛋了呢。

後來氣到失去理智就忘了要害怕——應該說是當我回過神，一切都結束了，如今回想起來會覺得虧我還能戰勝維爾格琳，有種不可思議的感覺。

話雖如此，如今的我已經有了希爾大師。

有維爾德拉和迪亞布羅他們在我身邊。

知道自己不是一個人，光這樣就能夠堅強起來。

「我也沒想到自己竟然會輸給一隻史萊姆。不過——如今我很感謝他，甚至覺得維爾薩澤姊姊也無法贏過利姆路。」

並沒有為蓋札的話生氣，維爾格琳平靜地把這段話說完。

維爾薩澤小姐那個時候打到維爾德拉都沒機會扭轉局勢，我能不能戰勝她是個未知數，但這聽起來似乎是維爾格琳的真心話沒錯。

「又有一個人給我高度評價，聽了好害羞。」

「你就別謙虛了。能夠戰勝我不可能是靠運氣，完全是出自實力吧。而且你還贏得很漂亮，說這是哪兒的話。」

不為自己輸掉的事情感到可恥，那表示對維爾格琳來說，這都成了過往雲煙。如今她已克服，能夠坦然接受了吧。

這樣的人才恐怖。我又偷偷地把對維爾格琳的警戒層級調高一級。

接下來我要認真說說自己的想法。

「說真的，除了不清楚敵人究竟有多少戰力，還無法預測對方會怎麼出招。會想知道敵人的目的自然不在話下，而他們的企圖——應該說是會使出什麼樣的手段，這也是令人在意的地方。」

一邊說著，我讓巨大螢幕上顯示幾位人物。

「這些傢伙就是這次入侵迷宮的『敵人』。我們可以檢測出大致的強度，叫做存在值，大約都落在三百萬左右，跟我國的幹部相比，都是屬於前段班的強者。最好盡量避免跟他們一對一作戰，全都是相當棘手的對手。」

說完之後，公開我所知的所有情報。

緊接著維爾格琳對我的話做補充：

「其中這傢伙被我滅掉了，但我要給你們一個忠告。這些人都是曾經協助維爾達納瓦哥哥的人，棘手程度跟『始祖』不相上下。本體還被封印著，出現在這個迷宮的只是弱化的『別體』。用普通的手段

無法打倒，最好保持警戒比較好。」

就算聽了這番話，還是不曉得該如何反應才好。

因為說這句話的當事人維爾格琳三兩下就把對方滅掉了。

《那是維爾格琳能力中「次元跳躍」的效果。維爾格琳本人擁有只能針對魯德拉的「靈魂」碎片這種特殊印記跳躍的能力，可是要針對自身技能施放跳躍效果卻沒有任何問題。》

原來如此……

也就是說維爾格琳找到柯洛努「別體」和本體的聯繫通道，連他的本體都毀滅掉了是嗎？

《應該是這樣沒錯。若是發動能夠跨越時間和空間施加攻擊的「時空連續攻擊」，就算對方是「並列存在」，也無法逃離。》

真的假的，真是強到亂七八糟。

話說維爾格琳實在太厲害了。我不曉得她累積了多少經驗，但似乎已經能完全掌控自己的技能。

原本就很厲害了，如今變得更強。

維爾德拉也學會了「並列存在」，並為此感到開心，但照這樣看來學會那個也沒用了。假如維爾德拉得知此事……我開始有點同情他。

不知道該如何反應的不只是我。

帝國那邊的人、蓋札一行人都陷入沉思，在思索維爾格琳所說的話。

帝國這邊還有維爾格琳這張王牌。只要拜託她，她就會想辦法，德瓦崗這邊問題比較大。

「光靠我們無法戰勝啊。」

「的確。很可惜，我們無計可施。」

「潘！」

「這都是事實。虛張聲勢也沒用——這種時候不是就該打開天窗說亮話，預先想好對策不是嗎？」

「嗯，卿說得也有道理，不過……」

「潘小弟說得沒錯。面對無論如何都無法戰勝的對手，那就得先想想遇到的時候要如何應對。利姆路陛下，按照米迦勒和妖魔王的目的來推測，您覺得我們德瓦崗是否會受到影響？」

嗯——可能性很低吧？

「我想應該沒問題。不過並非完全安全，我的意思是他們不會先攻擊你們。」

「正是。如果敵人的目的是讓維爾達納瓦神復活，那他們壓根兒沒把我們德瓦崗放在眼裡吧。」

「雖然這麼說沒什麼禮貌，但應該是那樣吧。」

「無妨。以一個武人的立場來說，會覺得很難堪，可是身為一國之君卻很放心。」

蓋札說完這話面露苦笑。

「那來談談手段，敵人是認真的嗎？」

「咯呵呵呵。他們是想吸收維爾德拉大人和維爾格琳大人的力量，讓維爾達納瓦大人復活？只能說這種想法真是愚蠢。」

「基本上維爾達納瓦大人是不滅的。竟然想經人手復活，未免太不自量力。」

迪亞布羅的反應是嘲笑，紅丸則是氣憤。

維爾達納瓦為何沒有復活是個謎團，不過「龍種」確實不會消滅。大家沒有明講，但言下之意是放著不管也無妨，我也認同。

「不過如此一來，龍皇女也會被他們盯上不是嗎？」

此時卡勒奇利歐尖銳地指出問題。

的確，蜜莉姆繼承了維爾達納瓦的力量，就算被盯上也不奇怪吧。

針對這個疑問，維爾格琳出面回答：

「不能否認有這個可能性。可是對我哥哥最愛的人出手，那就本末倒置了。如果只是奪取力量就算了，假如對方真心想要讓他復活，我想應該不會做出這種觸怒他的行為。」

也對，蜜莉姆很強，而且好像沒有天使系的究極技能，卡利翁先生和芙蕾小姐都覺醒了，我想應該不用為這部分的事情擔心。

既然維爾格琳也認為沒問題，那只有警告一下就夠了吧。

不過有件事情，我還是有點在意。

「那這樣說來，對維爾達納瓦而言，你們姊弟倆是不是可有可無啊？」

「你這樣很失禮耶。」

與其說維爾格琳聽了很生氣，倒不如說她看我的感覺更像是傻眼。

「那個，對不起。因為我真的這麼想，才一不小心就……」

「算了。」

太好了。

幸好維爾格琳不跟我計較。

我要好好反省，說話的時候要小心。

「也不是可有可無，而是『龍種』的想法和生命有限的人不同。維爾薩澤姊姊也是這樣想的，嘴巴上說要教育維爾德拉，實際上把他打死好幾次。因此維爾達納瓦哥哥復活之後，大概會打算解放我們的力量吧。」

啊啊，我懂了。

就跟我採取的手段一樣，是打算吃了再讓他們復活吧。

到時候記憶也會繼承，不用擔心人格改變。

「換句話說，蜜莉姆大人跟『龍種』不同，並非永遠不會消滅。只是殺了這樣的蜜莉姆大人，那可能會讓復活之後的維爾達納瓦大人發怒，是這麼一回事吧。」

戴絲特蘿莎將維爾格琳說的那番話整理一遍。雖然我只是猜測，但我也覺得這樣解釋應該是對的。

「好，那果然還是該跟蜜莉姆警告一下。」

當我這麼說完，維爾格琳也點點頭。

接著她看向坐在隔壁的正幸。

「雖然你一副與此事無關的樣子……可是正幸，你一定會被盯上，最應該小心的可是你喔？」

「咦！那幫人還沒放棄？」

「陛下……這裡跟迷宮不一樣，如果在帝國本土死掉，那您就沒辦法復活了！您要對這點更有自覺，更加保重龍體才是。」

「我們都會拚命守護陛下，但對手也不是省油的燈。希望陛下您在採取行動時能夠有所警惕。」

「好——說錯，是知道了。」

最後以正幸那少根筋的回應做結尾，下午的會談也到此結束。

＊

晚餐很豪華。

是全套義大利料理。

首先是甜菜——跟那很相像的蔬菜湯，再來是油封雞胗。

享用完拿坡里炸麵包後，再來是加了各色蔬菜的北非小米，還有微炙燒槍頭（spear）鎧魚中肚肉。

這些全都是極品，但這樣還沒完。

還有戰車蝦肉凍、戰艦魚烤肉捲、要塞蟹義大利麵，這些頂級菜餚裝點餐桌。

中間吃個野菇燉飯當小點，接著海鮮濃湯端上桌。

今日的濃湯已經燉煮出海鮮所有的精華，只喝一口就能嚐到多層次的滋味，很美妙的一道湯品。花了半天以上熬煮出各種高湯，混合在一起製作而成，是很花工夫的一道菜。

說是廚師們精心製作也不為過，一年能否吃上一次都不一定，是隱藏版名菜。

最後是本日的主菜。

小牛鹿嫩香腰肉排。

只要用刀子輕輕切開放入口中，都不用咀嚼，肉就化開了。

好好吃。

真的好好吃！

一吃完這道菜，我跟紅丸就互相擊掌。

連句話都不用說，光這樣表達就足夠了。

如果是平常的話，就算在吃飯也會聊天聊得很開心，但今天大家都沒說話。我想這態度就證明他們都吃得很滿足。

甜點為我們送上白酒優格，大家吃完總算開始發表感想。

「怎麼會如此美味！我身為帝國貴族，自認已經吃過數不清的美食，但這個當真是不同凡響！」

「我懂。變成俘虜之後，常常很期待這邊的伙食，但從來沒有像今天這樣覺得幸福無比。感謝您，利姆路陛下！」

「連這樣的東西都能吃到，根本和當皇帝沒兩樣了吧。」

「我也在學習做菜，但這種的做不出來。全都調配得恰到好處，表示做菜的人很為享用者著想。」

帝國眾人都讚不絕口。

德瓦崗那幫人也不輸他們。

「利姆路，你這邊做菜的技巧好像又更上一層樓了。那是朱菜小姐吧？希望下次能夠邀請她來我國，傳授我們幾道食譜。」

「說得對。比起菜餚，我更喜歡喝酒，但這種的另當別論。雖然量太少有點討厭，但這樣反而會讓人覺得吃了還想再吃。稱得上是精心安排。」

「哎呀，我想應該沒有這麼多的考量，但我認同你的說法，不管哪一道吃了都還想再吃。」

「啊！實在太美味了，我差點吃著吃著就升天了。」

「說這是什麼話啊，珍小姐。妳明明就吃得一滴都不剩。」
「說什麼呢，安莉耶達。妳吃的量明明就跟我一樣吧！」
「什麼！就算發現這點也不該說出來，這是基本禮貌啊！」
他們基本上都是酒好喝就滿足了，所以我一直很想用食物讓他們驚豔。這次多虧朱菜他們，達成了這個目標。
對了，這個時候的紫苑和迪亞布羅還是老樣子。
迪亞布羅一直在服侍我，替我倒酒，紫苑則是正經八百站著當我的護衛。
但我都知道。
朱菜有偷偷告訴我，說紫苑每次都號稱要試毒，然後過去偷吃。這次她試著試著還不停再來一碗，所以我不用擔心她餓肚子。

＊

吃完飯後，我們小憩了一下。
地點換到談話室，邊喝咖啡邊閒聊。
大家熱鬧聊著今天的餐點和一些閒話，這時蓋札突然說了這麼一句：
「話說利姆路，有件事情讓我很煩惱。」
「嗯，什麼事情？」
「就是你幹的好事。」

「這……？」

「包括那邊的紅丸先生在內，你讓幹部們都進化了吧？」

「啊，對。」

啊，這是等一下要被罵的前兆。

希望他不要突然談到這種事情。

就算他事前給我想藉口的時間，我想也不至於遭天譴吧。

如此這般，我原本嚴陣以待，卻看到蓋札苦笑著繼續說道：

「用不著這麼緊張。我沒有要罵你。從珍那邊聽說消息的時候我臉都綠了，事到如今我也明白那是必要措施。」

「說、說得對呢。」

呼——

看樣子他並沒有動怒，我放心了。

「不過，要跟其他國家解釋就沒這麼容易囉？」

「這話怎麼說？」

「怎麼，你都沒想過？西方諸國、西方聖教會、薩里昂，這些屬於人類的國度想必都很關注這次的戰爭。不只是終戰宣言，你還需要說明事情原委吧。」

「我原本是想隨便蒙混過去……」

我看認真解釋大概也沒人相信，至於我的夥伴們都進化成覺醒魔王等級，只要沒人提起應該就不會傳出去。

我一直覺得這部分若能巧妙隱瞞過去，那其他的都能想辦法搞定。

「總之西方那邊大概會接受這樣的事實。布爾蒙可能會起疑，但其他國家都安於逸樂所以不會懷疑。或許某些人會產生疑慮，但面對逐漸成為盟主國家的魔國聯邦，他們也不敢太強勢吧。」

對吧？

「既然這樣，那就沒什麼問題——」

「不過！你是沒辦法騙過那個老妖婆的。她肯定會要求你正式說明，你打算怎麼辦？」

呃，那個老妖婆？

啊，該不會是！

「什麼啊，你在說艾爾呀。這部分沒問題。我已經跟她說了。」

艾爾梅西亞小姐也很擔心這次的戰役，之前我跟她和摩邁爾三個人一起討論過。若情況不樂觀，她那邊甚至考慮接受難民。

我、摩邁爾和艾爾梅西亞小姐，我們三人是「邪惡三人組」，有自己的緊急聯絡手段。

那是高性能的魔法道具，可以小巧收納的折疊式。而且名字就叫「手機」。

受到克雷曼的技能啟發，利用電波訊號和地球磁場進行加密通訊，可以無視魔法妨礙進行通話，是很棒的東西。

只不過用到的都是一些稀有素材，光一支的價值就高得嚇人。甚至連幹部都沒辦法發放，這樣就知道價值有多高了吧。

用這個能夠直接跟艾爾梅西亞小姐對話。因此我在宴會開始之前有跟她匯報說：「我們贏了。」告知戰勝。

艾爾回我說：「那好，我放心了。下次慢慢聽你說，有空再過去玩。」。因此蓋札擔心的事情並不存在。

然而——

「你叫她艾爾？」

只見蓋札大聲嚷嚷。

然後用一種難以置信的表情凝視著我。

咦？

「剛才那句話有什麼好驚訝的？」

「說什麼傻話！你跟那個天帝怎麼會混得這麼熟？」

啊，是為了這個啊。

關於這部分，我本來就很擅長。

不管遇到多麼難纏的對手，都要先找他聊天。然後重點在於搞清楚對方究竟想說什麼。

去施工現場監督的時候，附近居民也有過來跟我做些不合理的抱怨。可是我試著冷靜下來聽他說，有的時候會意外地輕鬆解決問題。

當然也有無法解決的時候。

這種時候先聽他講就對了。

一直聽。

如此一來，對方就會對你產生親近感，認為你是能溝通的人，願意接納你。

要不然就是花點時間等問題自己解決。

像這種情況就什麼都不用做，只要聽對方抱怨順便附和就好。如此一來對方就會產生親近感——咦，後面流程都一樣。

大概就是這樣，在我的人生觀中，重要的是如何跟其他人交流，與他們溝通。

面對艾爾梅西亞小姐的時候也是一樣，當我發現的時候，我們已經變成好朋友了。

搞不好是因為酒的關係？

那種事情我已經忘了。

忘掉對自己不利的事情，這也是一種高超的待人處事技巧。不過確實的反省以免再次犯下同樣失誤，這也很重要喔。

這點很困難，我也還在學習中。

「總之，我怎麼做是個祕密，但我們已經混熟了。」

我沒有老實到把喝酒喝到誤事的事情都抖出來。

而是用這句話蒙混過去，但蓋札可沒有這麼好騙。

「就跟你說了，利姆路。薩里昂的天帝，光要會見就很費工夫。等好幾個月算好的了，就算我們德瓦崗提出申請，也要花上半年。因為那傢伙很長壽，覺得一個月頂多就像一天。你卻能輕鬆取得聯繫？」

「唔。」

「就、就是啊，利姆路陛下！我們帝國也很重視薩里昂。沒想到您跟對方還有這層關係……」

就連卡勒奇利歐他們都加入戰局，參與這個話題。

詳細追問之後才知道帝國一直把薩里昂當成最大的威脅。認為他們擁有許多從未問世的魔導兵器，還計畫若要進攻，得放在最後。

聽完卡勒奇利歐和梅納茲大哥的說明，蓋札也點點頭。

在西方諸國那邊也有很多國家都要看薩里昂的臉色，而對方是光憑一國之力就能吞下西方經濟圈的軍事大國，會有這種反應很正常。

我可以跟這種超級大國的國家元首不經安排直接對話。雖然我事前並不清楚那些利害關係，但這樣想來或許跟艾爾有這層淵源真的令人難以置信也說不定。

不過這是事實就是了。

「啊哈、啊哈哈哈哈。對、對啊？算我運氣好。」

「哼，利姆路大人當然有這種能耐。」

「沒錯！對方才該感謝自己運氣好吧！」

迪亞布羅跟紫苑都在誇讚我，但這種時候真希望他們閉嘴。

看到蓋札發出大大的嘆息，我不免浮現這種想法。

話說梅納茲大哥竟然認同紫苑他們的說法。

「的確，假如天帝早就看穿利姆路陛下真正的能耐，會有那樣的反應也很正常。」

卡勒奇利歐跟著附和。

「說得對。如果是那個可怕的天帝，要做這點小事沒什麼難的。我們一直認為在母國帝國，該國的魔法士團（Magus）無法動作。假設天帝料到我們會這麼想，那在利姆路陛下他們處於劣勢時，天帝可能會趁機偷襲帝國。真是好險。」

諸如此類，他們對薩里昂的警戒程度超乎我想像。

我以前並不覺得他們是這麼危險的國家，如今鬆了一口氣，很慶幸自己跟他們打好關係。

艾爾曾對我發出邀約，要我「下次有空過去玩」，那我改天一定要去那邊參觀一下。

「不過這些情報是不是一直被隱匿起來，情報局究竟瞞了我們多少──」

「並非如此。很遺憾，就連我都沒聽說這些消息。不過那對我來說是很久以前的事情了，或許我只是忘了。」

聽到梅納茲大哥這麼說，維爾格琳看似愉悅地否認。這個人看起來就是執念很深的類型，即使是很久以前的事情，她也一定不會忘記吧。

「哎呀，是不是有什麼話想對我說？」

「不，沒什麼……」

好可怕，彷彿看穿我內心的想法。

這種人最恐怖，還是不要激怒她比較好。

話說沒想到我跟艾爾梅西亞小姐的關係會讓大家那麼驚訝。這下……摩邁爾老弟也是我們同夥的事情，還是當作只有我們知道的祕密好了。

再加上還有「三賢醉」事件，我要多加注意，以免一不小心說溜嘴。

在心中暗自發誓之餘，這天夜也深了。

＊

隔天一早，蓋札一行人回去。

卡勒奇利歐他們也按照決定的方針行動，開始做歸國準備。

工程才進行到一半，不過這些會由阿德曼的部下們接手繼續。還有一些人很想留在我國，但我們說服他們，要先讓帝國安定下來，之後才來考慮移民。

預計不到一個禮拜就會做好準備並啟程。

如此這般，我們將剩下的問題點過濾出來，思考對策，逐步確認執行狀況。

帝國那邊沒什麼問題。

後續我們會等待戴絲特蘿莎聯絡，在情況出現變化之前持續觀望。

矮人王國那邊讓人有些擔憂。

假如熾天使等級的敵人出現，光靠蓋札他們可能會陷入苦戰。

然而德瓦崗的都市儼然是天然要塞，還具備魔法多重防衛機構。要突破這些可不容易，只要趁那段時間取得聯繫就行了。

我有先送蓋札一個「手機」作為禮物，要他在危急時刻拿出來用。

還有另一件事情。

我們決定加派一個人去蓋札那邊，就是阿格拉。

蓋札曾經來找我商量，說他想要重新鍛鍊自己。

然後阿格拉也提出請求，說他想去外面稍微流浪一陣子，讓腦袋冷靜下來。

說他有很多事情要煩惱。

卡蕾拉二話不說就允許阿格拉自行決定。

而我知道阿格拉出了什麼事情，因此更不曉得該如何回應。想說關於這部分，他需要一些時間，就接受他的提議。

於是這下德瓦崗也能夠打持久戰了。

別出任何問題是最重要的，但若真的有，到時候再看情況想辦法吧。

至於尤姆他們所在的法爾梅納斯王國，這邊也做好對應措施了。

迪亞布羅已經派蓋多拉過去，針對這次的情況做了說明。他並沒有安排與我進行個人面談，聽說兩天前已經出發。

蓋多拉還有迷宮守護者這個職責在，然而關鍵的魔王守護巨像（Demon Colossus）沒了。

就連殘骸都沒剩，於是我們得從頭開始製作。

據說有一些機能是要透過新的機軸來做測試，研究人員都非常開心。

雖然資財的開銷要由我來負責，負擔很重，但這次國庫也會一起撥款，因此我跟他們說可以讓他們打造到滿意為止。

距離完成還要花一段時間，於是我就要蓋多拉現在先暫時留在法爾梅納斯那邊。

至於布爾蒙王國和西方諸國——

這邊有席恩坐鎮。祖達也被派過去支援，惡魔們基本上都可以使用「空間轉移」，若是遇到什麼事情，大多都有辦法及時處理吧。

我想菲德維他們若是要打這些地方的主意，就戰略層面來說也沒什麼意義，因此不打算進一步採取措施。

雖然覺得不太可能，但假如敵人虐殺人類，金是不會袖手旁觀的。

金並不願意看到人類滅亡，他應該會有所行動才對。

再加上還有魯米納斯在。

如果只是一點點小紛爭，不至於驚動到金，魯米納斯和聖騎士團（Crusaders）會出面處理吧。

消息也傳給「三賢醉」，古蓮妲他們會暗中行動。看狀況而定，若是他們出手爭取時間，我想應該能有所幫助。

對了，我也有給古蓮妲「手機」。

但這並非個人所有物，而是當成「三賢醉」跟我們的聯絡手段。

有了這樣東西就能即時對應，也能等他們聯繫我們，告知西方諸國的狀況，這部分就這麼塵埃落定了。

那麼，這樣一來。

剩下的問題就是會不會出現意想不到的背叛者。

《關於這點，恐怕去想也無濟於事——》

不不，不至於無濟於事吧。

有沒有先做好心理準備，在出狀況的時候可是有差的。

於是我就開始在辦公室裡開始看起記載各地區受害狀況的報告書，針對最令人在意的重要事項考量。

若有人覺醒了，身上出現天使系的究極技能，那就要特別注意，我是有跟蓋札他們提點過這點……結果被蓋札用面無表情的臉對視。

接著他靜靜地告知：

「聽好了，利姆路。究極技能可是最大的祕密。傳說矮人的初代英雄王格蘭·德瓦崗曾獲得過，但那是機密事項，至今依然不知真假。很少人知道這是真的，就連潘和德魯夫都不曉得！而你卻……別把擁有究極技能說得那麼稀鬆平常！」

——以上來自蓋札。

最後還被斥責，不過那些資訊在這個世界上好像是常識。

簡單來說，很少有人知道世界上存在究極技能。而事實就是要從中找出擁有天使系技能的人，這點根本無從下手。

去擔心也只是白操心，因此我就不再掛念了。

到時候再說。

不過冷靜下來回想，搞不好這樣的人就在身邊也說不定。

至少可以肯定金和魯米納斯有究極技能。

雷昂也異常強大，感覺他也有。

達格里爾就不清楚了，但就連那個迪諾都擁有究極技能，在我們採取行動前要先假設達格里爾擁有，這樣比較保險。

對了對了，說到達格里爾。

印象中魯米納斯說過從克蘿耶那邊聽聞未來的事情，她曾說達格里爾搭上帝國的順風車挑起戰爭。

但這次好像沒發生那種事情。

是有什麼原因嗎？還是他一直被什麼人操控？

如果這是米迦勒的傑作，那我們也能想出對策。關於這點，感覺有必要去找對方確實談談。

那蜜莉姆呢？

或許只是我不曉得，就算她擁有也不奇怪。

去找蜜莉姆的話，跟她說明事情原委，她應該會跟我坦言，我也很在意卡利翁和芙蕾小姐他們的狀況。還是去那邊跟他們談一下好了。

就在我想這些事情的時候。

『有聽見嗎？現在要召開魔王盛宴(Walpurgis)。事出突然，但所有人都要到場。以上。』

——腦袋裡突然有聲音響起。

話說這是——

我的目光落到手指上，發現右手小拇指的根部有個戒指在發光，我甚至都忘了自己有戴這樣東西。

這是當上魔王時拿到的魔王戒指(Demon's Ring)。

那就表示，這個聲音來自金吧。

之前都沒有使用過，所以我連戒指有這種功能都忘了。

啊，現在不是悠哉想這種事情的時候。

「紫苑，去把朱菜叫來。」

「是！」

目送開開心心一下子就跑掉的紫苑離去，我看向迪亞布羅。

「是金。他說現在要召開魔王盛宴。」

「哦，竟然沒事先聯絡，真不像他的作風。基本上金會自行聯絡這點就令人不解了。」

我也很在意這點。

金自尊心強，而且總是處變不驚。

聽說就連他的部下都不被允許直接跟金說話……我有非常不祥的預感。

「聽說您在找我，便來晉見。」

「喂！利姆路，事情不好了！那個金竟然會主動叫我們過去，肯定是出大事了！」

朱菜過來了，但就連沒叫來的菈米莉絲也一起跑來。不只是貝瑞塔，還把德蕾妮小姐一起帶過來。

話說回來，這傢伙也是魔王喔。這樣想想就很正常了，因為菈米莉絲也有魔王戒指。

聽菈米莉絲說，金會主動召開魔王盛宴似乎不尋常。

菈米莉絲、蜜莉姆和金，從前魔王只有這三個人的時候，好像也發生過類似這次的事情，但近來時隔千年以上都沒再發生過。

不過金叫我們現在馬上過去，那肯定事出緊急。

「事情就是那樣，朱菜。現在沒空詳細解釋，我要帶紫苑和迪亞布羅去參加魔王盛宴。麻煩妳去跟紅丸說，我走了事情就交給他處理。」

當我這麼說完，朱菜反應很快，立刻點點頭。

「我明白了。那麼預祝您武運昌隆，利姆路大人！」

我也點點頭回應，做好準備。

接著靜靜等待對方派人來迎接。

過沒多久穿著深紅色女僕裝的藍髮萊茵就進行空間跳躍現身。

大概是菈米莉絲放她進入迷宮的吧，可是突然出現對心臟還真不好。

然而現在卻沒空去管那個了。

因為萊茵渾身是傷。

這個時候我察覺自己的不祥預感成真。

「萊茵，妳還好嗎！」

「究竟發生什麼事了——？」

即使菈米莉絲和我驚訝地詢問，萊茵還是靜靜地搖頭。

「用不著為我擔心。等大家都到齊就會進行說明，現在先麻煩大家換個地方。」

她都這麼說了，我也無話可說。

就按照她的要求，在萊茵的帶領下移動。

在我們即將前往的地方，將會正面碰上新的問題。

Regarding Reincarnated to Slime

他的出現遠在上古時期，天地成形之前。

一切都出自偶然。

創造神維爾達納瓦從「光」的大聖靈中創造了七位熾天使，他們的影子也因應而生。

那就是從「闇」之大聖靈衍生出來的七大始祖——幾位惡魔王。

裡頭最初的一位就是他，統治根源的黑暗世界——成了該「冥界」之王。

他是與生俱來的絕對強者，黑暗的化身。

整個惡魔族都要聽從他的旨意，是傲慢的王。

連那七個有別於他的闇之親眷，在他看來也不過是跟眾多眷屬同等的存在。

他們互相爭霸、爭奪，其中兩個兄弟姊妹更是聯手來挑戰他，而他覺得不痛不癢，一下子就把對手撂倒。

這種行為之於他形同兒戲，但這時一項事實隨之明朗化。

那就是——「始祖」是不滅的。只不過若連心核都被粉碎掉，那復活的時候就要聽從勝利之人的命令——這就是事實。

身為精神生命體的他們，一旦輸給對手，就要聽命於對方。

發現這個事實之後，剩下的四個始祖就陷入膠著狀態。

不對。

除了其中一個，此人讓他特別頭痛，不過自從他被召喚到地面上後，兩人便沒了交集。

也不曉得他被召喚到地面上是否純屬偶然……

事到如今也沒辦法去確認這點了。

不過這讓他的命運大幅改變，這也是事實。

被召喚出來之後，他看向四周。

在冥界的生活一直很安寧，他與地面上的時光無緣。

原以為這個世界才剛剛成形，其實已經發展出高度文明。

他立刻明白自己為什麼會被召喚出來。

這是因為能夠改寫世界法則的技能——魔法。

在冥界的時候，力量受到限制，只能發揮到剛誕生的高階魔將等級之力。不過這對他來說已經足夠了，只是沒有肉體依然不便。

他在想怎麼會發生這種事情，接著馬上意會過來。

那就是——這裡是半物質世界，並非精神生命體的活動領域。若沒有待在充斥魔素的空間中，光要維持自身存在就消耗劇烈。

他與創造神無緣，並不曉得世界出現多大的變革。

看起來還真是有趣，他心想。

只不過，對於在他眼前為某些事情叫囂的存在，讓他心生不快。

在冥界的他是最強的，沒有人會當著他的面做這種有勇無謀的蠢事。

也因為這樣，他打算稍微忍耐一下，陪對方玩玩。

把他召喚出來的魔法師說話時盛氣凌人。

對方用的是「初始之語」，是一種魔法語言。因此他能輕鬆聽懂。

耐心聽完後發現那人說了很有趣的事情。

世界上有幾個國家，正在爭奪霸權。

有長耳族、矮人、獸人、吸血鬼族，還有人類。各式各樣的種族誕生，在進行生存競爭。

這個魔法師是「純血人類（High Human）」。

那個男人傲慢地宣告。

「你變成我的僕人了。要遵從世界的真理，遂行我的命令。」

有一個名喚超魔導帝國的國家想要統一世界，男人便對他下令，要他去毀滅跟這個國家爭奪霸權的其他國家。

這對他而言輕而易舉。

即使是持續了百年的戰爭，也因為他的到來即將結束。

他只用了一種魔法。

那是禁忌的魔法——核擊魔法「死亡祝福」。

這種大規模破壞魔法連「靈魂」都能破壞，在魔法的肆虐下，人口超過百萬的最大規模國家變成一座死亡都市。

這對他來說是理所當然的結果，根本無關痛癢。

然而一個有趣的變化出現了。

因為獲得大量的人類「靈魂」，他發現自己正要覺醒。他因而利用百萬具屍體成功獲得肉體。

第一次品嚐到想睡的感覺，也讓他心曠神怡，跟這種感覺對抗很愉快。

而這種現象就是在昭告這個世界，第一個「真魔王」誕生了。

由於獲得力量的緣故，他知道要怎麼逃離束縛自己的魔法。

這原本就是很容易破壞的咒縛，可是當時只覺得沒費多大工夫就破壞掉挺掃興的。

看樣子蒐集大約一萬人的「靈魂」，他就會開始覺醒。種族限制也被解除，讓他成為惡魔大公。

即使如此，能行使的力量仍不到他在冥界的一成，但依然讓他成為這世上無人能及的存在。

那麼，若是蒐集更多的「靈魂」會發生什麼事情——他興致盎然地想著。

有些人很適合拿來做實驗。

他得準備合適的回禮，給那個使喚他打雜的人。

回到一開始被召喚出來的都市後，他一看到人就殺，殺個片甲不留。為了避免直接將他要找的那個男人捲入，他並沒有使用大規模破壞魔法。

後來即將死亡的人們發出叫喊，他感覺到這些開始融入「靈魂」之中。

嘰咿————！

發出這樣的叫聲。

他聽了突然有個點子。

（對了，這聲音很適合拿來當我的「名字」。）

緊接著——

出現劇烈變化。

他——「金」更進一步進化。

變成「惡魔王」，完全取回在冥界擁有的所有力量。

獲得的「靈魂」賦予他力量。

極大化的容器被填滿，他的魔素含量徹底恢復。

然而變化到此就結束了。

既然如此，那金就沒有繼續行動的動機。

他召喚出聽命於自己的兩個始祖，對她們下令。

要那兩人立刻讓超魔導帝國（這個國家）從地面上消失。

在金覺醒成魔王獲得名字後，他的心胸也跟著寬大起來。

寬大到轉念一想，那不過是區區一個不足掛齒的魔法師，連拿來折磨的價值都沒有，他只想把這個人從記憶中抹除。

『怎、怎麼可能！你是怎麼逃離我的奧義魔法——！』

雖然有個蠢蛋正在嚷嚷這些，金卻完全沒把注意力放在他身上。算那個魔法師運氣好，但他都還來不及理解這點，就被惡魔們殺掉了。

數萬年前的那一天，原本處於分裂狀態且爭個你死我活的人類史上最大最強規模國家，一下子就從地面上消失。

而金召喚出來的兩個始祖也變弱了，只剩下高階魔將等級。

那就是這個世界的法則，從冥界來到半物質世界時，會失去大部分的力量。

若只是穿越世界，對精神生命體來說還算小事一樁，然而在這個世界中，光是要維持自身存在就消

耗劇烈。

因此才需要肉體。

擁有肉體完成進化才算是在這個世界上穩定下來。

金明白這點，開始等待隨從們進化。

可是不可思議的是，不管蒐集多少的人類「靈魂」，那兩個始祖始終不會進化。

因此金就賜給她們屍體——給她們獲得肉體的榮譽。

這件事情就是最好的證據，表示金心情非常好。

而這兩人就是綠之始祖（Vert）和青之始祖（Blue）。

她們模擬出美麗的女性姿態。

看到跪在自己面前的兩人，金陷入沉思。

若是沒辦法繼續強化，那給她們肉體又有何用。

雜務還能勝任，然而她們的力量實在太過脆弱。

於是金就寬宏大量給予她們「名字」。

他想到自己也是獲得名字才進化的，便猜測這兩人可能也會因此獲得進化。

「我就賜予妳們名字吧。隸屬於我的妳們這麼弱，我面子掛不住。」

說完這段宣告後，金對她們說。

綠之始祖，名字源自於悲嘆者們的悲痛叫喊，就命名為「米薩莉（Misery）」。

青之始祖，那天下著雨，命名為「萊茵（Rain）」。

這兩人如他所願進化成惡魔大公。

這就是開端。

金他們在人類歷史上留下足跡的第一天，曾發生了這一切。

＊

那些日子過得很開心，也很無聊。

金在世界各地流連，享受這個世界帶來的一切。

雖然也有辛苦的地方，可是他並不在意。

米薩莉和萊茵總是隨侍在側照顧金。

「妳們也可以隨自己的喜好過活啊？」

即使金對她們這麼說，兩人的回答依然跟往常一樣。

「不。我的使命就是輔佐大人您。」

「說得對。您是帝王，我們是臣子。這是永遠不會改變的真理。」

就這樣，三個人繼續旅行。

同時米薩莉和萊茵都召喚出自己的眷屬，暗中培養她們的勢力。

那是為了提供這個世界的支配者金一切財富與快樂。

有別於日夜戰鬥，光顧著磨練自身「靈魂」強度的冥界生活，這個世界充滿刺激。

沒有停滯，時常處於發展狀態。

舉凡料理、音樂、演藝、舞蹈、美術，還有其他許多事物，沒有讓金他們感到無趣的一天。

「喂喂，這樣的生活也蠻開心的嘛。」

金參加少數民族聚落舉辦的慶典，在跳舞時對米薩莉她們笑著說道。

看到主子露出鮮少出現的笑容，米薩莉她們也無比歡喜。

「真不錯。原本以為人類脆弱又毫無價值，沒想到還是有利用價值。」

「這個世界的一切全都屬於金大人。道具這種東西就是要徹底使用才有意義吧。」

於是，她們也有了新的認知。

為了讓金開心，米薩莉和萊茵於旅途中學習各式各樣的東西。這一段經驗很有用，她們學會了煮飯洗衣、唱歌跳舞還有演奏樂器，打下了成為萬能女僕的基礎。

這也是一種成長。

在冥界，弱者會被淘汰。惡魔族以外的種族會被驅逐，就只有看得出利用價值的奴隸會遭人使喚。

然而在這個世界中，即使弱者也有價值。

理解這點後，金甚至開始覺得世界滅亡太過可惜。

他說道：

「人類其實挺可愛的。雖然愚蠢，卻不討厭。」

有些人愚蠢，有些人很美妙。

醜陋的感情令人心生厭惡，但美妙的情感卻很美味，對金他們來說是最棒的食物。

這樣的個人差異太過巨大，金認為將所有「人類」一概而論未免太隨便。

這個時候的金對人類非常好。

會驅逐威脅到各地聚落的恐怖魔獸，消滅疑似是超魔導帝國生還者的邪惡妖術師(Maya)，他做的許多行為被人讚頌，流傳於後世，成了神話和傳說。

後來他遇到一個人——

對方是這個世界的創造主，至高無上的最強存在。
金原本享受著安穩的日子，但他還是時常保持警覺。
因此才能看穿。
看出對方是創造這個世界的「星王龍」維爾達納瓦。
「你這傢伙如果是真正的神，那就證明你的力量吧！」
金桀驁不馴地笑道。
他深信自己是最強的，順理成章去挑戰維爾達納瓦。
結果卻慘敗收場。
連報一箭之仇的機會都沒有，金被打趴在地上。
他原本認定自己是最強的，心中那股驕傲在這一刻遭到粉碎。
依循戰敗就要臣服於對方的法則，金理當成為維爾達納瓦的僕人。
然而他的自尊卻不容許這種事情發生。
「把我殺了吧。我已經滿足了。知道在這個世界上一山還有一山高。在這永無止境連綿不絕的真理中，我的存在其實也是其中的一小部分。偉大之人啊，敗給汝，我雖敗猶榮。」
戰敗的金當下帶著傲氣說了這番話。

維爾達納瓦卻苦笑。

「渺小之人啊。我深愛著我的創造物。看看這原本乏味的世界已逐漸變得豐饒，還出現有智慧的人，進化到能夠跟我溝通。如今甚至還出現像你這樣厲害的等級，可以撐著和我打上一場。」

「哈，說得好聽！我的攻擊根本沒打中過你，而你只出手一次就把我變成這樣。」

「呵呵。但你撐下來了不是嗎？有好幾個人想要挑戰我，卻心有餘而力不足，然而你正面挑戰了。光是這點就足夠令我心喜。」

「好吧，就當是這樣好了。」

「嗯，就當是這樣吧。對了，我還有一件事情想拜託你。」

「有事拜託？」

金當下心中充滿心曠神怡的滿足感。

因此他決定聽聽維爾達納瓦要說些什麼。

「是的。照這樣的成長速度發展下去，要不了數千年的時間，世界就會毀滅吧。因為人類是會犯錯的生物。有的時候正當行為不一定是正義，做壞事也能拯救世界。就因為他們是有缺陷的存在，才惹人憐愛……但我並不希望世界因此毀滅。」

所以我希望你提供協助，避免世界毀滅，維爾達納瓦這麼說。

金想起他摧毀掉的超魔導帝國。

想起那被支配慾望和權力慾望所蒙蔽，同族相爭的愚蠢姿態。

（原來如此，那樣確實很醜陋。如果繼續放任不管，或許世界真的會毀滅。）

想通之後，金心中留下一個疑問。

「哦——你的預想跟我所見相同，但我不明白。」

「不明白什麼？」

「你是創造主吧？既然是創造出我們的神明，那你應該也能讓世界的最終發展如你所願。為什麼還得來拜託我？」

「哈哈哈，這是因為我並非全知全能。剛生下來的時候，世界上就只有我的意志存在。當時所有的條件都滿足了，沒有絲毫欠缺。我是完美無缺的『完美個體』——換句話說，世界上就只有我一個。這樣很無趣對吧？」

金在心中想著「原來是這樣」。

就因為是他，才能明白。

維爾達納瓦其實是主動選擇捨棄「全知全能」。

（這也難怪。若能夠預見所有的結果，那未免也太無聊了——）

對照自己的經驗來看，跟人打仗一直獲勝實在很無趣。

在冥界中除了一個人以外，其他人都很怕金。

從很久以前開始就沒有惡魔敢來挑戰他。

尚且不及維爾達納瓦的金都這樣了，因此他認為神會捨棄「全知全能」也不奇怪。

「我並不討厭這個世界。所以可以幫助你。」

沒什麼好猶豫的。

金也很中意這個世界。

跟是不是要聽令於對方無關，金是真心想要協助他的。

只見維爾達納瓦開心地點點頭。

「謝謝。那你就會成為我的代理人『調停者』，希望你能夠看照這個世界。」

「什麼？當代理人？不用命令我嗎？」

「當然不用。我不是說過嗎？不管遇到什麼事情，我都不想強迫人。」

「是這樣啊。那我該做什麼才好？」

「就照你原本的樣子。你想要像之前那樣在世界上流浪也可以，找個地方當據點自立為王也行。為了避免人類太過傲慢，只要能讓他們明白這個世界上還有威脅存在，那做什麼都行。」

傲慢。

聽到這個字眼，金想到一個很適合自己的職位。

「說得也是。那我就來當人類會感到恐懼的『魔王』把。只要出現跟他們是死對頭的『敵人』，人類就沒有空在那自己人跟自己人鬥爭了吧。」

「聽起來很有趣呢！那麼，雖然要逼你扮黑臉，但還是拜託你了。」

「好，交給我吧。」

就在這個時候——

金的心之型態具體化，讓他獲得獨有技「傲慢者(pride)」。

他發出宣言：

「我會成為這世上的『魔王』，一旦人類變得『傲慢』，我就會代替你出面裁決。」

因為自己的自尊曾經遭到粉碎，金變得更有內涵。

結果誕生了擁有能跟神平起平坐之力的「魔王」。

維爾達納瓦笑著回應。

「真是個得力助手。那麼今後也要繼續當我的朋友，與我一起奮鬥！」

「好啊。我會好好享受的。」

就這樣，金和維爾達納瓦認可彼此，變成跨越了立場、地位對等的朋友。

＊

金按照約定，開始以魔王的身分過活。

為了排解無聊，開始監視在各地崛起的大規模聚落。最後這些聚落變成村莊，村莊集結起來成長為國家。

跟以前的超級文明相比，這些群體顯得粗糙許多，神不知鬼不覺間流傳下來的魔法和技藝也重現世間，讓這一切以相應的速度飛快發展。

觀看人類的發展很有趣。

不知不覺出現了幾個國家，又開始有小規模的競爭出現……

該下手嗎——這麼想的金覺得與其去煩惱，倒不如付諸行動。

一方面是為了警告，他將盯上的國家消滅掉。

人類開始懼怕眼前看得到的威脅——成為魔王的金。

為了對抗這股威脅，他們開始懂得團結合作。

（這樣很好。只要沒有惹我不開心，我就不會把你們消滅掉。）

身為「調停者」，金還蠻滿意自己的工作。

在這段期間，米薩莉和萊茵使喚部下，將一大勢力收服。討伐土地神和惡鬼及魔人們，逐漸提升知名度。

米薩莉還讓部下潛入人類社會，進行諜報活動。然後徹底調查弄到手的情報，找出該肅清的對象。目的是要催生適當的恐懼，讓人類社會維持一定程度的緊張感。

「魔王」系統就此成立。

事情進展到這邊，金就沒什麼事情好做了。

他在世界上流浪，想打架就跟人打架，樂在其中。

維爾達納瓦的隨從——「七天」都覺得燙手的巨人軍團，金只憑一己之力就將他們蹂躪使之歸順。

而跟維爾達納瓦托付給他的「滅界龍」伊瓦拉傑的對決很爽快。對方的戰鬥本能不是蓋的，金很喜歡。

但他也遇到一個問題。

那就是雙方實力太過接近，讓他跟對方持續戰鬥了三個月。而且還不小心讓他逃亡到異界去。

除此之外，因為金亂來的關係，大地變得一片荒蕪，放眼望去都是荒野。

看來下次要認真起來還得挑一下戰鬥地點——他得到一個非常有用的教訓。

高空中，金將整片大陸盡收眼底。

接著發現地面上還留著一個讓他眼熟的城堡。

那是金被召喚到這個世界的地點——超魔導帝國的王城。

他們也算是有緣，金決定把這裡當自己的根據地。

萊茵立刻使喚部下，要他們整頓居住環境。還運用魔法，讓城堡瞬間重建起來。

剛好就在這個時候——

有一條白色的龍來挑戰金。

有著深海色(Blue Diamond)眼眸，十分美麗的龍。

不曉得她是不是有些誤會，劈頭第一句話就是來找麻煩。

「就算哥哥認可你，我也不承認！」

對方大放厥詞，對金發動攻擊。

先前的教訓讓金學會根據對手的力量挑選戰鬥地點。然而這隻龍卻從城堡上空吹出冰雪。

這樣一來，金也不用去管戰鬥帶來的損害。

反正生還者早就已經跑去避難了，城堡重新再蓋就好。萊茵和她的部下們可能會很辛苦，但這些金才不看在眼裡。

讓「滅界龍」伊瓦拉傑這樣的強敵逃掉，金正覺得不夠盡興。而新的強敵出現，令他情緒高昂。

既然都要打了，那就好好享受一下，金認真起來對付。

然而——

即使雙方都使出全力，還是無法分出勝負。

這隻龍就是「星王龍」維爾達納瓦的妹妹，「龍種」的長姊「白冰龍」維爾薩澤。

當時她的魔素含量僅次於維爾達納瓦，就連金都無法徹底戰勝她。

可是照維爾薩澤的說法看來，金才異於常人。

這是因為金只擁有獨有技。而維爾薩澤有從維爾達納瓦那邊拿到的天使系究極技能「忍耐之王加百列」，跟人打成平手是絕對不可能出現的結果。

「為什麼只擁有獨有技，還能跟我打成平手？」

「哈哈！那是因為我很強。」

「別開玩笑了！哥哥給了我這股力量而不是給你。這代表他認為我比你更有用，明明是這樣的！」

「妳錯了。那傢伙有說要給我力量，但我拒絕了。假如我要聽他命令，那我會收下，但我想一直維持與他對等的關係。所以我就——」

維爾薩澤想要被哥哥認可，嫉妒金才會來挑戰他。當著她的面，金展現自身力量的變革。

見識過維爾達納瓦的力量後，金獲得啟發。眼下透過跟維爾薩澤對戰，他也明白究極技能是什麼了。

「——我想要靠自己的力量，達到究極的境界。」

緊接著下一瞬間。

獨有技「傲慢者」進化成究極技能「傲慢之王路西法」。

看到這一幕，維爾薩澤驚訝不已。

「是嗎……因為你有這樣的特質，哥哥才會中意你吧。那我也決定觀望到最後，看你能夠貫徹自己的主張到什麼地步。」

看樣子維爾薩澤真正的目的其實是要試探金。雖然不清楚最後是否合格了，但兩人從此共同行事。

金和維爾薩澤就是這樣相遇的。

持續三天三夜的戰鬥也使得地軸產生變動。

然而這次金在力道上拿捏絕妙。至今為止無人能夠居住的永久凍土轉變成常春大地。相對的，金拿來當作根據地的大陸搖身一變，成了人類無法居住的凍土。

「好吧，還在可接受的範圍內。」

「太棒了，不愧是金大人！」

「應該沒問題。似乎對人類那邊多少造成一些傷害，但是各國團結起來對抗天地異變，將犧牲壓低在最低限度。」

在大地上的居民們看來，這是一場大災害。可是對金而言卻是一段笑話。

萊茵和米薩莉覺得金開心，她們也就心滿意足了。

至於金的城堡，則因這次戰鬥的餘波被冰覆蓋，反而變得更美麗。

「還不錯嘛。就當是做個紀念，直接按照原樣保存起來。」

「既然如此。這點小事我還能幫忙。」

其實也算不上特別出力幫忙，而是透過維爾薩澤洩漏出來的妖氣，讓周圍溫度降低到極限。從此以後太弱的人就沒辦法入侵這座城堡。

要在城堡裡頭生活，維爾薩澤的龍型姿態很不方便。

被金提及此事後，維爾薩澤一下子就變化成人型姿態。

若是變成大人的樣子，會完美壓制妖氣。因此她決定讓自己的外貌維持在年紀稍小的狀態。

如此一來洩漏出來的妖氣就會變成冷氣，讓城堡獲得完美的防禦。

這樣的極寒之地別說是人了，就連魔物都無法生存，不會有人攻過來……

「這樣如何？」

「還不錯啦。但不是我的菜——」

「討厭！你真壞心眼。」

維爾薩澤嘴巴上如此抱怨，內心裡卻很中意金。

她在心底深處暗自發誓，總有一天要靠自己的魅力讓金愛上她。

＊

超越數百年的時光流逝。

一成不變的日子持續著，但這一天和平常都不一樣。

有客人來找無聊透頂的金。

那是支三人組小隊。

照理說應該沒有任何人能夠入侵這個極寒之地，他們卻不當一回事地闖進來。

這讓金產生興趣，一直在觀察他們。

接著負責帶頭的金髮碧眼青年喊出這麼一句話：

「本殿下是魯德拉。納斯卡王國的王太子，集人類希望於一身的『勇者』——魯德拉・納斯卡！邪惡的魔王，看我用我的劍滅掉你！還有，把傳聞中你累積起來的寶藏全都交出來！」

這段宣言跟高尚兩個字八竿子打不著。

然而那再明顯不過的慾望卻讓金產生好感。

「魯德拉哥哥，講這種話都不知道誰是魔王了！」

「對啊，魯德拉真的很糟糕。被慾望蒙蔽雙眼。那麼想要錢，要我賺多少給你都行。」

「真是的！格琳姊也真是的，拜託妳不要一直寵魯德拉哥哥。他如果繼續這樣下去一定會輸給敵人，吃到苦頭的！」

在金面前，三人之間出現這段對話。

該說他們豪氣，還是愚蠢。

有一件事情可以確定。

那就是能站在金面前，表示對方已經打倒米薩莉和萊茵。

既然如此，那就表示這可笑的三人組有非凡的實力。

除此之外——金還看出三人之一在程度上相當於自己的朋友兼搭檔。因此，即使米薩莉和萊茵戰敗，金也不好責備她們。

畢竟這就如同自然定律，是很正常的結果。

如今比起這個——

（他說自己是「勇者」？這是什麼玩意兒？）

那字眼還是頭一次聽到，聽起來卻很美妙。

聽了這句話金有種預感，知道自己或許不會再繼續無聊下去。

他帶著愉悅的心情，跟自稱魯德拉的青年面對面。

「有趣。就讓我見識你身為『勇者』的力量吧！」

這代表金決定接受那個青年——魯德拉的挑戰。

「哼哼！本殿下是最強的，不需要幫手。魔王啊，跟我一對一堂堂正正單挑吧！」

魯德拉長相俊美，那笑容卻有些下流。

與其說他的目的是要打倒金，倒不如說還比較著重於掠奪財寶。

但即使如此，金還是覺得這樣才像人類。

如果沒有慾望，人類就不願意勞動自己。

就因為他們希望過更好的生活，才願意努力打拚。

魯德拉簡直就是典型的人類。

擁有金喜愛的美妙情感，這樣的人類。

「哈哈！你可要好好抵抗！」

接著戰鬥就開始了。

金開始觀察進攻的魯德拉。

他的攻擊迅速銳利，但一看就知道完全不是認真的。金看穿這點後，發現魯德拉在靜觀自己的對手一事令他心生不悅。

魯德拉身上有做工精巧的全身魔法鎧甲守護。

看起來就是很昂貴的物品，金決定先把這個東西破壞掉。

對方似乎很貪財，金猜想那人應該很討厭自己的物品遭人損壞。

這麼做主要是要激怒對方。

金從容地迴避魯德拉的劍，用膝蓋行雲流水地踢擊——做了假動作，接著放出側踢。

魯德拉原本正要勉強避開第一波攻擊，因此來不及對這個變化做出反應。直接被金踢中，導致鎧甲粉碎掉。

「啊啊啊啊！用了國家一年份預算的鎧甲壞了——！」

「你沒事吧，哥哥！」

「魯德拉真的很笨耶。如果一開始就大家一起上，鎧甲也不會壞掉。」

「少囉唆！這、這點小錢算是必要經費！」

魯德拉眼裡都浮現淚水了，看樣子效果比想像中還大。發現這點後，金嘴角浮現壞笑。

（再來就折斷他的劍，讓他哭出來吧。）

一邊想著，金觀察那三人。

然而就在這個時候——

「哥哥！至少讓我發動支援魔法——聖劍發動（Holy Blade）——！」

看似最無害的櫻金髮色（Platinum Pink）少女發動了不得了的魔法。

魯德拉手上的劍開始發出光芒。

那光芒很神聖，神聖到讓人不禁睜大眼睛，是能夠消滅邪惡存在的除魔之光。

（這下糟了。那道光芒似乎擁有可以砍破我「結界」的力量。）

應該在發動前阻止她才對，但是金個人也對這樣的戰鬥樂在其中。那麼去妨礙對手就不對了。

「呵呵，既然是妹妹的支援，那這點魔法還在容許範圍內吧。可是露西亞，妳不用再出手！」

比起榮耀，魯德拉更重視結果。

即使是來自妹妹的幫助，他也照單全收，完全不覺得丟臉。

（這傢伙性格還真不錯。）

雖不至於構成危機，但狀況愈來愈不利。

然而不知為何，金愈來愈開心。

「這點程度根本算不上阻礙。你們要所有人一起上也行喔？」

「真敢講！接下來本殿下要認真了。你覺悟吧！」

魯德拉竟然傻傻地開誠布公，就如他所說，他一直隱藏實力。此時劍的速度提升，朝著金逼近。

金早就料到了。

像在說這樣才好玩，他邊帶著笑容，伸手握住自己的愛劍「天魔」。

「什麼！魔王竟然使用武器，太卑鄙了吧！」

「啊？我是不清楚你的價值觀啦，但能夠讓我拔劍，值得稱讚。」

事實上魯德拉的用劍技巧很有看頭。而且如果被碰到，就連金都會受傷，金當然要拔出他的劍。

雖然他自尊心強，可是放水導致自己輸掉，他可沒這樣的嗜好。

「哼！被魔王稱讚，有什麼好開心的！」

「是這樣啊。那剛才的稱讚就收回去吧。」

「……等等。就姑且收下吧。」

其實能被人稱讚，魯德拉很高興。

「不只是能夠逼我拔劍，還可以跟我打上一場，這樣的傢伙一隻手都數得出來。你叫魯德拉是吧？

我記住你的名字了，你該感到驕傲才是。」

金心情大好，回應了魯德拉的期望。

聽完這句話，魯德拉也開心地笑著，對金這麼說：

「你也不得了。本殿下的破邪之劍可是能消滅邪惡，真沒想到一個魔王竟然能化解掉。就當作是被你記住名字的謝禮。在消滅你之前，先問問你的名字。」

「明明是個人類，卻這麼張狂。不過我挺中意的，就告訴你吧。到了冥界再報上我的大名。我的名字是金。因為看到我的傢伙都會大叫：『嘰咿——！』我就把這個縮短當成名字了。」

當金給出這個答案，魯德拉先是浮現錯愕的表情。接著又變回平常的樣子，慌張叫喊：

「……先等等！那不算名字，不算名字啊？打倒有這種怪名的魔王也帥氣不起來，若是要寫在本殿下的英勇事蹟中，應該用更帥氣的名字才對吧！」

「啊啊？名字這種東西，叫什麼都行。」

「那怎麼行！好吧知道了。先等等，戰鬥中止。本殿下要替你想個更棒的名字。」

魯德拉先是說了這麼一句話，接著就擅自暫停這場戰鬥。

金沒理由配合他，但難得有人來替他排解無聊，他可不想靠偷襲把對方殺掉。反正他確實覺得樂在其中，就決定接受魯德拉的提議。

而且他也有點感興趣了。

魯德拉他們開始圍成一圈商量。

「那傢伙的髮色是漂亮的紅色（Cardinal）——」

「先等等。深紅色可是我專用的。我不會退讓喔？」

「我知道啦！話說妳在奇怪的地方特別執著呢。妳的髮色明明是藍色。」

「還不是因為你那樣叫我。」

「喔、喔喔。我還記得啦。」

「哥哥真是不懂女人心。就你這副德行，小心被格琳姊拋棄？」

「咦，不會吧？」

「呵呵。放心吧，魯德拉。我絕不會拋棄你，你可以放心。」

「我想也是？這下放心了。那就給那傢伙別的稱呼——緋紅色（克林姆茲）！如何，這樣就沒意見了吧？」

「可以，我也覺得不錯。」

「我也沒意見，可是這樣好嗎？竟然有勇者替魔王取名字，如果你們關係變得這麼密切，人民不會不安嗎？」

「沒問題啦！又沒人看見，只要我們不說，不會傳出去的！」

雖然金沒立場對這種事情插嘴，但看樣子魯德拉這個青年有著很隨便的性格。

光聽那些對話就足以讓人看出這點，就連金聽著聽著都擔心起來。

「得出結論了嗎？」

「對，讓你久等了！你從今天開始就叫金・克林姆茲！」

就這樣，「魔王」金・克林姆茲誕生。

題外話，替金取完名字的當下，魯德拉立刻失去意識。幫魔物命名明明是個禁忌，魯德拉卻擅自認定對方是魔王就沒問題，才會有這樣的下場。

代替魔素，魯德拉的神靈力大量消耗，在生死邊緣徘徊。

醒來之後被同行者——妹妹露西亞、戀人「灼熱龍」維爾格琳罵到臭頭，這點自然不在話下。

如此這般，與金的決鬥被敷衍過去，不過……如今回想起來，從這個時候開始，金和魯德拉之間就產生了奇妙的緣分。

＊

等魯德拉恢復後，他們按照約定再一次決鬥。

然而遲遲無法分出勝負。

於是在那之後，金跟魯德拉對決好幾次。

魯德拉不愧是勇者，他很強。

覺醒後的勇者魯德拉對上覺醒魔王金。

魯德拉把自己的技術磨練到極致，對上只靠天生力量和才能作戰的金。

他們遲遲無法分出勝負，但金逐漸占上風，這可以說是自然界的法則。

三名女性呆呆地眺望這兩位高手。

分別是露西亞、維爾格琳和「白冰龍」維爾薩澤。

一開始維爾薩澤沒什麼興趣，但隨著戰況白熱化，她也開始對這場勝負的走向感興趣了。

「哎呀，金又變得更強了呢。」

「是的，姊姊。不過魯德拉也不會輸給他的。」

「的確是呢，甚至讓人懷疑他是不是真的只是個人類。」

「確實是人類沒錯。厲害是當然的，魯德拉可是哥哥的徒弟。哥哥甚至還給他究極的力量，他還會變得更強喔。」

「是嗎？那就說得過去了。」

「我個人比較希望大家都不要受傷，那樣最好……」

情況大概就是這樣，觀戰者這邊也是一團和氣。

「茶已經泡好了。」

「再過不久勝負就會揭曉，我們連金大人和魯德拉大人的份都準備了。」

供應餐點是米薩莉她們的職責。

不知不覺間，這已經成為稀鬆平常的景象。

其他時候這兩姊妹常常在吵架，吵到讓人連打架的興致都沒有了。

維爾薩澤和維爾格琳算是很要好，但有的時候會因為教育方向不同，導致意見分歧。

她們剛生下來的弟弟──「暴風龍」維爾德拉很任性，似乎常常隨性肆虐亂搞。

而原因在於──

「姊姊太嚴格了啦！為什麼不能多寵他一點？」

「說什麼傻話？我很珍惜維爾德拉，都很寵他啊！為了讓他性格變得安分點，不是把他的心替換過好幾次嗎？」

關於維爾薩澤提到的「換心」這言詞，那是一種很殘暴的做法，就是用物理性手段收拾掉維爾德拉，再讓他轉生。

維爾格琳就是看這點不順眼。

「我說過這樣不行。不能用暴力，要用溝通的方式讓他聽進去。就算在逼不得已的情況下得用非常手段，那孩子也才能夠明白我們的苦心吧？」

「真是的！維爾格琳還是一樣，太溺愛他了。那下次修理他的時候就不要把他弄死，好好教育他，讓他能夠變得聽話一點如何？」

「我不是這個意思，是要對他好一點，不然就是一步一步教他，讓他學會變成人類模樣在人類城鎮中生活的方法，或是跟敵人戰鬥的方法——我說的是這個。」

「維爾格琳……我覺得妳這已經不是寵他，而是過度溺愛了。會溺愛過頭把人寵成廢人的類型。就因為妳是這個樣子，那個叫做魯德拉的青年可是會不成材喔？」

「才不會！魯德拉跟我是最棒的搭檔。所以讓我來教育維爾德拉，他就會成長為尊敬姊姊的好弟弟。有鑑於此，下次就換我來教導他。」

「咦咦，才不要。我能夠把他教得更好。話說一直都是我在照顧他。」

「別開玩笑了，姊姊妳根本也是過度溺愛吧！下一輪換我！」

大概就是這樣，互相在推卸責任，一下子說維爾薩澤太嚴格，一下子又說維爾格琳過度溺愛。

金覺得她們兩個根本半斤八兩。

（適可而止才是最好的。看來這對「龍種」姊妹不懂得什麼叫做收斂。）

金沒有說出口，私底下覺得很傻眼。

「我說，看這樣子我們也打不下去了。」

「是啊。那兩個傢伙在搶維爾德拉這個玩具，最好別跟她們有所牽扯。」

金和魯德拉先去避難，以免遭到波及。

當金和魯德拉對決的時候，維爾薩澤等人會負責維持「結界」，輪到維爾薩澤她們吵架，就得換金他們出來維持「結界」。

否則整座大陸會沉下去。

雖然已經習慣了，但金他們還真希望這兩人能夠去不會給他們添麻煩的地方吵。

俗話說──「借鏡他人引以為戒」，可是金等人卻一副事不關己的樣子。

某天還發生過這麼一件事。

「你這臭小子又來了嗎！」

「廢話少說！在本殿下獲勝之前，對決都會一直持續下去！」

那兩人的對決已經可以說是在互相打招呼也不為過。

就像平常那樣，戰鬥開始，打到兩人精疲力竭才結束。

總是平手收場，然後開始耍嘴皮拌嘴……

「臭小子，嘴巴上說要光明正大對決，用的手段卻很卑鄙！」

如金所說，魯德拉很卑鄙。

瞄準對方的眼睛攻擊就不用說了。

當自己跟對手開打的瞬間，為了透過狀態異常來讓金的力量減少會先施放「神聖結界」，這已成了家常便飯。

金不會在對決開始的前一刻確認有無陷阱，魯德拉看出他是這種性格，才一天到晚狂用這些招數。

而且就連那套說詞都讓人聽不下去。

「贏的人就是正義！不對，應該說沒有打贏你就無法伸張正義！所以本殿下無論如何都要打贏！」

不管用怎麼樣的手段都要贏，魯德拉發下豪語。

「開什麼玩笑！你要用這種手段我是無所謂，但起碼嘴上不要講得這麼冠冕堂皇！」

金這話說得對。

然而魯德拉在回應時卻嗤之以鼻。

「竟然要本殿下別開玩笑？這話應該對你說才是！剛才你用的招數不是本殿下之前用過的嗎？也不想想我為了學會這招耗費多少歲月！」

這是祕技——轉移話題。

像這樣微妙改變話題就能避免對方繼續追究下去，是魯德拉的必殺技之一。

魯德拉也有接受王族該受的教育，特別擅長像這樣油嘴滑舌。

「好像花了三個禮拜？」

「對。就連維爾達納瓦大人都誇獎他喔。」

聽到場外傳來這段對話，金傻眼到不行。剛才魯德拉嘴上說那招數花了他大把苦心才學會，其實學習上似乎意外地輕鬆。

只見金斜眼看了魯德拉一眼，接著嘴裡發出大大的嘆息。

盜用別人的招式，卑鄙的是你才對——魯德拉還在抱怨個沒完，但這是有原因的。

會有這樣的舉動其實是源自於魯德拉心生焦躁。

他們的實力依然在伯仲之間，但最近魯德拉覺得對方有點壓過自己了。他比任何人都更清楚這點，

知道這樣下去不妙。

（若是能夠靠光明正大的方法獲勝，那我也想啊！）

這句話，魯德拉真想大聲說出口。

一開始的宣言早就拋到腦後去了，眼下他只能不擇手段地取勝。

儘管金表面上一副傻眼的樣子，私底下卻早已看穿魯德拉的心情。不過他也暗自覺得跟魯德拉口頭吵架很開心。

因此不管魯德拉使出什麼樣的手段，金都容許。

魯德拉的信念是贏的人就是正義，金也贊同他這樣的信念。

其實金早就認可魯德拉了。

光是有人能夠跟自己對等作戰，他就感到喜悅。

除此之外——

正如魯德拉所想，金愈是跟人戰鬥就變得愈強。究極技能並不是得到就完事了，要能夠靈活運用才算發揮真正的價值。

在跟魯德拉的對決中，金學到這點。

如今配合魯德拉只用劍作戰，金依然開始壓過魯德拉。若再加上使用技能或魔法，金肯定會贏。

不過金沒那麼做。

曾幾何時他想要的已經不是分出勝負，而是一直保持平手。

因此金很歡迎魯德拉耍小手段。

但勝負遲早會有個定論。

於是金就在這一刻將那個問題說出口：

「喂……你第一次跟我作戰時為什麼沒有把我殺死？那個時候若是沒有幫我取名字，認真起來取我性命，是有可能獲勝的吧？」

金心中有這樣的疑惑，怎麼想都想不透。

他自尊心強，一般情況下絕對不會承認自己有可能戰敗。一旦他如此認定，在那一刻對精神生命體而言就是真正的敗北。

所以金一直都沒去想這件事情。

他不認為對方是因為同情自己，也不願意那麼想。

假如答案是這樣，那金可能會氣到把魯德拉殺掉。

就跟金擁有「傲慢之王路西法」一樣，魯德拉也擁有「正義之王米迦勒」。假如魯德拉打從一開始就沒有保留這項技能，而是認真起來使用，那孰勝孰負可就不一定了。

負傷是一定會的，但也不能否認金有敗北的可能。

面對認真提問的金，魯德拉笑著回應：「啊啊，想問這個啊。」

「你真是個笨蛋。光是打倒你一點意義都沒有！我要讓你承認本殿下是很偉大的，並且改過向善成為我的夥伴。」

「啊？」

金有聽沒有懂，不由得反問。

「呵呵，本殿下是總有一天要征服世界的男人。那是本殿下與作為好友兼師父的『星王龍』維爾達

納瓦所做的約定。」

金也知道魯德拉是維爾達納瓦的徒弟。他本人都那麼說了，這點沒什麼好懷疑的。

但他沒想到對方竟然抱有征服世界的野心。

「告訴你，遇到像你這樣的笨蛋想要征服世界，要我做些事情來妨礙，就是維爾達納瓦交給我的工作呢？」

「我知道。所以維爾達納瓦才要本殿下來贏得你的認可。」

聽了這句話，金有個想法。

（維爾達納瓦那傢伙，自己嫌麻煩就把事情推給我！）

這就是答案。

教會他認清現實吧——金彷彿聽見維爾達納瓦這麼說。

魯德拉發下豪語說要讓金臣服於他，維爾達納瓦嫌麻煩才把他趕來這邊。

然而金已經中了維爾達納瓦的圈套。

既然知道自己也很中意魯德拉，那金就只能奉陪到最後。

若他討厭對方早在一開始就殺掉他了，哪還輪得到現在。

（真是的，這傢伙果然是個蠢蛋。）

金帶著好心情在想這些，魯德拉則對他開口：

「不過啊，說真的——在第一次對戰時，本殿下其實沒有辦法全力控制『正義之王米迦勒』。直到現在老實說也只能用個幾十秒鐘左右。」

他這番坦白出人意料，連金都表現出訝異的反應。

「啊？如果是你，怎麼可能用成這樣？」

「不，那些都是真的。畢竟這個技能是從維爾達納瓦那邊借來的。」

魯德拉說完這句話聳聳肩，接著開始解釋。

聽到這番話，金除了覺得無關緊要，同時也恍然大悟，理解魯德拉為什麼這麼強。

若是獲得維爾達納瓦的其中一個技能，就算那性能強到能夠打倒自己也不奇怪。

可是聽魯德拉說著說著，金覺得自己好像會錯意了。

「接下來要跟你說的是個祕密，只告訴你一個人。本殿下靠實力獲得的技能叫做『誓約之王烏列爾』，夥伴們為了回應本殿下的信念和統一世界的誓言，他們的這份心意形成結晶，變成一股究極的力量覺醒。」

嘴巴上說是靠他的實力獲得，實際上好像還是有維爾達納瓦出手幫忙。但這樣就已經十分厲害了，魯德拉的心靈型態具體化之後變成「誓約之王烏列爾」，在天使系之中也屬於上段技能。

「然後本殿下跟維爾達納瓦交換，借用『正義之王米迦勒』，但這個用起來很棘手。本殿下的『誓約之王烏列爾』簡單扼要，能力是『破邪』和『守護』，用起來很順手。然而這個『正義之王米迦勒』的能力卻很莫名其妙，是『支配』。」

可以借用受到支配之人的能力，還能讓持有者聽命於自己，是很適合君臨天下的技能。

然而目前魯德拉無人可以支配，因此這個技能不構成太大威脅。他是在這種狀態下跟金打成平手的，魯德拉確實很強大。

「感覺很厲害嘛。」

金如此回應。

假如能夠增加支配對象，那他能夠使用的能力也會增加。如此一來，魯德拉會變得更強吧。

（什麼嘛。還以為繼續這樣下去彼此實力就會有天壤之別，我一定可以獲勝——照這樣聽來不就還能多找些樂子嗎！）

歡樂的時光還能持續下去。

發現這點後，金跟著高興起來。

然而魯德拉卻在這時開口：

「本殿下沒興趣去支配別人。身為男子漢，我想要靠自己的實力決勝負。但我也有苦衷，讓我沒辦法說這種話……」

「苦衷？」

「對。你也是維爾達納瓦的好朋友，應該有權利知道。」

聽到魯德拉這麼說，金開始感到不安。

由於維爾達納瓦是很長命的種族，金一直以來都沒有太在意，但其實金最近都沒看到維爾達納瓦。

「是不是那傢伙發生什麼事了？」

「算是吧，原本應該算是喜事一樁。」

「嗯？」

「那傢伙跟我的妹妹露西亞結合。這叫做結婚，露西亞懷上維爾達納瓦的孩子，成了他真正的家人。」

「你是說——孩子？『龍種』嗎！」

這話確實令人驚訝。

然而身為「完美個體」而想追求不完美，這樣癡狂的維爾達納瓦是有可能做出那種事情，金能夠理解。

「好吧，是有可能發生這種事情。」

「對啊。如果只是這樣，那給予祝福就好了。可是問題在後頭。」

前面先說這段話鋪陳，接著魯德拉說出的內容極其重要，讓人驚愕不已。連金都忍不住站起來，逼問魯德拉：「這是真的嗎？」

聽說現在的維爾達納瓦狀態上幾乎跟人類沒兩樣。

被以往與他無緣的「壽命」束縛住，魯德拉笑著告訴金這些。

這個真相太過沉重，魯德拉很難一個人背負。

所以他才會像現在這樣跟金講明白。

「這很像他的作風沒錯，但他到底有什麼打算……？」

「不曉得。所以本殿下也很苦惱，現在可以確定的是沒空繼續跟你玩下去了。」

「也對……」

那兩人不由得面面相覷，同時吐出嘆息。

＊

「不玩了不玩了！我挺喜歡你的。所以無論如何就是提不起勁來殺你，事到如今也不打算認真戰鬥了。但為了避免世界崩壞，我會繼續當『魔王』。因為這是我跟那傢伙的約定。」

基本上金真的很中意魯德拉。既然他是維爾達納瓦的朋友，那就等於是自己的朋友。因此難免從一開始就沒辦法跟對方玩真的。

然而他身為「魔王」的工作必須完成才行。畢竟這也是維爾達納瓦托付給他的任務。身為「調停者」，他不能讓世界的天秤傾斜。

當金看著魯德拉的眼睛說完這段話，魯德拉也目不轉睛地回望金，對他開口：

「那要不要用別的方式對決？」

「用別的方式對決？」

魯德拉點點頭。

他沒有露出平時的靦腆笑容，而是用認真的表情開始陳述。

「對。本殿下不要跟你直接作戰，下次我們彼此都用手上的棋子，來爭奪世界霸權。」

「唔嗯。」

「說真的，本殿下並不想使用這個『正義之王米迦勒』，但話可不能這麼說。為了支持本殿下想要統一世界的夢想，維爾達納瓦給了我這個技能。因此本殿下接下來也會收愈來愈多的部下，也會因此變得更強。」

「我想也是。」

金點點頭，認為他這樣解釋是對的。

「本殿下也不想殺掉你。你之前說過吧？要讓本殿下認可。本殿下——不，我相信人類能夠團結起來。維爾達納瓦追求多樣性，但我想那並不表示碰到任何事情都要起紛爭。若彼此的想法不同，那在相處時就要尊重對方。沒辦法接受對方的意見時，只要保持距離就行了。不同的種族、不同的國家，一旦有了武力就很容易引發戰爭，若是將這些國家都統一成一個國家，再來想分個高下就可以透過協商吧？」

「這就不一定了吧？就我所知，人類可是很愚蠢的？」

「我知道。但我不也跟你產生友誼了嗎？原本應該是天敵的『魔王』和『勇者』都能夠好好相處，那相同的種族一下子就能互相理解啦！」

魯德拉強力主張，這樣一來就不需要「調停者」了。

然而這樣的說法，金並不認同。

「你想得太美了。人類是一種很貪婪的生物。這並不完全是『壞事』，為了追求更大的可能性，慾望是必須的。因此只要牽扯到利害關係，就連自己人都能夠毫不在意地翻臉爭鬥。在這方面，不具備智慧的魔物反而更安分吧？」

從動物變成魔獸的魔物，只要食慾獲得滿足就不會繼續殺生。因為他們並不狡猾。

壓根兒不會想要先準備好明天的糧食，而是享樂主義的奉行者，活在當下。

但人類卻不一樣。

時常未雨綢繆，會感到不安，不管遇到什麼樣的事情都希望能夠度過難關，因此想先累積財富。這是他們的本能，魯德拉這套世界展望根本是在癡人說夢。

想要光靠話語就引導人們，這極其困難。

畢竟要靠言語來闡述自己的真實想法，傳達給他人又不至於產生誤解，不曉得就有多難了……

金明白這點，才覺得魯德拉的夢想不可能實現。

「是啊。我也明白，維爾達納瓦還笑我說出這套理論太過理想化……但我還是說服他，如今獲得他的支援。他說：『雖然機率近乎於零，但你就試著實現自己的願望吧。』接下來要說的不能外流，那就是『正義之王米迦勒』裡頭有個叫做『天使大軍(Armageddon)』的能力，可以召喚出能夠消滅一切的天使軍團。我想要好好運用這種能力來救贖人類。只破壞軍事力量和文明，遏止人類的慾望不至於增長。同時統一世界，這樣一定能打造出理想中的世界吧！」

所以說，希望你也能幫我──魯德拉向金如此拜託。

希望他不要再屠殺人類，而是看重人類的可能性。

「哈！我並沒有屠殺人類的興趣啦？只是把看不順眼的傢伙收拾掉。不管那個人是好人還是壞人，對我而言都不重要。如果喜歡就讓他活著，不喜歡就殺掉。只是這樣罷了。」

「所以我才要你別這麼快下定論嘛！」

「哼！我可沒那麼多的耐心，去等那些將來會危害世界的傢伙注意到自己的過失。你是想說『要嫉惡如仇但別憎恨人類』？愚蠢，有罪就得罰。當事人本來就該對自己的行為負起責任吧！」

「我也認為這話說得很有道理！但我希望你能夠給他們改過自新的機會。」

「哈！這你就放心吧。我會把罪人的『靈魂』送到冥界，確保他們一定會受到苦難和折磨。」

「我不是那個意思啦！」

話說到這邊，魯德拉不再繼續說下去，而是再一次慎重地講述真實心聲。

「我並不是因為想讓自己變得高高在上才去當王，只是想讓大家都能過得開開心心罷了。只要能夠找到安心過生活的地方，有能夠透過交談抒發心中情感的夥伴，那犯罪者也會減少吧？我想要打造沒有貧困和不平等，大家都能笑著過生活的世界。這是我的心願！當然會有一些無可救藥的笨蛋出現，但我想要盡可能減少犧牲。」

魯德拉沒想到在遙遠的未來，跟自己敵對的人會說出類似的話，在那高談理想。

金聽了這番話，愕然似的搖搖頭。

「怪不得維爾達納瓦會笑你。真沒想到你如此天真。不過，也罷——那好吧？你就詳細跟我說說對決的內容吧。」

「意思是？」

「反正我一直覺得很無聊。拿這樣的遊戲打發時間應該也挺有趣。」

這並不代表金有把魯德拉的話聽進去。

他只是不去否認魯德拉的理想，決定看看最後會怎麼樣。因為他覺得這個頑固的友人肯定不會因為別人說幾句話就被說服。

魯德拉自己明明是這樣的類型，卻想要靠言語來說服他人。這從某方面來說很矛盾，會失敗也是理所當然的。

到時候魯德拉就會認清現實吧。

假如他成功了——那也好，頂多是金的工作變少罷了。

不管事情朝哪個方向發展都沒壞處，金如此判斷。

但也沒太大的好處，不過只要魯德拉可以放棄他那有勇無謀的計畫，對金來說光這樣就足夠了。

「原來我的野心對你來說是一場遊戲呀。」

話說到這邊，魯德拉笑了。

接著仔細說明遊戲規則。

規則很簡單。

「玩家不能直接朝對方出手，要讓手下彼此競爭。」

就只有這樣。

也就是說，禁止金和魯德拉直接對決。

如果把金的夥伴全都打倒，那魯德拉就贏了。這個時候金就會臣服於魯德拉。

可是在這點實現之前，金都可以自由活動。要按照跟維爾達納瓦的約定，善盡「調停者」的職責也是他的自由。

即使幾乎沒對金設制規範，在魯德拉看來光是這樣也很有用了。

「勇者」本來的職責，就是防止對人類產生威脅又負責進行調整的「魔王」失控作亂。

就算金在思考上很冷靜，他的力量還是太過強大。一旦出手，就會造成重大傷亡。

為了避免這種事情發生，魯德拉才會緊咬不放，但這樣一來他的夢想就無法實現。為了統一世界，必須封住金的行動。

金看出魯德拉的這點心思，接著說道：

「好啊。我答應你不會出手。我會找來一些魔王代替我，讓他們直接去懲罰人類。」

「我會阻止他們的。還有，在被『魔王』管理的社會誕生之前，我會親手統一世界！」

「但這可是一條充滿苦難的道路喔？連那個好好先生維爾達納瓦都放棄這麼做，可以說只是一種理想。」

維爾達納瓦是浪漫的夢想主義者(Romanticist)，但同時也是完美主義者。覺得理想就是理想，不會將不可能實現的事情當真，同時具備冷靜思考的特質。

他為了追求變化捨棄全知全能，還是無法打造出心目中的理想社會。

然而對維爾達納瓦而言這才是正確的選擇。若世界都按照他的意思發展，那就沒有任何樂趣可言。就是因為明白維爾達納瓦有這樣的心情，魯德拉才會接著大喊：

「但就算是這樣！我還是想讓那傢伙放心。那傢伙既然會有壽終正寢的一天，那剩下的力量就跟普通人無異。可是他卻覺得能夠跟露西亞一起走很高興……其實他很擔心這個世界的未來！最重要的是很在意他們的孩子將來會如何……」

「嗯。」

「所以我必須讓那傢伙放心。要讓他待在大家都幸福過生活的世界中，在壽終正寢的時候不會感到不安。還有——看到他創造的世界已經成長茁壯，變成一個協調性很好的世界——我想讓他為此感到滿足！」

魯德拉對維爾達納瓦發誓，「要樹立統一國家」。

一方面也想要讓妹妹露西亞過得幸福，決定要讓所有的不幸從這個世界上消失。

「人類世界的事情，希望是由我們這些當事人親手決定。不會老死的你們只要當好裁定者，觀望世界發展就行了。」

「是這樣嗎……」

聽到魯德拉這麼說，金想不出適當的話來回應。

他在腦海中得出一個結論，認為這樣不可行。可是他也能體會魯德拉的心情，因此猶豫著不敢把否認的話語說出口。

（搞什麼啊，這個蠢蛋。這樣你只會一個人背負所有的一切啊……？）

金恨自己的頭腦對他人情感過分透澈。

雖然他很傲慢，但是對自己中意的對象卻很友善。這份友善成為絆腳石，讓他無法阻止魯德拉那有勇無謀的挑戰。

對於這個為他所喜愛，成為他好友的愚蠢男人，金說不出半句話。

（你的挑戰一定會以失敗收場的。）

金的腦袋冷酷地計算出結果。

就連用機率這個詞來形容都嫌愚蠢，成功率如此之低。然而被金當成好友看待的魯德拉說什麼都不會放棄吧。

所謂的勇者，就是這般百折不撓的人。背負一切苦難，一心想要建造理想世界的魯德拉，他可謂是貨真價實的真正「勇者」。

因此就連金都不禁覺得——如果是這傢伙出馬，或許——

魯德拉身上有一種特質，令他產生這種想法，金也跟著想要在那微小的可能性上賭一把。

不料結果卻是——

＊

自從金和魯德拉開始遊戲對決後，好幾樁悲劇輪番上演。

維爾達納瓦和露西亞生下孩子蜜莉姆後，第一樁不幸事件降臨。

看準魯德拉遠征，納斯卡王國內部發生叛亂。那是戰爭中敵國幹的好事，而這場行凶使得露西亞和維爾達納瓦命喪黃泉。

就在這一刻，魯德拉的夢想應聲崩塌。

『我、我只是想讓維爾達納瓦安心，希望他認可我們──』

這聲悲嘆再也無法傳達給他，魯德拉封閉自己的心靈。

最後他只剩下失去目標的理想抱負。

『你還要繼續啊？』

『對。寡人身上僅存的，就只有跟你的對決。獲得你的認可，這是我僅存的最後目的。』

『──行。我奉陪。』

遊戲繼續進行下去──

再一次的不幸降臨於維爾達納瓦的孩子蜜莉姆身上。

蜜莉姆在成長過程中不知道自己的父母親長什麼樣子。

甚至不知道自己跟魯德拉有血緣關係。

這樣的蜜莉姆有一隻寵物，是她唯一的家人和護衛，中了某個國家的奸計被葬送掉。

蜜莉姆很哀傷，大發雷霆。為了安撫這樣的蜜莉姆，金使盡全力。

若是沒能阻止她，會有好幾個國家滅亡吧。

『都變成這樣了還要繼續嗎？假如我早點行動，蜜莉姆就不會那麼悲傷了？』

『這都怪寡人。儘管如此，若是在這個時候收手，那之前的犧牲就此付諸東流。身為皇帝的寡人要負起責任，不能在這個時候放棄。』

『我並不這麼認為，但就算了吧。直到你滿意之前，我都會奉陪到底的。』

如果在這個時候收手，魯德拉可能會崩潰。
因此金就只能日後再去做個結論。
魯德拉注定會有不幸的未來。雖然金如此認為，但還不確定那會不會成真。
如此這般，遊戲尚未結束——

苦難去而復返。
突顯世間的醜陋。
隨著轉生次數增加，神聖的力量逐漸消耗，魯德拉也慢慢喪失身為「勇者」的資格。
但他還能夠繼續維持「聖人」的身分，這都出自他追求理想的心和執念吧。
不過，他依然瀕臨極限。
不知不覺間魯德拉的心已經遭到腐蝕，失去了當初的理念。
或許該說失去目標的人終究會走上這條路，為了勝過金，魯德拉變得不擇手段……
既冷血又無情。
滿腦子只想贏過金，最後導致更多的鮮血流淌。
金早就料到事情會變成這樣。

最後那一天終究還是到來了。
沒有違反規則，金賭上最後的可能性。
將最終審判寄托在他手中的棋子裡最不可預測、最有希望的利姆路身上。

其實他是想親自出馬的。

可是直到最後一刻，金依然遵守遊戲規則。

這導致——

在遙遠的彼方，友人的氣息消失了。

果然連利姆路那傢伙也辦不到嗎——金為此嘆息。

他並不覺得恨，也不覺得遺憾。

有的就只是哀悼之意，哀悼曾經是他好友的男人。

「——所以我就說了，蠢蛋。這種事情應該是由我們惡魔來做，像我們這些不會有感情起伏的人最適合去執行……」

喃喃自語的金沒有發現有東西從自己的臉頰上滑過。

他只是靜靜地祈禱，祈禱魯德拉一路好走。

就這樣，長達數千年，金和魯德拉的遊戲終於劃下休止符。

臉上掛著平時那種傲慢的笑容，金的心卻沉浸在悲傷中。

一對深海色眼眸冷冷地望著這樣的金。

她嘴角邊浮現淡淡的扭曲笑容……

就算遊戲結束，戰爭的火種依舊沒有熄滅。

這是在預告席捲全世界的大戰——「天魔大戰」即將來臨。

Regarding Reincarnated to Slime

※參考值

克雷曼

EP	36萬1423 （疑似覺醒時：78萬8842）
種族	妖死族（Death Man）
稱號	操偶傀儡師（Marionette Master）
魔法	幻覺魔法　黑暗魔法　精神魔法　咒妖術　其他
能力	獨有技「操演者」
抗性	物理攻擊抗性　精神攻擊抗性　狀態異常抗性

利姆路・坦派斯特

EP	868萬1123 （＋「龍魔刀」228萬）
種族	最高階聖魔靈 ——龍魔黏性星神體
庇護	利姆路的慈愛
稱號	聖魔混世
魔法	龍種魔法　高階精靈召喚　高階惡魔召喚　其他
神智核	希爾
固有技能	萬能感知　龍靈霸氣　萬能變化
究極技能	虛空之神（阿撒托斯）：魂暴噬、虛無崩壞、虛數空間、 龍種解放「灼熱・暴風」、龍種核化「灼熱・暴風」 時空間支配、多次元結界 豐饒之王（沙布・尼古拉特）：能力創造、能力複製、能力贈與、能力保存
抗性	物理攻擊無效　自然影響無效　狀態異常無效 精神攻擊無效　聖魔攻擊抗性

紅丸

EP	439萬7778 （＋「紅蓮」114萬）	種族	鬼神＝高階聖魔靈 ──焰靈鬼
護佑	利姆路的護佑	稱號	赫怒王（Flare Lord）
魔法	焰靈魔法		
究極技能	陽炎之王（天照）：思考加速、萬能感知、魔王霸氣、意志統制、光熱支配、空間支配、多重結界		
抗性	物理攻擊無效　自然影響無效　狀態異常無效 精神攻擊抗性　聖魔攻擊抗性		

蒼影

EP	128萬1162
種族	鬼神＝中階聖魔靈 ——闇靈鬼
護佑	赫怒王之影
稱號	闇忍
魔法	闇靈魔法
究極贈與	月影之王（月詠）：思考加速、萬能感知、月之瞳、一擊必殺、超速行動、精神操作、並列存在、空間操作、多重結界
抗性	物理攻擊無效　自然影響無效　狀態異常無效　精神攻擊無效

紫苑

EP	422萬9140 （+「神・剛力丸」108萬）	種族	鬥神＝高階聖魔靈 ——鬥靈鬼
護佑	利姆路的護佑	稱號	鬥神王（War Lord）
技藝	神氣鬥法		
獨有技	廚師：確定結果、最適行動、？？？		
抗性	物理攻擊無效　狀態異常無效　精神攻擊無效 自然影響無效　聖魔攻擊抗性		

戈畢爾

EP	126萬3824
種族	真・龍人族(Dragonewt)＝中階聖魔靈──水靈龍
護佑	利姆路的護佑
稱號	天龍王(Drag Lord)
究極贈與	心理之王(Mood Maker)：思考加速、命運改變、未知操作、空間操作、多重結界
固有技能	魔力感知　超感覺　龍鱗鎧化(Dragon Skin)　黑焰吐息(Flame Breath)　黑雷吐息(Thunder Breath)
抗性	痛覺無效　狀態異常抗性　自然影響抗性　物理攻擊抗性　精神攻擊抗性　聖魔攻擊抗性

蓋德

EP	237萬8749
種族	豬神＝高階聖魔靈——地靈豬
護佑	利姆路的護佑
稱號	守征王（Barrier Lord）
魔法	回復魔法
究極贈與	美食之王（巴力西卜）：思考加速、魔力感知、魔王霸氣、超速再生、捕食、胃袋、隔離、需求、供給、腐蝕、鐵壁、守護賦予、代打、空間操作、多重結界、超嗅覺、全身鎧化
抗性	痛覺無效　狀態異常無效　自然影響抗性　物理攻擊抗性　精神攻擊抗性　聖魔攻擊抗性

蘭加

EP	434萬0084
種族	神狼＝高階聖魔靈——風靈狼
護佑	利姆路的護佑
稱號	星狼王（Star Lord）
魔法	風靈魔法
究極技能	星風之王（哈斯塔）：思考加速、萬能感知、魔王霸氣、天候支配、音風支配、空間支配、多重結界
抗性	物理攻擊無效、自然影響無效、狀態異常無效、精神攻擊抗性、聖魔攻擊抗性

九魔羅

EP	189萬9944
種族	天星九尾（Nine Tail）＝高階聖魔靈──地靈獸
護佑	利姆路的護佑
稱號	幻獸王（Chimera Lord）
魔法	地靈魔法
究極贈與	幻獸之王（巴哈姆特）：思考加速、萬能感知、魔王霸氣、重力支配、空間支配、多重結界
固有技能	獸魔支配　獸魔合一
抗性	物理攻擊無效　狀態異常無效　自然影響抗性　精神攻擊抗性　聖魔攻擊抗性

賽奇翁

EP	498萬8856
種族	蟲神＝高階聖魔靈——水靈蟲
護佑	利姆路的護佑
稱號	幽幻王（Mist Lord）
魔法	水靈魔法
究極技能	幻想之王（梅菲斯特）：思考加速、萬能感知、魔王霸氣、水雷支配、時空間操作、多次元結界、森羅萬象、精神支配、幻想世界
抗性	物理攻擊無效　狀態異常無效　精神攻擊無效　自然影響無效　聖魔攻擊抗性

阿德曼

EP	87萬7333
種族	死靈＝中階聖魔靈——光靈骨
護佑	利姆路的護佑
稱號	冥靈王（Gehenna Lord）
魔法	死靈魔法　神聖魔法
究極贈與	魔導之書（Necronomicon）：思考加速、萬能感知、魔王霸氣、詠唱排除、解析鑑定、森羅萬象、精神破壞、聖魔反轉、亡者支配
抗性	物理攻擊無效　精神攻擊無效　狀態異常無效　自然影響無效　聖魔攻擊抗性

戴絲特蘿莎

E P	333萬3124
種族	魔神＝七大始祖——惡魔王（Devil Lord）
護佑	利姆路的護佑
稱號	虐殺王（Killer Lord）
魔法	黑暗魔法　元素魔法
究極技能	死界之王（彼列）：思考加速、萬能感知、魔王霸氣、時空間操作、多次元結界、森羅萬象、生命支配、死後世界
抗性	物理攻擊無效　狀態異常無效　精神攻擊無效　自然影響無效　聖魔攻擊抗性

烏蒂瑪

EP	266萬8816
種族	魔神＝七大始祖——惡魔王
護佑	利姆路的護佑
稱號	殘虐王（Pain Lord）
魔法	黑暗魔法　元素魔法
究極技能	死毒之王（薩邁爾）：思考加速、萬能感知、魔王霸氣、時空間操作、多次元結界、弱點看破、死毒生成、死滅世界
抗性	物理攻擊無效　狀態異常無效　精神攻擊無效　自然影響無效　聖魔攻擊抗性

卡蕾拉

EP	701萬3351（+「黃金槍」337萬）
種族	魔神＝七大始祖——惡魔王
護佑	利姆路的護佑
稱號	破滅王（Menace Lord）
魔法	黑暗魔法　元素魔法
究極技能	毀滅之王（亞巴頓）：思考加速、萬能感知、魔王霸氣、時空間操作、多次元結界、極限突破、次元破斷
抗性	物理攻擊無效　狀態異常無效　精神攻擊無效　自然影響無效　聖魔攻擊抗性

迪亞布羅

ＥＰ	666萬6666
種族	魔神＝七大始祖——惡魔王
護佑	利姆路的護佑
稱號	魔神王（Demon Lord）
魔法	黑暗魔法　元素魔法
究極技能	誘惑之王（阿薩賽勒）：思考加速、萬能感知、魔王霸氣、時空間操作、多次元結界、森羅萬象、懲罰支配、魅惑支配、誘惑世界
抗性	物理攻擊無效　狀態異常無效　精神攻擊無效　自然影響無效　聖魔攻擊抗性

維爾德拉・坦派斯特

EP	8812萬6579
種族	最高階聖魔靈 ──龍種
庇護	暴風的庇護
稱號	暴風龍
魔法	龍種魔法
固有技能	萬能感知　龍靈霸氣　萬能變化
究極技能	奈亞拉托提普 混沌之王：思考加速、萬能感知、龍靈霸氣、解析鑑定、森羅萬象、機率操作、並列存在、真理究明、時空間操作、多次元結界
抗性	物理攻擊無效　自然影響無效　狀態異常無效　精神攻擊無效　聖魔攻擊抗性

後記

拙作也總算發行到第十六集了。

想想還真長。

一開始是五個月出一本，現在延長到六個月。不過還能定期出下去，這都多虧有各位的支持。

時光真的迅速地流逝著。

希望今後也能保持這個步調，一年出兩本。

接下來要稍微針對這次的內容做點解說。

※包含劇情透露。

…………………

………

……

在這一集終於讓禁斷的戰鬥力數值化上線了。

我個人是想要早一點讓數值化上線，但是責任編輯I氏強硬反對。責編說得也有道理，所以之前都沒有數值化……話說要一直拿克雷曼來當基準好像不大好吧。

哎呀，克雷曼也很努力了。在喀爾謬德和卡利翁的幫襯下，一直以來都負責幫角色強度做註解。

雖然早就退場了，但是名字的登場次數非常多。

不過我覺得這尺度也差不多該給個上限了。

就算說某某人的強度相當於一百個克雷曼，聽起來也一點都不厲害吧。

於是就對他說一聲：「辛苦了！」之後克雷曼的登場次數應該會減少很多。

關於這次開始採用的存在值，在網路版也有以「ＥＰ」的形式登場。

在作品中有介紹說這是「ＥＸＩＳＴＥＮＣＥ　ＰＯＩＮＴ」，但實際上就是能量值沒錯。因此雖然不能跟戰鬥力直接劃上等號，卻可以當作參考，麻煩大家這麼解讀。

那接下來，閒話就先不聊了，要稍微針對今後的預定計畫談一下。

這一集只有在幫帝國篇的故事收尾，從下一集開始，要進入最終章之前，會穿插從利姆路以外視角出發的短篇集。我有很多故事想寫，不過基本上會收錄一些跟本篇有關的祕辛。

根據頁數和心情而定，可能也會寫些輕鬆有趣的故事。這部分就跟往常一樣，看當下想寫什麼！

在集數上依然還是預計當成第十七集。

從第十八集開始準備安排成最終章，敬請期待。

天魔大戰——胎動篇、激戰篇、完結篇——構想上是這樣，但也有可能依據我的心情變更。只是當作一個參考，讓大家知道我會朝這個方向構想！

完結之後考慮寫番外篇。網路版也會有第二部作品，我還有很多想寫的故事。

因此，為了能讓本作品《關於我轉生變成史萊姆這檔事》繼續出到完結，希望大家接下來也能多多支持！

最後要感謝與本作品有關的所有工作人員。

還有對持續支持的各位讀者們奉上最大的謝意！

今後也會拚命努力，為大家繼續帶來樂趣。

那麼後會有期～

國家圖書館出版品預行編目(CIP)資料

關於我轉生變成史萊姆這檔事/伏瀨作 ; 楊惠琪譯.
-- 初版. -- 臺北市 : 臺灣角川股份有限公司,
2022.04-
冊 ; 公分. -- (Kadokawa fantastic novels)
譯自 : 転生したらスライムだった件
ISBN 978-626-321-342-5(第16冊 : 平裝)

861.57 111001896

Kadokawa
Fantastic
Novels

關於我轉生變成史萊姆這檔事 16

（原著名：転生したらスライムだった件 16）

2022年4月13日　初版第1刷發行
2024年5月20日　初版第3刷發行

作　　者：伏瀨
插　　畫：みっつばー
譯　　者：楊惠琪

發 行 人：台灣角川股份有限公司
總　　監：呂慧君
總 編 輯：蔡佩芬
主　　編：林秀儒
設計指導：陳晞叡
美術設計：宋芳茹
印　　務：李明修（主任）、張加恩（主任）、張凱棋、潘尚琪

發 行 所：台灣角川股份有限公司
地　　址：104台北市中山區松江路223號3樓
電　　話：（02）2515-3000
傳　　真：（02）2515-0033
網　　址：www.kadokawa.com.tw
劃撥帳戶：台灣角川股份有限公司
劃撥帳號：19487412
法律顧問：有澤法律事務所
製　　版：尚騰印刷事業有限公司
ＩＳＢＮ：978-626-321-342-5